我感受到来自另一个星球的气息。曾经，
有一张张友善的面孔转向我，但现在，
它们已慢慢消逝在黑暗之中。

火星俱乐部

THE MARS ROOM

[美] 蕾切尔 · 库什纳——著　　王思敏——译

上海文艺出版社

1

1

每周四的晚上是“镣铐之夜”，每周都会有六十个女人在此面对自己的关键时刻。对其中一些人来说，这样的“关键时刻”反反复复，已成惯例。对我来说却是第一次。凌晨两点我被叫醒，套上镣铐。接着有人点我的名字：罗米·莱斯莉·霍尔，囚号 W314159。随后，我和其他囚犯一起列队出发，连夜乘车离开山谷。

当我们的大巴车驶出看守所外围时，我把身体紧靠在被铁丝网牢牢封死的车窗上，努力看向窗外的世界。并没有太多可看的景物，只有眼前掠过的一条条下穿交叉道和入口匝道，还有漆黑荒寂的林荫大道。街上空无一人，更深露重，连交通信号灯都停止了红绿交替，只剩黄灯不停闪烁。一辆车从旁边开过来，没开车灯。它通体漆黑，飞速超过了大巴，像被注入了某种恶魔之力。有一个女孩和我在县立看守所住同一个监区，她以前靠开车维持生计。只要有人愿意听，她就会说，不是她开的枪，她没有开枪，只是在开车，仅此而已。他们调出监控视频，用车牌读取技术进行识别，只看到了这样的画面：这辆车在黑夜里沿街行驶，车灯一开始亮着，后来灭了。如果是司机关的车灯，说明早有预谋；如果是司机关的车灯，就一定是谋杀。

选择在这个时间转移我们是有原因的，而且不止一个。如果有什么法子能把我们装进太空舱，直接发射到监狱里，他们一定乐得如此。他们费尽心机，就是为了不让普通民众撞见我们这群戴着镣铐坐在警用大巴里的女人。

开上高速公路的时候，几个年龄稍小的女孩一边流眼泪一边吸鼻子。一个笼子里关了一个看上去有八个月身孕的女孩，她的肚子很大，他们不得不给她套上一条加长的腰链，好把她的双手铐在身体两侧。她抽泣着，颤抖着，满脸泪痕。他们之所以把她关在笼子里，是出于年龄的考虑，这样可以避免让她受到来自我们这些人的伤害。她十五岁。

坐在前面的一个女人转过身来，朝着笼子里那个哭泣的女孩发出嘶嘶声，就像在喷杀虫剂。这招并没有奏效，于是她喊道：

“你他妈的闭嘴！”

“见鬼。”坐我对面那个人说道。我的家乡在旧金山，跨性别者对我来说算不上什么新鲜事，但这个人真的很像男人。她的肩膀和过道一样宽，下巴长了一圈胡子。我猜她是从县立看守所里的“老爹之家”来的，他们往往把这种男人腔的女人安排在那里。我后来才知道，他叫科南[1]。

“见鬼，我是说，她只是个孩子。让她哭吧。”

那个女人让科南闭嘴，他俩随后争执起来，警察制止了他们。

在看守所和监狱里都有一类女人喜欢给其他人定规矩，这个坚持让人安静的女人就是其中之一。如果你按她们的规矩来，她们就会定下更多规矩。不想让自己受制于人，就得反抗。

我早就学会让自己不哭。两年前刚被逮捕的时候，我哭得停不下来。我很清楚自己这辈子算是完了。在看守所的第一晚，我多么希望当时的处境只是一场梦，更希望自己能从这场梦中醒来。然而，我醒来睁开眼，看到的永远只是散发着尿臊味的床垫，听到的永远只是摔门声、疯喊声和警笛声。和我住同一个囚室的女孩并没有疯，她粗暴地摇晃我的肩膀吸引我的注意。我抬起头来。她转过身子，掀起囚服，给我看了她腰上的文身，所谓的“浪女戳”[2]。她文的是：

闭上你的臭嘴

---

1 科南为跨性别者，其生理性别为女性，但自我认知为男性，原文中作者依据情况，多使用“he”指代科南，中文译稿使用“他”。——编者注

2 浪女戳指女性下腰处的文身，这种说法一般用来暗示拥有此类文身的女性在男女关系方面更为混乱，是一种含有歧视意味的表达。——编者注

这句话对我起了作用，我止住哭声。

这是我在县立看守所里和室友之间的温情一刻。她是想帮我的。并非每个人都能闭上自己的臭嘴。我试过，但并不能做到像我室友那样。后来我才发觉，她是个神人。倒不是因为她这个文身，而是因为她对命令的无比忠诚。

警察安排我和大巴上另一个白种女人坐在一起。这位邻座有一头软塌塌又闪着棕色光泽的长发，脸上挂着诡异的笑容，像是一直在给牙齿漂白剂做广告。在监狱和看守所里很难有人能够保持牙齿洁白，她也不例外。因此她的露齿笑是那样夸张和不合时宜。我烦透了，她看上去就像刚做完大脑局部切除手术一样。她主动介绍了自己的全名——劳拉·利普，还透露自己是从奇诺监狱转到斯坦维尔监狱的，说得好像我俩之间无须任何隐瞒。从那以后，再没有人告诉过我她们的全名，也没有人尝试在第一次自我介绍里提及任何暴露身份的信息。没人愿意这么干，包括我自己。

“利普这个姓氏里有两个p[1]，是我继父的姓氏，后来又变成我的。”她自顾自地说着，像是在回答我并未提出的发问，又好像是以为这种事情跟我能有什么关系。

1　拼写为 Lipp。——译者注（以下若无特别说明，均为译者注）

"我的生父是卡尔佩珀家族的一员。是苹果谷的卡尔佩珀家族，不是维克托维尔的。维克托维尔有一家卡尔佩珀鞋匠铺，但这两家没关系。"

没人会在大巴上聊天，但这个规矩并没能阻止她。

"我的家族在苹果谷可以追溯到三代以前。这地方听上去挺棒的，对不对？你可以实实在在地闻到苹果花香，听到蜜蜂的嗡嗡声，这会让你想起新鲜的苹果汁，还有暖烘烘的苹果派。每到七月他们就会开始在小工坊挂起秋天的装饰——鲜亮的树叶和塑料做的南瓜。在苹果谷，传统产业大多是烘烤和制备冰毒。但我家不是这样，我可不想给你留下错误的印象。卡尔佩珀家族都是对社会有用的人。我爸爸开了一家自己的建筑公司。不像我嫁的那家人，他们——哦！哦，快看！那是'魔幻山地'！"

在宽阔的多车道高速公路远端，矗立着白色的弧形过山车道，我们经过的正是这里。

三年前我刚搬去洛杉矶时，那座主题公园对我来说就像一扇通往新生活的大门。在高速公路上向南疾驰，眼前第一个出现又逝去的庞然大物就是它，闪亮、丑陋而又令人兴奋，但那已经不重要了。

"我那个监区有个女人在'魔幻山地'偷小孩，"劳拉·利普说，"和她那个变态丈夫一起。"

不用抬手，她也有办法让一头瀑布般的亮发甩动起来，仿佛这些发丝是通电的。

“她给我讲了他们是怎么干的。人们信任这夫妇俩，因为他们年事已高。你知道，就是那种和蔼可亲的老年人。有的母亲可能是看到孩子们朝三个不同的方向跑去，只得起身去追其中一个。那个老太太——我在加州女子监狱和她住上下铺，所以她把整个故事给我讲了一遍——装作要坐下来织毛衣，并提出帮忙照看小孩。当家长从视线中消失时，夫妇俩用刀抵着小孩的下巴把他劫持到一间厕所里。那个老太太和她老公有一套惯用的作案手法——他们给小孩戴上假发，换上另一套衣服，然后，这对鬼鬼祟祟的老夫妻就把可怜的小家伙强行带出了公园。”

“太可怕了。”我说，同时在镣铐允许的范围内尽可能地让自己的身子不要靠向她。

我自己有一个孩子，名叫杰克逊。

我很爱我的儿子，但想到他会让我很不好受。我尽量不去想他。

我妈妈给我起了一个德国女演员的名字。这位演员在电视上的一个脱口秀节目里告诉一个银行劫匪她非常喜欢他。

“太喜欢了，”她说，“我太喜欢你了。”

和那位德国女演员一样，银行劫匪也在脱口秀接受采访。被采访者都坐在椅子上，位于主持人的桌子左侧，他们之间通常不会互相开玩笑。节目进行的过程中，他们都坐得越来越朝外。

你要从靠外的用起，某个白痴曾就一套银质餐具对我说过这样的话。我并没有学过这样的规矩，也没人教过我。他花钱和我约会，作为交换，他觉得要是不在这一晚的过程中使点小伎俩来羞辱我，这钱就花得不值。那天晚上从他的酒店房间离开时，我顺走了门边的一个购物袋。他并没有注意到，好像是因为贬损我而放松了警惕，只顾享受酒店的奢华床铺。这个袋子来自萨克斯第五大道精品百货，里面还有另外好几个袋子，都装着要送给一个女人的礼物，我猜是给他老婆的。我从来不会穿这种老气而昂贵的衣服。我拎着袋子穿过大堂，在取车的路上把它们全扔进了垃圾箱。我把车停在了几条街开外的米申街的一个车库里，因为不想让这个男人知道任何与我有关的事。

脱口秀演播间里最靠外的椅子上坐着银行劫匪，他正在节目里讲述他的过去，而那位德国女电影演员转身对着这个银行劫匪说自己喜欢他。

我妈妈给我取的名字就源自这个女演员，这个不和主持人说话，偏偏和银行劫匪说话的人。

对于我偷走购物袋这件事，我觉得他乐在其中。从那以后，他想要定期见到我。他寻求的是一种女友体验。我认识的许多女人都有这样一条黄金法则：这些男人会预付一年的包养费；只要找到一个这样的人就万事大吉了。我之所以会赴那晚的约会，是因为我的老朋友伊娃劝我那么做。有时候，别人的欲望在你这里不过昙花一现，你自己真正的欲望很快会让它云消雾散。那个晚上，这个来自硅谷的呆子假装我们共谋成为情人。这意味着他把我当垃圾一样对待，让我知道自己的美貌不值斤两。他仗着自己有钱，就想在交往中对我颐指气使。好像在我俩的关系里，只因他付了钱，一切就得按照他的规矩来，规定我该怎么说话，怎么走路，该点什么菜，用哪一把叉子，该对哪件事强颜欢笑。我意识到，这种女友体验不是我的菜。我想我还是靠在马基特街的“火星俱乐部”专心当脱衣舞女来挣点钱吧。我并不在乎哪种工作是正经工作，我介意的只是那种令我厌恶的感受。脱衣舞教会我一点——贴身跳舞比聊天简单多了。当涉及个人标准和可以提供的价码时，每个人都不一样。我无法假装和别人成为朋友，也不希望任何人了解我，虽然有那么一两个男人对我有些许了解。比如大胡子吉米，他是个门童，他需要的只是让我假装正常看待他那种伤人的幽默感。还有夜班经理达特，我俩都对老爷车感兴趣，而且他老说想带我去看里诺的“热力八月夜”，不过也是说笑而已，他只是这里的夜班经理。“热力八月夜”并不是我喜欢的赛车活动。我和吉米·达林曾去过索诺马的泥地赛道，一边啃热狗，一边喝生啤，看疾驰而过的泥地赛车溅起的泥浆洒向链索。

在“火星俱乐部”中，有些女孩希望自己拥有常客，并且随时都在寻找和培养潜在客户。我并不想这样，但最终还是有了个常客。他叫库尔特·肯尼迪——跟踪狂肯尼迪。

有时候，我觉得旧金山被诅咒了。我通常把它看作一个悲惨而糟糕的城市。人人都说它美，但这种美只有初来乍到的人才看得到，那些从小就不得不在这里长大的人对此视而不见。比如，丽景公园后面环绕着一条沿街的有顶过道，当你的视线穿过过道，就可以隐约瞥见湛蓝的海湾。等我入狱后，神游这座城市的时候还能看见那样的景象。房屋鳞次栉比，我一路看过去，把脸贴在丽景公园东边维多利亚街区的屋顶通道大门上，薄雾笼罩下，海水的蔚蓝色彩变得柔和无比，湿润的空气亲吻着我，伴着一道闪耀的辉光。当我还是自由身的时候，对此不屑一顾。在我的成长中，那个公园曾是我们喝酒的地方。一些老男人出来寻欢作乐，偷偷溜到藏有床垫的灌木丛下。我认识的几个男孩曾经揍过那些偷欢的男人，还把其中一个男人扔下了悬崖，尽管那人刚给他们买了一箱啤酒。

我小时候曾和母亲一起住在莫拉加第十大道，在那里你可以看见金门公园、普雷西迪奥要塞、金门大桥上暗暗的红点，还有马林海岬陡峭的绿色褶皱。我知道，对世界上任何其他人来说，金门大桥都十分特别，但在我和我的朋友看来，它无关紧要。我们只想喝得烂醉。这座城市给我们带来的是湿漉漉的雾气，像手指拨开我们的衣服，想方设法钻进去。这些湿漉漉的手指时时刻刻都在。当我在铺满沙子的电车轨道等待 N 路电车时，还会有大团的水汽袭来，直直扑向犹大街。这趟车在深夜每隔一小时才有一趟，我等啊等，牛仔裤脚糊满了海洋海滩停车场水坑溅起的泥，这些泥也可能是在我嗑了迷幻药之后爬阿西德山时蹭上的。阿西德山也被我们称作“爱吸的山”[1]，是我们吸粉嗑药的胜地。牛仔裤脚挂泥后多出的重力把我直往地上拽，这感觉很糟糕。和陌生人在科尔马公墓旁的汽车旅馆吸食可卡因，这感觉也很糟糕。这座城市就像某个下雨天，格罗夫露天市场的啤酒会上湿透的双脚和浸水的香烟。就像圣帕特里克节[2]那天，雨水、啤酒和血腥的打斗混杂在一起。百加得 151 朗姆酒让我想吐，而我还在小公园的混凝土护栏上摔裂

1　阿西德山（Acid Mountain），acid 在英文中有“迷幻药”的意思，作者在这里用了双关。

2　圣帕特里克节（St. Patrick's Day）在每年 3 月 17 日，是一个文化及宗教庆典活动。据传这一天是爱尔兰守护神圣帕特里克（385—461）的祭日。

了下巴。在大公路[1]的白人廉价住宅区的一个房间里，有人吸毒过量，还有人在比格雷克酒吧平白无故地用枪指着我的脑袋。那天晚上，我们坐在那里喝着四十几瓶酒，有个疯子加入了我们。这一幕太经典了，但后来再也没有发生过类似事件，并且我也想不起这事到底是怎么解决的了。旧金山对我来说就像麦戈德里克们和麦基特里克们，博伊尔斯和欧博伊尔斯，希克斯和西奇斯，他们身上文着"爱尔兰万岁"，挑起战斗并获胜。

大巴开上右边的车道，开始减速。我们马上就要在"魔幻山地"的出口处下高速了。

"他们要带我们去坐过山车？"科南问道，"真是棒呆！"

"魔幻山地"在高速路左边，右边是县立男子监狱。我们的大巴向右转了个弯。

这世界善恶两立，又相依相随，就像这座游乐园和县立监狱。

"很好，"科南说，"我们不是要去那儿。票价贵得要命，还不如掉头去大奥兰多。"

"听听这傻瓜在说啥。"有人说，"你压根儿就没去过奥

1 大公路（The Great Highway），位于旧金山日落区的沿海公路。

兰多[1]。”

“我在那里挥金如土，”科南说，“玩了三天。我带着女朋友去的，还有她的孩子们。我们住的是极可意[2]按摩浴缸套房，买了通票，吃了鳄鱼排。奥兰多棒极了，反正比这辆大巴有意思多了。”

“你以为他们要带你去‘魔幻山地’？”坐在科南前面的女人说道，“蠢货。”她脸上满是文身图案。

“见鬼，你脸上墨水太多了吧。看看我们这群人，我准备投票选你当‘成功人士最佳候选人’。”

她咯咯笑着，把身子转向一边。

我最后才明白，对于旧金山，我是身在福中不知福。我从未想过主动离开，是我的常客库尔特·肯尼迪逼我走的，但这座城市的诅咒和我如影随形。

从其他方面来看，与我同名的女演员身世很凄惨。她的儿

1　奥兰多，佛罗里达州中部城市，以主题公园闻名，有迪士尼乐园、环球影城等主题乐园。

2　极可意，加州品牌，特色是旋涡浴缸和热水浴缸。

子有一次翻越围栏时划破了大腿动脉，去世的时候才十四岁。从那以后，她酗酒成性，直到四十三岁时一命呜呼。

我今年二十九岁。如果我只能活到那个岁数，那么十四年对我来说就是永恒。无论怎样，我要用比这个数字的两倍还多的时间——三十七年——来等着见假释裁决委员会。到那时，如果他们允许我假释，那么我就可以开始服第二个无期徒刑，我被判了两个无期徒刑外加六年有期徒刑。

我从没计划过要长命百岁还是英年早逝，我根本就没有计划。事实上，不管你有没有计划，你都得一直活着，直到死，一切计划都毫无意义。

但是没有计划并不意味着我没有遗憾。

我多希望我从没在“火星俱乐部”工作过。

希望我从没遇到过跟踪狂肯尼迪。

希望跟踪狂肯尼迪从没打算跟踪我。

但他确实这么做了，而且不知悔改。如果这些事没有发生，我就不会坐上这辆大巴，过上高墙内的生活。

我们停在了出口匝道的一个红灯下面。窗外，一张床垫斜倚在一棵胡椒树旁。我告诉自己，即便是这两样东西，也必须相辅相成。如果没有又脏又旧的床垫靠在斑驳的树干上，胡椒树就不会长出有花纹的枝干，也不会结出粉色的胡椒籽。好事总有坏事相随，好事也总会变得糟糕，世间的一切都很糟糕。

“以前，我每次都会以为那些床垫是我的。”劳拉·利普一边看着外面那张被遗弃的床垫一边说，“我开着车在洛杉矶转悠，看见路边有个床垫就想说，嘿，有人偷了我的弹簧床垫！我心想，这是我的床啊……这是我的床。每次都这样。说实话，它看起来和我的一模一样。等我回到家，床还是好好地待在卧室里，和我离开时没区别。那我就会掀开床罩和床单，检查一下床垫，确认它是不是我的。每次的答案都一样——是我的。我永远都会发现床垫还在那里，虽然刚看见它被扔在街上。我感觉我不是唯一这么想的人，这是一大帮人的困惑。事实上，他们做所有的床垫都用了一模一样的布料和缝制方法。当你看见它被丢在一个高速公路的出口时，会忍不住去想它就是你的。比如说你会犯嘀咕，他们到底是发了什么疯要把我的床拖到外面来！”

我们路过一块发光的广告牌：三套西装 129 美元，有家公司叫这个名字[1]。

“他们的服务真不赖，走出来的时候，你会活像个篮球明星。”科南说。

“他们到底是从哪儿抓来的这个傻瓜？”有人说，“在这儿讨论什么破烂便宜西装。”

我们都是在哪儿被抓的呢，只有我们自己知道，没人会讲

1　指服装品牌“3 Men Suits &129”。——编者注

给别人听，除了劳拉·利普。

“你想知道他们对那些小孩做了些什么吗？”劳拉·利普问我，“就是‘魔幻山地’那个老太太和她的变态老公？”

“不想。”我答道。

“说来你也不信，”她接着说，“简直丧尽天良，他们——”

大巴的扩音器里突然传来一段广播。我们被要求坐在原位。大巴停了下来，前排被单独关押的三个男人被放了出来。在转移过程中，他们被枪指着，当然我们也是。

“疯癫的娘娘腔们，”科南说，“我在那里被关了六个月。”

坐在科南前面的一个女人突然激动起来，像疯了一样，说：“你当真是个男的？没开玩笑？混蛋。警官！警官！”

“冷静点，”科南说，“我现在待的地方是对的。我的意思是，这个地方并不对，不是啥好地方，但他们修正了我的资料。他们之前搞错了，把我送到了男子中心监狱，和男人们关在一起。老实说那真是出乎意料。”

有人哈哈大笑起来，也有人捂嘴偷笑。“他们把你关进了男子监狱？真以为你是个男的？”

“那都不只是看守所，我去的是沃斯科州立监狱。”

过道里传来阵阵带着怀疑口吻的窃窃私语。科南并没有过多解释。后来，我知道了当时的详情。科南真被关进了男子监狱，至少当时已经在接收处了。他的确长得像个男人，我刚见到他时也这么认为。

一

我后悔在“火星俱乐部”的生活，也后悔遇上肯尼迪。但有一些别的事情，你听了也许希望或者以为我会后悔，但我没有。

对于那段吸毒成瘾，饱览图书馆藏书的年月，我并不感到后悔。那时的生活不算糟，尽管我大概从没想过回头。跳脱衣舞让我有了一份收入，这样我就可以买得起我想要的东西——毒品。如果你从来没有尝试过海洛因，那我可有得跟你说了：它会让你自我感觉非常良好，尤其是在刚开始的时候。你会觉得其他人也变得顺眼了许多。你会想给全世界一个喘气的间隙，一次短暂的停歇，一句温柔的问候。没有什么事物比它更能抚慰人心。初次涉足，我尝试了吗啡。那是一粒药片，有个男人把它盛在勺子里溶解了，帮我注射到身体里。这个男人名叫比尔。我之前对他没有太多想法，也没想过毒品是什么样子，但这个我偶然遇到，并且之后再也没有见过的陌生男人在那所废弃的房子里给我带来的完整体验，不正是一个少女在梦里向往过的爱情的样子吗？他捆住我的手臂寻找血管时那副小心翼翼的样子，针尖刺入皮肤那种微妙的感觉（静脉注射）一切都像极了爱情。

“这种爽法就叫‘如坐针毡’。”他说，“它会从后脑勺冒出来，抓住你的脖颈。”这种感觉的确来了，像是一把橡胶钳，牢牢地钳住我的后脑勺，随后一阵暖意顺着我的身体向下蔓延。

我浸泡在此生最为放松的汗水里，坠入爱河。我并不怀念那段岁月，只不过是把它讲给你听。

回到高速公路上，我转过身，尽我所能地远离劳拉·利普，闭上双眼。我试着睡觉，但还不到五分钟，她就又开始朝我说起了悄悄话。

“这一切都是因为我有双相情感障碍，”她说，“我也是怕你觉得奇怪才告诉你。你可能也有这毛病，这和染色体有关。”

也许她说的是“着色体”[1]，我现在不得不接触的就是这种人。这些人认为万事万物都是科学阴谋。在看守所里，我所遇到的人没有一个不相信艾滋病是政府捏造的，其目的是消灭同性恋者和瘾君子。很难和她们争辩。从某种意义上说，这可能是真的。

那个之前一直在对每个人发出嘘声的女人以最大幅度转过身来。她有一个褪色并且模糊的眼泪形状的文身，还用眉笔画过眉毛，双眼闪着灰绿色的光泽。恍惚间，我觉得我们并不是坐在一辆开往加利福尼亚州立监狱的大巴上，而是在演一部僵尸电影。

1 “染色体”的拼写为 chromosomal，在这里罗米怀疑劳拉发音错误，说成了 chromosomical，译者把这个并不存在的单词译为“着色体”。

"她是个婴儿杀手！"她向我们喊道，或者她可能是在冲我喊。她说的是劳拉·利普。

一个负责罪犯移交的警察沿着过道走过来。

"费尔南德斯，"他说，"我要是再听到你多说一个字，就笼子见吧。"

费尔南德斯并没有看向他，也没有答话。警察转身回到了自己的座位。

劳拉扮了个鬼脸，挤出一丝笑容，好像刚刚发生了一件略显尴尬但又不值得一提的事。就像有人不小心放了个屁，而那人绝不是她。

"见鬼，你杀了自己的孩子？"科南说，"去他妈的。我可别和你分到一间房。"

"我估计你遇到过比分配室友更大的问题，"劳拉·利普对科南说，"因为你看起来就像蹲了好多年大牢的人。"

"你为什么这么说？就因为我是黑人吗？至少我能适应这里，而你看起来活像个曼森小妞[1]，没有冒犯你的意思。我没什么可遮掩的，我的档案就是这么写的：无药可救，对立违抗性障碍[2]。我是犯罪型人格、自恋狂、屡教不改并且不配合，我还

1 曼森小妞，1960年代末在美国加利福尼亚州出现的种族歧视邪教组织"曼森家族"成员，该组织由查理·曼森建立，成员多为白人女性，该组织成员犯有谋杀、暴力、偷窥等犯罪行为。

2 对立违抗性障碍（oppositional defiant disorder，简称 ODD），多见于儿童，主要表现为对抗、不服从、消极抵抗等行为特征。

是个白痴和色情狂。”

人们逐渐安静下来，到最后有人睡着了。科南打起呼噜，那动静像推土机的轰鸣。

“和我们一块儿去山谷的人里有真正的大人物，”劳拉低声对我说，“听着，我不是什么曼森小妞，我懂自己在说什么。我知道区别在哪儿。我在加州女子监狱时，苏珊·阿特金斯和莱斯莉·范·霍滕[1]也在那里。她俩的眉心都有一道疤。苏珊在她那条疤痕上面涂了一种特殊的乳液，但还是遮不住。她是个自大的势利小人，额头上刻了一个X。她住的囚室里可是有些好东西，昂贵的香水，触控台灯。有个女孩叫来一个看守，对苏珊的囚室进行突击检查，拿走了所有好东西，我挺替她不值的。后来，我听说她过世的消息，心里也是一样难受。她的大脑有一部分出现了损伤，并且瘫痪了，但他们还是不准她回家。当我听人说起这个的时候，想起他们当时在加州女子监狱突击检查她的囚室，抢走她的触控台灯和乳液。莱斯莉·范·霍滕可不仅仅是个所谓的罪犯。有人以为这是个带有尊重意味的称呼，我不这么想，这只是一种集体思维。她和苏珊·阿特金斯一样在监狱里死掉了。他们不会把她放出

1　两人均为“曼森家族”成员。

去的，除非再也没人冲泡福尔杰咖啡，但这根本不可能，不然大家早上都喝啥？莱斯莉的案子里，其中有个受害人就是福尔杰家族的女继承人，他们都是有影响力的大人物，并不希望莱斯莉出狱。只要福尔杰家族还在，莱斯莉就只能烂在监狱里。”

她妈妈和希特勒有过一段风流韵事。就是那位德国电影明星的妈妈，和我起了同一个名字的那一位。她妈妈和希特勒有牵扯，但在那个时候，据我所知，没人不是这样吧？

“你为什么不会说德语？”吉米·达林有一次这么问。

我从没想过母亲会教我德语，对我来说，她教我任何东西都是难以想象的。

“她太颓废了，没心思教我。”有的父母是在沉默中把孩子带大的，沉默、恼怒、不满，在这些情绪里我怎么可能学会德语？我只能听到这样的话语：“你这小混账，是不是从我钱包里拿钱了？”或者是，“进来的时候别把我吵醒”。

吉米说他只知道一个德语单词。

“是 angst 吗？”

“Begierden，意思是渴望、欲望。他们用‘啤酒花园’来表示欲望，挺有道理的。”[1]

我试着入睡，但周身的束缚只容许我以下巴抵着胸的姿势睡觉。手铐引起的疼痛沿着手臂涌上来。手铐与绕过肚子的锁链连在一起，把我的双手固定在身体两侧。我感觉大巴里的空调被调到了十三摄氏度。我快被冻僵了，浑身难受，而这才刚到文图拉县，我们还有六小时的车程。我开始想象“魔幻山地”那些被强行带到厕所隔间，戴上假发套，然后用墨镜和别人的衣服迅速乔装打扮之后的孩子。到最后，没人能再认出他们。让他们变样的不光是他们的新装扮，还有他们的新人生。他们会变成自己的陌生人，变成不同的小孩，这段被绑架经历会成为他们生命的污点，并毁掉他们的人生。在那之后很久，他们才会习惯这全新而意外、不知会被邪恶的计划引向何方的命运。我眼前浮现出那些戴着假发的孩子，还有主题公园里稀稀拉拉的游人——他们并不知道自己应该去帮助一个被偷走的迷路儿童。我还看到了杰克逊，仿佛他正被一位坐在长椅上织毛衣的老妇人拉扯着，眼看着要与我分离，然而我什么也做不了，只能呆呆地望着脑海中那张长着雀斑的小脸，任画面浮

1 Begierden 发音与英文 beer garden，即啤酒花园近似。

沉、跃动，久久不肯消散。

杰克逊此刻和我母亲在一起。虽然我自己并不十分喜欢她，但生活对我最大的恩惠就在于此——他还能得到她的照顾。至少她不是那个坐在长椅上织毛衣的变态老太婆。这个德国女人脾气暴躁、吸烟成瘾，靠着不断地结婚、离婚、再婚过活。她对我态度冷淡，但对杰克逊算得上慈爱。多年前我们闹翻过一次，但当我被逮捕时，她带走了杰克逊。那时他只有五岁，现在已经七岁了。我在县立看守所的两年半时间里，我的案子一边在法庭进行司法审理，她一边尽可能多地带她的外孙来探望我。

如果有钱请私人律师，我会雇一个。我母亲提出以她的单间小公寓做抵押，那是一套位于旧金山内河码头的单间公寓，但因为已经抵押过两次，她那时欠的债已经比房子本身的价值还高了。著名的老牌脱衣舞女卡萝尔·多达曾和我母亲住同一幢楼。我小时候，她的胸部被印在霓虹灯箱上，在百老汇大街上闪烁着红光。当我去看望母亲时，我常常在走廊里看到卡萝尔手里拎着购物袋，和一条狂吠的狗较劲。她看起来不太好，但我母亲也不怎么样，毕竟她失业了，还对止痛片上了瘾。

我一度可能会得到慈善性质的法律援助——来自我妈妈的一位绅士友人。他叫鲍勃，开一辆紫红色的捷豹，穿着格子西装，喝曼哈顿鸡尾酒。她说鲍勃打算花钱请一个律师。但后来鲍勃消失了，是字面意思的消失。后来，人们在俄罗斯河[1]的一根原木下发现了他的尸体。我妈妈的人际关系不太好，她的人脉往往靠不住。我被指派了一位公设辩护律师[2]。我们都曾希望事情会是另一种走向，然而事与愿违，现实还是变成了今天这样。

▬

我们的大巴和一辆牵引拖车并排行使，在右侧车道和它一起发出低沉的轰鸣。我们经过卡斯泰克，这是抵达格雷普韦恩之前的最后一站。我曾和吉米·达林去过卡斯泰克的一家酒吧，那时我深受库尔特·肯尼迪所扰，刚逃离他的魔爪来到洛杉矶。吉米·达林当时已经搬到了巴伦西亚，在一所艺术学校教书。他在距离卡斯泰克不远处分租了一家农场。

有些事可能无法说出口，但事实如此：我现在依然是库尔特·肯尼迪的受害者，虽然他已经死了。

我了解这片区域，也知道格雷普韦恩。那里常刮风，荒寂而严酷，是进入加利福尼亚北部的必经关卡。我们离铁丝窗外这片暗淡的土地如此之近，我多么希望眼前的现实空间能像一

1　俄罗斯河，加州北部河流，流经旧金山湾区。——编者注

2　公设辩护律师，由政府出钱为支付不起律师费的人进行辩护的律师。

只口袋般扭曲，从中裂出一道口子，让我出逃，奔向那片无人之地。

劳拉·利普仿佛拥有读心术，开口道："我个人觉得，不管外面发生什么事，在这里感觉更安全。那些恶心、恐怖、让人厌烦的东西，你就是没办法与它们和解。"

我看向窗外，无尽的颠簸中，眼前只有大自然编织的岩石地毯，还有在眼前飞逝的灌木丛，除此之外空无一物。

"很多卡车司机是连环杀手，却不会被抓到。你知道的，他们四处奔波，从一个州到另一个州。司法部门不说，就没人知道。这些在美国境内穿行的卡车里，有的驾驶室后面就有女人被捆绑着，嘴里塞着东西。他们挂那种帘子，就是为了藏女人。那些被杀掉的女人被扔进休息站的垃圾桶，而且是被分解成一小块一小块地扔掉。所谓'垃圾大铁桶'就是这样出名的，人们往里扔尸体，女人的尸体，还有女孩的尸体。"

我们路过一个服务区，这是个多么正经又美好的概念啊。只要不让我待在这辆大巴里，和这个女人坐在一起，我能想象到的任何事物都比这更美好。要是我这会能在休息区的自动售货机后面睡一觉该有多好。当我们经过的时候，那里闪烁着冰冷的光芒。每一个有可能路过休息站的人都是我的灵魂伴侣，是和我一起对抗劳拉·利普的战友。但我没有别人，只能和她死死地绑定在一起。

"我还活着，"她说，"但那没多大意义。我的心早就被一把链锯切掉了。"

我们行驶在一段下坡路，途经一条避险车道，它从格雷普韦恩的出口直直降到山谷。我知道那种车道，坡度非常大，铺着碎石，前方无路可走，专为刹车失灵的车辆所设。我再也见不到那条卡车避险车道了，然而我很喜欢它。它是那样完好，但我只有此时此刻才能看到它。多么美好，多么完整，多么珍贵——脆弱而又珍贵，每一件事物对我来说都是这样。

"有一种东西，你自己没有，但你还把它送给别人，况且人家还不想要，你知道大家都是怎么谈论这种东西的吗？"

我向她投以一道充满敌意的目光。

"我说的是爱。"她说，"这么说吧，我走到外面捡了一块小石头。我捧着它，告诉别人，看，这个石头就是我，拿着吧。别人心里想的是，我才不想要这块石头。或者，他们嘴上说着谢谢，转手就把它揣进口袋或者投进碎石机。他们并不在乎这块石头是不是我，因为它实际上也并不是我，我只是把它指定成我。是我自己把自己粉碎了。你明白我的意思吗？"

我没接话，她也没住嘴。在我们去往斯坦维尔的路上，她会一直这样滔滔不绝。

"在监狱里至少你知道接下来要发生什么。我的意思是，你实际上并不知道，一切都是未知的，虽然只是一种无聊的未知。好像不会有什么悲惨或者糟糕的事情发生。我是说，当然这些也有可能发生，但你在监狱里不可能失去什么，因为你的一切都已经被夺走了。"

那晚在卡斯泰克，我和吉米·达林去了一家酒吧，女酒保和他打情骂俏。和吉米·达林在一起的时候，看那些小妞心照不宣地向他传达“甩掉你身边这个婊子”的信息对我来说简直是家常便饭。

然而他并没有甩掉我，直到后来我进了监狱。有一次，我给他打电话，从他的声音里我能听出，一切都结束了。但是出于一种自我保护，我并没有在意。我需要把精力集中在发生在自己身上的事。他客气地问我过得怎么样。我说：“你刚刚从洛杉矶县立看守所的一个犯人这里接到了付费电话，你他妈的以为我过得怎么样？”

我的时代，我的人生阶段，说真的，已经走到了终点，对我和对他都是如此。他给我写过一次信，通篇都在谈论即将到来的棒球赛季，没谈我面临终身监禁这个事实。

如果你和吉米·达林处境相同，可能也会做出同样的事。倒不是指写一篇有关棒球赛的信，而是指与一个在劫难逃的人切断联系。任何一个有理智的人，如果他们的身份只是男友或者情人，如果只是想寻欢作乐，都会放弃像我这样的人，一个即将永久离席的人。如果牵涉到坐牢，事情可就一点都不好玩了。但也许，把他推开的人是我自己。

吉米·达林在底特律长大。他父亲在通用汽车公司工作。十几岁时，吉米·达林就在一家汽车玻璃公司打工。他告诉我，当他第一次闻到汽车玻璃胶黏剂的气味时，发觉自己曾经梦到过那种味道，就是同一种胶水的味道。更换汽车玻璃是他命中注定要做的工作。幸运的是，他的命运不止一种。大学辍学后，他开始拍摄关于“铁锈地带”[1]的电影。电影的噱头就是他的出身，很滑稽，他是“蓝领电影制片人”。我老拿这个取笑他，但我也发现他对底特律的浪漫依恋挺能打动人心。在他的一部电影里，有个镜头是他用手把一副通用汽车公司广告扑克的每一张都翻过来。这副牌是他父亲在流水线上工作了四十年之后退休时得到的。几十年来，他父亲忠心耿耿，鞠躬尽瘁，最后公司居然用一副扑克牌来感谢他的付出。“你知道凯迪拉克大楼的通用公司总部现在成了什么吗？”吉米·达林说，“彩票兑换办公室。”吉米曾在外面站了一整天，想拍一个中奖人走进去领奖的镜头，但没人到那里去。

我是通过吉米·达林的一个学生认识他的，我那会正和那个学生在一起。那孩子名叫埃贾克斯，年龄很小，没什么钱，住在马基特街南边一个仓库屋顶的穹顶阁楼里。埃贾克斯

1 铁锈地带最初用来指代美国东北部五大湖附近，传统工业逐渐衰退的地区。现在可泛指所有工业衰退地区。——编者注

是“火星俱乐部”的门卫。大家笑话我，说和我和一个倒垃圾的男孩睡觉，而且他倒的垃圾桶里装的满是用过的避孕套，但我对此并不在意。还有，他的名字和一款去污粉一模一样，大家不停地拿这个开玩笑，但他告诉我他的名字是希腊语。这些女人守着一堆虚伪的标准，她们可以卖屁股，却不能和门卫约会。尽管如此，埃贾克斯还是幼稚又烦人。他会给我带“礼物”示好，却净是些没用而古怪的东西，比如街上某个坏掉的吸尘器。有一次，他出现在我面前，因为嗑了迷幻药而有些跌跌撞撞，还一直用爱尔兰口音说话，我叫他停下，他却停不下来。有一天晚上，他把我带去参加一个艺术学校的聚会，把我介绍给吉米，就是这样。我和吉米一起离开了聚会。吉米更帅，也不让我心烦。

“你怎么没去读大学？”吉米·达林有一次问我。他认为我很聪明，但他有那种受过高等教育的人特有的天真想法，以为其他人不上大学的原因仅仅是因为他们不想上。

“我太颓废了。”

“你在解释你妈妈为什么不教你德语的时候也是这么说的。”

“这不就更说明这句话是真的了。你觉得在脱衣舞俱乐部工作的女孩很聪明是件很奇怪的事吗？我认识的每个脱衣舞女都很聪明，有的甚至可以说是天才。也许你可以带着你的小相机到处转转，挨个问问她们为什么没上大学。”

在我的成长过程中，所有人都说我很有潜力。老帅和其他大人都是这么告诉我的。如果那是真的，那么我从来没能兑现过我的潜力。我的努力是让自己别像伊娃那样，工作日早上七点还跟埃迪和琼斯混在一起——做到这一点对我来说就是一项大成就了。当我发现自己怀孕了之后，我戒了毒，但这对我来说算不上一项成就，更应该说是摆脱了不幸。我在“火星俱乐部”工作，跳大腿舞。这里可不是旧金山最好的脱衣舞俱乐部。“火星俱乐部”名不见经传，给你留下的印象可能连中等或者普通的脱衣舞俱乐部都算不上，简直可以说是糟糕透顶，臭名昭著，四处乌烟瘴气，最像马戏团的地方就属它了。也许我喜欢它就像吉米喜欢我一样。它是一种极端的存在，这让它带有一丝特别，变得有趣，而且那里的好几个女人真的就是天才。

当然，我并不是说我很特别或者极端，只是吉米·达林从没见过像我这样会把他从雪佛兰黑斑羚汽车里推出去的女孩。那时我们开得很慢，每小时五到十英里。我唯一一次把他推出去是因为我很生气，但之后他为了追求刺激，让我再推一次，我拒绝了。在我之前他不认识任何一个住在田德隆地区的公寓里的人，他总是被楼梯口的景象，那些混乱的场面和叫喊声弄得晕头转向，也不理解为什么他想上楼还得花钱。在一家健康食品店里，我和他遇到了一个我认识的女孩，她神情恍惚，不停地抓痒。她问吉米知不知道她选的果汁是不是有机的，吉米表现得好像从来没有见过这种矛盾体——拒绝非有机果汁的瘾君子。和大多数从其他地方来到这座城市的人一样，他有点被保护得太好了。他正常、受过教育、有工作，并且觉得自己的存在是有意义的，不理解在这座城市里长大的人，不理解这里的虚无主义，更不理解不能上大学、不能融入异性恋的世界、不能找到一份固定的工作以及对未来毫无把握的痛楚。某种程度上，我们算得上般配。这并不是说吉米·达林跟我混在一起就跌入下层阶级。他没有。他和我一样平凡，也许比我正常点，但他确实是那个屈就我的人。

你有没有注意过这一点，女人可能看上去很普通，男人却从来不会？你永远不会听到有人说一个男人的外表很普通。“普通男人”指的是平均水平的男人，一个典型的男人，体面、勤奋，梦想不大，资源不多。然而一个“普通女人”则是指一个看起来很轻贱的女人。一个看起来很轻贱的女人不需要被尊重，所以她有一种特定的价值——特定的廉价。

在“火星俱乐部”，我不需要准时到岗，也不需要微笑或遵守任何规则，更不需要否认一个事实——大多数男人都以为他们在剥削我们，但其实他们才是被剥削的倒霉蛋。因此，那里的环境自然是充满敌意的，虽然蒙着一层来自我们的假意谦恭的伪装。在“火星俱乐部”，你可以做任何自己想做的事情，至少我曾笃信这一点。我和杰克逊的爸爸约会的时候，曾经用一个瓶子去砸他的脑袋，于是他揍了我一拳，正好打在脸上。为此我迟到了五小时，顶着乌青的眼圈，戴着墨镜，却没人说什么。有几次我到俱乐部上班的时候醉到几乎连路都走不动。还有些女孩日常工作的一部分就是在她们轮班的头几小时里，手举着化妆盒在更衣室里打盹。这些都不是问题。管理层根本不在乎。有些女孩身上穿着合规的蕾丝文胸和内裤，脚上却穿着破旧的网球鞋，而不是高跟鞋。如果你洗过澡，那你在“火星俱乐部”就有竞争优势。如果你的文身没有拼写错误，那你就是性感尤物。如果你没有怀孕五六个月，那你就是当晚的魅力女王。还有几个女孩用棒子打顾客的脸，搞得我们都跑出门外，又咳又喘，上气不接下气。有个舞女对夜班经理达达尼昂大发脾气，并放火烧了更衣室。她倒是真的被解雇了，但这只是个例外。

我们不得不假装对顾客很好，但那真的是我们唯一不得不做的事，甚至连这个都不是非做不可。我们这么做是为了赚钱，所以动机再简单不过了。而对于大胡子吉米和达特，你得注意别上他们的黑名单。但这也很容易，和他们打情骂俏就万事大吉了，他们那种“自我感觉良好”简直脆弱得可笑。

顺便说一下，大胡子吉米和吉米·达林是两个人，可别搞混了。除了吉米这个名字外，他们没有任何共同之处。大胡子吉米是“火星俱乐部”的保镖，而吉米·达林是我的男朋友——至少曾经有那么一段时间是。

我说过万事大吉，但其实没一件好事。生命力从我体内渐渐被抽走，这无关道德，和道德没有半毛钱关系，而是这些男人使我失去光芒，变得麻木不仁、心怀愤怒。我付出了，也得到了回报，但这远远不够。我尽可能地榨干这些“钱包”——这是我对男人的看法，他们就像行走的钱包一样。我知道这不是公平的交易，这个认知仿佛是一层薄膜，将我包裹其中。有一种东西不断在我体内发酵，在“火星俱乐部”坐在男人大腿上跳舞的这些年月里，这样东西深深潜入这种有问题的交易关系中。它在我体内发酵、起泡。当我操控它的时候，我从未主动做出这个决定；相反，是直觉占了上风。就是如此。

然而除了名字之外，大胡子吉米和吉米·达林也的确有更多的共同点。他们都曾经拥有过我，又都失去了我。

现在我明白了，让我愤怒的具体对象并不是引起愤怒的真正原因。就像那个想要有女友体验的男人，也就是那个纠正我餐桌礼仪的男人一样：我不喜欢他的原因是他让我想起了童年记忆深处的一个人，一个我曾找他问过路的人。十一岁的时候，我有一次去市中心找伊娃，打算和她一起去看某个朋克摇滚俱乐部的午夜演出。天色已晚，大雨瓢泼，而我迷了路。深夜的旧金山市中心一片荒凉，但出现了一个头发花白的老男人，正在给一辆漂亮的奔驰车上锁。他问我是否需要帮助。他看起来像是个有孩子的父亲，一个西装革履的体面商人。而我确实需要帮助，所以我告诉他我要去的地方，他说步行太远了。

“我可以给你钱叫辆出租车。”

“真的吗？”我满怀希望地问道，被雨淋得浑身湿透。

他说他很乐意帮助我，我们先去他的酒店，然后他会帮我叫出租车。他很乐意帮助我，但我们应该先去他的房间喝点东西。

奔驰车里的那个男人，和那个想要女友体验并纠正我的餐桌礼仪的男人一样，都不是什么大人物，我也不知道他们的名字。事实上，他们想得到的东西是一样的。

大巴沿着下坡路驶入中央谷地。

“很多人都只会抱怨监狱有多烂，但你每一分钟都是为自己的命运而活。”科南说，“那就好好活着呗。上次我在大房子[1]的时候还开了派对，你们可能都不信，不说都没人知道那是监狱。我们喝了各种各样的酒，嗑了各种各样的药，放了各种各样的嗨歌，还请人跳了钢管舞。”

“喂！”费尔南德斯朝坐在前排的警卫喊道。

“喂，瞧瞧我旁边这位女士，你最好过来看看她怎么了。”

这位警察认识费尔南德斯，他转过身来叫她安静点。

“但这位女士——好像有点不对劲！”

坐她旁边的大个子女人瘫坐着，脑袋耷拉在胸前。那是每个人睡觉时都会有的姿势。

你是不会去的，我理解这一点。你不会去他的房间，你压根儿就不会向他求助，因为你不会在十一岁的时候外出游荡直到迷路。那个时候你可能已经在家睡着了，身上一点不会淋湿，和爸爸妈妈安全地待在一起。他们关心你，给你定规矩，

1　Big house，俚语，指监狱或看守所。

不准你在夜里外出，对你抱以期望。对你来说一切都会大不一样。但如果你是我，你会和我做出同样的事。你会跟他走，傻傻地心怀期待，以为自己是去取打车钱。

这是中央谷地深处的某个地方，天还很黑，我向窗外望去，两个巨大的黑影在前面若隐若现，看起来就像在高速公路边上冒着油污的间歇泉。这个喷向天空的到底是什么可怕的东西，烟煤？两团巨大的黑云里包裹的要么是烟雾，要么是毒气。

我曾读到过一篇关于气体泄漏的文章，讲的是在弗雷斯诺或其他某个地方有几磅的污染物向天空扩散。当气体量以磅来衡量时你就知道有麻烦了。也许这是某种环境灾害，原油的地下管道爆裂了，或者是某种过于凶险而难以解释的原因，总之燃烧的火焰颜色不是橙色而是黑色。

当我们的警用大巴接近那个巨大的黑色喷泉时，我近距离观察了一番。

原来是桉树在黑暗中的轮廓。

虚惊一场。还好没到世界末日，只是树而已。

黎明时分，我们被一片浓雾笼罩。整个中央谷地仿佛漂浮在海面上。缕缕潮湿的雾气从高速公路拂过。我什么也看不见，眼前只有一片烟灰色。

劳拉·利普一直在等我醒来。

“你读过女人在车里被谋杀的新闻吗？有个家伙拿着刀或什么东西，反正是某种武器，走到她面前，说带我去找个银行取款机。这人上了她的车，结果把她杀死了，无缘无故砸了她的头。他俩无冤无仇，甚至互相都不认识。城里的生活已经变得这么粗鄙又危险了，你想想，那可是下午两点，就在赛普维达大道。几小时过后，警察找到了她的尸体。这家伙当天早上才从监狱被放出来。在找到这个受害者之前他一直到处游荡。我告诉你，咱们被拘留起来更安全。不会在外面抓到我的，没门儿。绝对不可能，不会的。”

我们周围是一派农耕景象，然而我看不到有人在田里劳动。农田被扔给了机器，而我被扔给了劳拉·利普。

“如果他们不放那人出去，那个女人就能活得好好的。对有些人来说，现实太骨感，而对另一些人来说则是阳光灿烂，就是这类人，这类疯狂的人，有精神病的人，我再了解不过了，就像我说过的，我之所以在这里是因为我有双相情感障碍。我很高兴他们这里有空调，因为热量可以让我发病，症状真的来得很快。”

一

太阳升起时，雾气消失了。大风摇晃着高速公路隔离带里茂密的夹竹桃，那桃红色的花朵带着不满的情绪疯狂地弯下腰，随后又恢复了生机；这时又来一阵大风，再次把它们桃红色的脑袋刮得团团转。

大巴上弥漫着奶牛的臭味，这气味似乎唤醒了科南。他打了个哈欠，向窗外望去。

“牛有一个特点是它们都穿着牛皮。”他说，“从头到脚没别的，全是牛皮。真是太混蛋了。我的意思是你仔细想想就会这么觉得。”

“那个可怜的女人有个孩子，”劳拉·利普对我说，“可那孩子现在是孤儿了。”

高速公路边上种满桉树。昨晚在漆黑的夜里，我以为那些树是末日的阴影。现在，它们看起来灰头土脸、郁郁寡欢。在加利福尼亚南部，同一片树叶会在同一棵树上停留几十年。这些树木不掉叶子，它们有别的事可做：年复一年地收集灰尘，饱吸尘土和汽车尾气。

“我听说现在‘澳拜客’有种牛排，他们给牛喂的是啤酒。”科南一边说，一边看着那些被尘土包围着，惨兮兮地挤在一起的动物。除了土，什么都没有，所以这些动物也好像土，有生命的土，会呼气能拉屎的土，视野范围内看不到任何青草。“确切地说，是百威啤酒。他们强迫牛喝下去，这样肉就会变嫩。

但是话说回来，那些牛都到了喝酒的年龄没？我想尝尝那种牛排。等到哪天我从这个婊子一样的地方出去，我要做的就是吃澳拜客。”

一个警卫从过道走过来做例行检查。

“你吃过炸洋葱花球吗？”科南冲着他大声喊道。警卫继续往前走。科南对着他的后背继续大声说话，而这背影顺着过道渐渐走远。“他们把那个倒霉玩意儿崩开，拍烂，扔到油锅里炸。该死，味道好极了。‘你在别的地方都找不到。’这是它的广告词。”

我们驶过一个牧场住宅，有一个用轮胎做成的秋千，还种了一丛蓬乱的加州蒲葵，又称“鼠掌”，是加州的非官方吉祥物。院子里有个指示牌，写着“请在弗雷斯诺县民主党选举中投克里奇利，请投克里奇利”。

左边的车道上，一群道路维修工正在工作，其中一个工人举着一块指示牌，让所有人放慢速度，靠右行驶。

“你的衬衫是我做出来的，混蛋！”科南对着窗户玻璃大喊。那人听不见，只有我们能听到他的声音。“伦登，安静点。”一个警察通过扩音器说了一句。

“我们在沃斯科加工那些道路维修工的汗衫。他们让你往上面粘贴反光条。”

我开始发现有轻飘飘的白色物体从大巴车的窗口掠过。高速公路上到处都是这些东西。它们并不是像雨滴从天而降，只是在空中盘旋、打转。前面有一辆货车，这些白白的松软碎屑就是从那里释放出来的。然而直到从这辆卡车旁边经过，我才终于知道这些碎屑到底是什么东西。原来这辆卡车上面装载着一排排金属笼子，笼子里塞满了火鸡，它们被迫弯曲着长长的脖子。风把它们的羽毛拔起并吹了出来，在公路上留下白色的丝丝纹路。已经到十一月了，这些是为感恩节准备的火鸡。

“你最好过来看看这一位！”费尔南德斯又为她的邻座大喊大叫起来，她的邻座身子向一旁侧着。

“嘿！”

这个女人很胖，可能有136公斤重。她开始从座位上往下滑，不断地往下滑，直到以一个尴尬的姿势身体倒折叠着在大巴过道的地板上。这引起了车内一阵骚动，人们窃窃私语，发出“啧啧”声。

“我把这种样子叫作打盹儿，”科南说，“睡得不省人事。真希望我也能像她那样，我在大巴车上很难睡得舒服。”

“嘿！”费尔南德斯朝前排喊叫，“你必须来处理一下，这位女士有麻烦了。”

有个警察站了起来，朝后面走来。他站在那个倒在地上的女人身旁，喊道：“这位女士！夫人！”而这并没起到作用，于是他用军靴的尖头戳了戳她的肩膀。

警察朝前面喊道：“没反应。”

他们自称是惩教官。但在真正的警察眼里，狱警算不上警察，而是执法机关里处于最底层的失败者。

前面的警察打了个电话。

另一个正要返回前排时，突然停了下来，把脸转向费尔南德斯。

“听说你结婚了，费尔南德斯。”

“只是为了生活。”她说。

“我想问问你，费尔南德斯，有‘特殊婚礼’这么一说吗，就像特殊奥运会一样？”

费尔南德斯笑了：“如果我必须嫁给一个像你这样的蠢蛋，长官，我想我会知道的。”

科南大呼一声，表示赞同。

“像我这样的蠢蛋才不会娶一个又肥又丑的监狱妓女，费尔南德斯。”

他走到过道前方，坐了下来，似乎已经忘记了那个昏迷的女人。

劳拉·利普睡过去了，这意味着她终于可以安静一会了。

我们静静地在车里坐着，任凭一个庞大的躯体倒在地板上，其中有一半缩在座位下方。

2

旧金山的问题在于，我永远无法在那座城市拥有未来，一切都是过去。

对我来说，日落区就代表着这座城市，雾气缭绕，阴冷凄凉，几乎看不到树木。无数千篇一律的房子建在沙丘上，绵延四十八个街区，一直延伸到海滩，房子里住着中下阶层的华裔美国人和工薪阶层的爱尔兰天主教徒。

“巧换”[1]，上中学时，我们订午餐的时候一般会这么说，其实是指装在纸盒里的炒饭。尝起来很美味，但永远都不够吃，尤其是当你喝醉的时候。我们管他们叫“亚洲佬”，那时还不知道这是对越南人的专有称呼，我们说“亚洲佬”的时候指的是中国人。老挝人和柬埔寨被我们称为“新移民”，都是刚从船上下来的人。那是20世纪80年代，想想看，这些人为了来

1　原文是Fly Lie，该说法用于嘲笑亚洲人说到炒饭（Fried Rice）的发音。

到美国一路上都经历了怎样的艰难困苦。但我们对此毫不知情，也没心思在意这些。他们不会说英语，身上散发着一股外来食物的味道。

我可以自豪地说，日落区就是旧金山，然而它也是另一样事物的代称，你可能知道是什么：它和彩虹旗没关系，和“垮掉的一代”的诗歌或者陡峭曲折的街道也没关系，我所说的是浓雾和通往大公路沿途的爱尔兰酒吧和酒铺。那是一片碎玻璃的海洋，在海洋海滩沿岸狭长而望不到尽头的停车带闪闪发光。我们女孩子会坐在某人涂过新漆的道奇战马或者道奇挑战者汽车里，穿过那四十八条说短不短、说长不长的街区，前往海洋海滩。其中一个男孩拿着一个偷来的灭火器向外喷射，把人们成群结队地赶往街角，有一些人随机中招，被喷得浑身雪白。

如果你是来这里观光的游客，或者是来自这座城市的另一个更令人羡慕的区域的居民，而且打算出发去海滩旅行，那么你可能会在防波堤之上看到我们的篝火。炭火会让女孩们的头发也散发出烟火的味道。如果你来的时候正值一月初，那你会看到更大型的篝火，是用废弃的圣诞树堆成的，干燥易燃的木材在高高的柴堆上噼啪作响。每次爆炸过后，你也许都会听到我们的欢呼。当我说“我们”的时候，我指的是我们这些“WPOD”，这和《嗑嗨了的白种朋克》(White Punks on Dope)这首歌的首字母缩写是一样的。我们爱当下的生活胜过爱未来。《嗑嗨了的白种朋克》只是一首歌的名字，我们甚至都没听过。这个首字母缩写另有所指，指的不是一个帮派，而是一群人。它是一种态度，一种穿衣、生活和存在的方式。有人把我们的涂鸦改写成“甜甜圈上的白色粉末”，但我们中的许多人甚至都不是白种人，这就更难解释了。整个日落区的 WPOD 们的世界都与白人权力有关，而不是白色粉末。但这都是一些力量并不强大的孩子们的信仰。这些孩子最终可能会出入于戒疗中心和监狱，只有少数几个幸运的男孩和女孩，要么进入德鲁克斯美容学院学习，要么被录用到欧文街和林肯路之间的第九大道上的约翰·约翰屋顶工程公司工作。

我还小的时候，曾经看到过一本旧杂志的封面，上面印着一些人的长袍和双脚，而这些人都曾在圭亚那喝下吉姆·琼斯分发的酷爱牌饮料[1]。我在整个童年时期都会不断想起那个画面，每次都感觉心里很堵。我有一次跟吉米·达林讲了这件事，他说那实际上不是酷爱牌饮料，而是 Hi-C 牌橘子汽水。

什么样的人会想澄清这种事？

自作聪明的人才这么干吧，这种人能想办法摆脱那幅画面带来的不良影响，而我却不能。我不大可能加入邪教，不是因

1　此处提及的是“人民圣殿教”（The Peoples Temple）事件：1978 年 11 月 18 日，在南美洲圭亚那的“琼斯镇”，教派创始人吉姆·琼斯率领 918 名信众在集体自杀与谋杀中死去。

为当我瞥见死者的脚以及看到他们喝的那桶水时，心中感觉到了危险；而是因为，照片上的脚用事实向我证明，真有这样的人可以把死亡喝下肚，并诚心投入死神的怀抱。

我五六岁时，在超市里看到一本册子的封面，上面画着一个裸体女人，有两把刀从她的身体里面扎出来，血流成河。封面上写着“两次杀戮”，这就是册子的标题。我那时不在母亲身边，她在超市的另一端购物。我们去的是欧文街的百佳超市，但我觉得我不仅仅是和母亲相隔了几条走廊的距离，而是被永远地吸进了大海，卷入那个叫作“两次杀戮”的死亡世界。从超市回家后，我感到恶心想吐，吃不下母亲做的晚饭。她那也不算做饭，只是给我泡了一碗日清“顶级拉面”，然后就去陪她当时正在约会的不知哪一个男人了。

多年来，每当我想起《两次杀戮》封面上那张照片，就觉得一阵恶心。现在我明白了，我所体会到的一切都是正常的。当你还小的时候，你还在学着接受邪恶的存在。你对它的认知是可以吸收消化的。然而当这类情况第一次真实发生时，影响就不那么容易消退了。它就像一片过大的药片，令你如鲠在喉。

十岁时，我被一个名叫泰拉的女孩迷住了。她的眼睛晶莹剔透，橄榄色的皮肤，声音沙哑，感觉是个厉害角色。遇见她的那天晚上，我坐在别人车里，一边喝着卢云堡淡啤，一边兜风。卢云堡淡啤是用绿色瓶子装的，贴着浅蓝色的标签。我们去诺列加人街接上了泰拉。她住的房子是一家不太正规的女孩寄养院。经营这家寄养院的男人名叫拉斯，晚上他会强迫女孩们和自己睡在一起，不可思议却又在情理之中。如果你住在那里，迟早会在某个夜晚被又老又壮又小气的拉斯拜访。女孩们抱怨被他强奸的时候就好像这是一个严格的管教项目，或是一种收取租金的方式。她们甘愿忍受，因为别无选择。我们其余的人都袖手旁观，因为拉斯用酒来收买我们。而且我们能怎么办，报警？据我们所知，有个警察根本没有把女孩们带去塔拉弗街警察局，而是去了海狼岬。

泰拉气势汹汹地要求坐在副驾驶座，于是她从前面钻进来，把脚踩在仪表板上。她告诉我们，她已经有点恍惚了。她说话时含混不清的感觉在我看来非常迷人。她戴着钻石耳环，当她喝光一瓶卢云堡淡啤，把空瓶子从车窗里扔出去时，耳环在她小女孩般细嫩的耳朵上闪闪发光。也许泰拉的耳环是假的，但这并不重要，效果是一样的。对我来说，她有一股魔力。

那一年，我本有机会认识一个父母都是中产阶级的好女孩。她来我家过夜。下一周回到学校，她告诉所有人，我家晚餐吃的是女主人牌馅饼，并且吃完后把包装纸扔到了床底下。我不记得那件事了，但我并不是说这不是实情。我妈妈一般让我在晚餐时想吃什么就吃什么。那个时候她通常和她正约会的不知哪个男人在一起，总之是个不喜欢孩子的人，所以他们会待在卧室里，房门紧闭。我们在街角的市场开了一个账户，我就去那里买东西，薯片、按升装的苏打水，反正我想要什么就买什么。我没有意识要为了给另一个孩子留下好印象而伪造另一种生活方式。这个女孩传的那些有关我和我们家的事让我很难过，于是当她放学后从海特—帕纳苏斯的6路公交车上下来的时候，我往她屁股上扎了一根别针。我就站在后门旁边，当她从里面出来时，我刺穿了她的裤子。每个人都这做过这样的事，用的是从家政课上偷来的别针。这很正常，但如果有人对你做这样的事，你一定会疼得满脸飙泪。

吉米·达林曾对“钻石恒久远”这个说法嗤之以鼻。地球上的每一种矿物都是恒久远，他说，但他们这么说搞得钻石仿佛拥有某种不一样的“恒久远”一样。这都是为了卖钱，却十分奏效。

几天后，泰拉给我打电话，于是我们约好在星期天去金门公园，去那座大桥。人们常去那儿滑旱冰或者闲逛。泰拉到我家里来了，因为我住的地方距离大桥只有几个街区。

她说：“我必须打烂那个婊子的脸。”

我说好的，然后我们去了公园。

泰拉约好要揍的那个女孩已经到了，和她的两个哥哥在一起。他们不是日落区的人，后来我才知道他们住在海特区。兄弟俩都是成年人，并且都是科尔街上一家汽车修理厂的汽修工。而那个女孩——泰拉的死敌，个子很高，外表精致，扎了一头油亮的黑色马尾。她穿着一条粉红色的短裤和一件印着“无所谓”字样的衬衫。她的嘴唇涂着有点乳白色光泽又微微透着点蓝色的唇彩。泰拉体格强健又结实，没人想和她打架。她和这个梳着马尾辫的长腿女孩脱掉旱冰鞋，穿着袜子在草地上打了起来，然而袜子的柔软丝毫没有减弱打斗的力度。

泰拉猛踢一脚，但另一个女孩抓住了她的脚，泰拉失去了平衡，倒在地上。女孩跳到泰拉身上，用自己的膝盖压住她的胸部，开始用拳头揍泰拉的脸，双手交替，就像揉面团一样，正在试图把它揉成满意的形状。她一拳一拳地击打泰拉张脸，两个哥哥大声地在旁边叫好。他们在给她加油，但我明白，如果输的人是她，他们也并不会插手。他们出现在这里的意义就是当一个信徒，去见证一场战斗的荣耀，去感受战斗胜利的骄傲与自豪。她不断地出拳，然而她的手臂似乎太瘦了，拳头打在脸上根本无法施力，但最终还是造成了破坏性的伤害。在此期间，我从没想过要跑过去帮忙，只是眼睁睁地看着泰拉被猛揍。

当那个女孩觉得她已经充分达到目的时，就住了手。她站起身，重新扎紧马尾辫，把短裤从屁股缝里扯出来。泰拉坐了起来，试着抹干眼泪。我上前去帮她整理。她的头发乱成一团，全身沾满枯草屑。

“我有一招打得很好，”她说，“你看没看到我是怎么踢那个婊子的胸的？”

她的两只眼睛肿得几乎封上了，双颊硬邦邦地鼓起来，有些发亮，下巴被那女孩的戒指豁开了一道口子。“我那一下真的打得特别棒。”她重复道。

这就是看待事物的最佳方式了，但事实是她被一个女孩残忍地暴打了一顿。这个女孩看上去谨小慎微，但又穿着一件印着“无所谓”的T恤；一副不太可能获胜的样子，但又最终获了胜。这一点从打架开始的那一刻就很明显了。这场战斗的胜利者就是伊娃。

那天我并没有和伊娃成为朋友，那是后来的事了。不管这个“后来”过了多久——好像是一年之后，她和她揍人的画面都一直让我记忆犹新。我对她有了一些了解。大多数女孩都是说起来话来很唬人，然而真正打起架来就开始互相挠、扯头发，有的甚至根本不露面。

我猜你会说我用泰拉换来了伊娃，就像我用埃贾克斯换来吉米·达林一样。但在这两件事情中，第二个人都是第一个人领着我去认识的。生活允许我们对一切加以评估，同时也允许我们重新评估。不管怎么说，谁愿意死守着一个失败者呢？

伊娃很上道。她这样的女孩身上总是带着打火机、开瓶器、涂鸦笔、扁酒瓶、催情剂、巴克军刀，甚至还有她自己的消磁器——就是商店职员用来从新衣服上取下防盗扣的装置，那是她偷来的。我们其他人会在带着偷来的赃物离开商店之前强行把传感器扯下来，但如果把传感器留在更衣室就会露出马脚，所以我们往往把它们随身带着，夹在腋窝下面，这样就能很好地遮住信号，不被探测报警器发现。我们可不是盗窃狂——这个词指的是那些有强烈偷窃欲望的有钱人。我们只是在寻找新颖的方式来获取化妆品、香水、钱包和衣服——所有这些都是一个女孩该有并且想要的东西，而我们负担不起。

我所有的衣服上都有洞，这些洞原本是固定传感器的地方。而伊娃则用她的神奇装置把传感器从偷来的衣服上轻松卸下。有一次，她径直走进了艾马格宁服装店，用剪线钳夹断了一件兔毛外套上的金属线，套在身上就跑。这些金属线从这件皮草夹克的袖子里面穿过，在袖口绕成一个大圈，像一副巨大的手铐一样晃来晃去。

伊娃经历了一段假小子时期，那时她不穿皮草外套，反而穿得像个日落区的小混混，套着一条本·戴维斯的裤子，腰带环上挂着一个管家钥匙环。钥匙环上面的钥匙越多越好，开什么锁不重要，重要的是它们能用来开啤酒。她穿一件黑色的德比夹克，里子印满了金色的佩斯利涡旋花纹，从左肩到右肩都缝着商标。和男孩们一样，她以钢头靴作为这个造型的点睛之笔，这样就能在必要的时候把别人的脑袋踢开花。

一天晚上，我在比格雷克遇到一群人。我之前从来没见过他们，他们年龄比我大，坐在黑暗中喝百加得151朗姆酒。他们来自克罗克－亚马孙区，那里差不多是敌人的地盘。他们想给我看伊娃的宝丽来相片。问我，这是你的朋友吗？照片中，伊娃喝得酩酊大醉，已经脱掉自己的假小子装扮，赤裸的大腿间夹着棒球棒。

伊娃和混混们拳脚相接并且打赢了。在嗑药和酗酒上，她也胜人一筹。这些拿着照片的男孩知道这么做对伊娃意味着什么，所以他们想让我看。

我从没告诉过她，甚至没去想后来发生的事。对于伊娃这个住在田德隆的瘾君子来说，至今为止，那几张宝丽来相片仍然是别人曾对她干过的最糟糕的事情。她自己倒是对自己做过很多不好的事，但那不一样。

有些孩子有强烈的吸毒冲动，根本控制不住。伊娃就是这样。她第一次偷她妈妈的安定时，我俩一人吃了一粒，然后去了西隧道口区。“我什么感觉都没有，你呢？”她问我。我也是，没感觉。“那我们再吃一粒吧。我还是什么感觉都没有，你呢？有一点了。再来一粒。你开始爽了吗？我不太确定。”就这样，我们吃光了一整瓶，几小时后醒来发现我们在荣德宝比萨店，两个人的脸都被已经罢工的“吃豆小姐”电子游戏机面板烤得发烫。我们跌跌撞撞地走回家，足足睡了三天。

没过多久，有一天，我在森丘轻轨站对面的拉古纳本田大道汽车站等车。那会已经是午夜了，公共汽车开始执行夜间时刻表，每隔一小时才有一班。还有另外一个人也在等车，他递给我一支烟并帮我点上，然后问我是否知道在哪里可以买到安眠药。他大概很年轻吧——二十多岁，但当时我并没有思考过他的年龄。十八岁以上的人在我看来都算老。他很懂怎么跟年轻姑娘搭讪，怎么哄女孩开心。我夸口说我可以卖给他一些安定，而那只是在撒谎。当时我只有十二岁，只有个幸运地得到她母亲的临时补给的朋友。不过，我说我也许可以帮他搞到一些。“我现在能买吗？”他问道。我说我得给我的朋友打电话。他想把他的电话号码留给我，这样等我和她谈过之后就可以给他打电话。然而我们俩都没带笔和纸，我暗暗怀疑自己能不能搞到更多的安定，但我已经骑虎难下。他脱下鞋子。那是一双老式的男款正装皮鞋，他走到候车亭旁的围墙边，用黑色的鞋跟把自己的七位电话号码写在围墙表面那层粗糙的灰泥上。看着这个在寒冷的夜里汗流浃背的男人，用他的鞋后跟在墙上刮出他的号码，为了等我拿到他需要的东西时就可以给他打电话，我心想，我都做了些什么。

如果伊娃不来，我通常都没有嗑药的打算。一天早上，她带着两片叫作“德尔古”的药来了。德尔古是迷幻药和 PCP[1] 的

1 PCP 是五氯苯酚（pentachlorophenol），一种迷幻药的常用成分。

混合物。我们每人拿了一片。那是六年级结束后的夏天，又是一个了无生趣、雾气沉沉的日子，无事可做。或许我们可以去欧文街的罗马咖啡馆打电子游戏，吃个“皮罗什基饼”——就是甜甜圈里塞满了牛肉末和美式奶酪，到公园喝杯“米奇家”脏袜子啤酒，或者进漫画书店和店员聊几句——那个店员曾跟我说过“蓝球”[1]是什么意思（我当时问出这个问题，也许对他来说就是“蓝球”含义的最佳演示了）。

为了让这一天有点新意，我们吃下德尔古，沿着有轨电车的轨道一直走到海洋海滩。我们在犹大街的 7-11 便利店停下脚步，我进去买了一根黄油巧克力棒，咬了一口，巧克力棒在我嘴里变成沙子般的细粉。我心想，我真讨厌我的生活。之后，我们坐在某个人的车库的一辆面包车里听杀手乐队的歌。伊娃仰着头，闭上了双眼。我看着她的侧脸和一头乌黑的长发，心想，毫无疑问，我和伊娃的未来都已落入魔鬼之手，无可救药。

那是在人们开始去安东·拉维[2]的房子之前，在那座房子里，人们聚集在一起崇拜撒旦。它在金门公园的另一边的里士满。我从没去过那里，但我认识的孩子里有人去过。你必须有传统的背景，才能全身心地崇拜魔鬼。我妈妈是一个无神论者，我要是信了教，即便是撒旦教，她也会取笑我。那个挪威人，也就是我后来在斯坦维尔的木工作坊搭档，要是受邀去

1 蓝球（blue ball），俚语，指性欲被激起却没得到发泄的男人。

2 安东·拉维（Anton LaVey，1930—1997），美国作家、音乐家和神秘学学者。

安东·拉维的家里，不知道会有多开心。但是，她此刻身在监狱，而安东·拉维的家也成了过去。安东·拉维已不在人世，他的黑色房子也不见了，取而代之的是一栋栋公寓楼。

然而我更感兴趣的是另一幢房子，它属于一群被称为“斯库默兹”的人，是伊娃带我去的。它位于海特区附近的共济会教堂，是一座典型的老式维多利亚式建筑，格局凌乱，镶嵌的气泡玻璃飘窗会发出宛如柴油巴士从山上开下来时出现的嘎啦嘎啦的响声。那是 43 路公交车，通往吉里大道的西尔斯百货公司，当我们感到疲倦时，就会躺在西尔斯百货家具部的床上。我对这些“斯库默兹人”一无所知，不知道他们是谁，也不知道他们在那个大公寓里住了多久。在公寓内部，时间停滞在 1969 年。每个房间都用网球做了装饰。那些球被浸泡在不同颜色的颜料里，然后在房间里弹来弹去——墙壁、地板、天花板，一缕一缕意面形状的缤纷色彩，让这个地方充满一种统一而又让人心绪不宁的感觉，仿佛是一个头脑混乱的人乱涂乱画的笔迹被投射在墙上，营造出一种污浊不堪的氛围。许多无家可归的人住在“斯库默兹之家”，都效力于一家以出售紫色迷幻药为主营业务的家族企业。一个大块头女人坐在厨房里，借助一把切肉刀把迷幻药分装到玻璃纸袋里。药片一粒都没有浪费。她负责分发这些袋子。如果你去买货，那你坐在桌子旁就好，等她准备好了，她会抬头看着你，拿走你的钱，并递给你一个袋子。我第一次去的时候，她身后站着一个赤膊男孩，神情恍惚，像是在梦游。这男孩守在炉子旁，烧水准备煮奶酪通心面。干燥的面条从盒子里滑落的声音让我感觉很不舒服。他打开奶酪粉，把它撒到锅里。他头发软软的，浅金色，像虱子蛋的蛋壳一样。他用搅拌过面条的勺子吃起了面。他看上去大约十岁，光着脚，裤子急需拴上一条皮带。

“斯库默兹人”到底是谁？他们都去了哪里？历史的很多细节都不为人所知。许多小世界早就存在，但你却不能在网络上或任何书籍中找到，即使你觉得你拥有自由，可以找到我找不到的东西，毕竟我不能上网。但用谷歌搜索那些“斯库默兹人”，你什么也找不到，哪怕一丝蛛丝马迹，可是他们确实存在过。

如果有除了我之外的任何人记得他们，那个人的描述只会使这群人的故事变得更加不真实，因为我对他们的记忆常常需要靠事实修正。关于什么东西只留下印象就可以，又有什么东西时隔多年还依然停留在脑海，我的大脑对此做出的安排可以说毫不体贴。比如虽然那些过去的记忆被我抹掉，但很多年过去了，最真实的画面还依然停留在我脑海中，挥之不去。

伊娃的妈妈在上海特区[1]消磨时光的那家酒吧叫作蓓尔街。

1 即 Upper Haight District。

孩子们也可以进酒吧，大人们给我们买“爱汉堡”，然而它只是汉堡而已。如果你想吃，可以在面包上抹咖喱，那部分可能就是“爱”，这种酱汁会弄脏你的手，把它染成明亮的花粉黄色。在酒吧外面，如果你有没吃完或者喝完的东西，你可以塞给流浪汉“皮草男”。

还记得“皮草男”吗？如果你向海特人问起“皮草男”，他们中有很多人都会记得他。“皮草男”常穿着黑色皮裤、皮衬衫，戴着黑色皮帽。光着脚，被街上的煤烟熏得乌黑。他要么在蓓尔街外站着，要么在公园的东部边缘，沿着经过他自己一番筛查而选定的斯坦扬海岸线游荡。街上四处散落的并不是贝壳，而是麦当劳的垃圾。据传，“皮草男”从没脱下过他的皮衣，至少已经有几十年没脱下了。有一次，伊娃的妈妈和我们一起在蓓尔街外站着。那时，我们看到“皮草男”在一个垃圾桶里翻东西。伊娃的妈妈说：“你们两个小姑娘应该知道他把衣服脱了会怎么样，对吧？”

我们摇了摇头。

“他会死的。”

她吐出一口烟，用手指把烟屁股弹到街上。我后来模仿了这个动作，用拇指和食指弹出去，这个不起眼的动作能让我感觉自己很强悍。

“皮草男”捡起她扔掉的烟蒂，伊娃的妈妈并不稀罕的那几口烟对他来说却是十足的享受。

别把“皮草男”和“肝脏男”搞混了，[1]不过只要认识他俩的人都不会搞错。

“肝脏男”掌管着71路电车诺列加大街方向。我只见过他一次，马上就知道这是我听说过的那个臭名昭著的家伙。一种看起来有点像肉，又有点像肝脏的硬塑料融化在（或者说像个模具一样套在）他的头上。那东西永远附着在他身上，成为他身体的一部分，正因如此，他才变得那样惨不忍睹。本来应该长着头发或者头皮的地方，现在被一层有光泽的厚板子替代了。有人说他是一名朝鲜战争老兵，这个东西之所以会粘在他的头顶上，是因为他曾受过伤。

“鬼步侠”是另一个偶尔出现的人物。在公园的另一边，也就是在吉里大道的芭斯罗缤冰激凌店附近可以看到他，我上高中的时候曾在那家店打过工。“鬼步侠”通常走路的步伐都很正常，然后他的腿可能突然就动了起来，并且动作很快，活像一台专门用来擦洗人行道的机器，而擦洗工具是他的鞋底。他一路拖着脚，沿着街区滑行，停住，然后又恢复正常姿势继续前行。这可能是一种紊乱，神经方面的紊乱，但又像是命运给他的安排——他必须成为那个在吉里大道上突然拖着“鬼步”前进，然后又突然停止的人。

1 “皮草男”的拼写为 Leatherman，“肝脏男”的拼写为 Liverman，发音相近。

说“打工”似乎有点过了。我们卖冰激凌，但并不会把收到的钱款全部放进收银机，晚上收工清点抽屉时，我们会偷偷拿走一些钱。我们偷吸罐子里的笑气，这些气体本是用来装填鲜奶油桶的。大多数女孩都在那里工作，我们让男孩们在店里玩滑板，也允许他们走到柜台后面，狂吸笑气，自己舀冰激凌。晚上关店时，我们把水泼在地板上，好完成拖地的任务，还会预先把时钟往前拨，以便提前关门。这地方可以说是由孩子们经营的，没有人监督，因为夜班经理是一个叫海伦的苏格兰酒鬼，每天做完冰激凌蛋糕后她都会早早地离开，而做蛋糕这项技能这是我们所不具备的。

在拉古纳本田大道的公交车站，那个想要安定药片的男人坚持要用鞋跟把自己的电话号码写在墙上，这种咄咄逼人的乐观态度让我警惕起来。他需要毒品，做足准备要和一个十二岁的女孩做生意。他需要对她给予信任，但显而易见，她很可能在撒谎。

伊娃的妈妈是白人，爸爸是菲律宾人。妈妈是个瘾君子，爸爸是个控制狂。爸爸在贝维尤区的大型啤酒老厂——拉吉拉格啤酒厂当保安，被派到入口处工作。我和伊娃去过一次，是为了找他要钱。他把钱揉成一团扔向伊娃，然后走进了大门。十年后，我和一些曾偷偷翻进那个地方的人混在一起。我的朋友们偷了一堆设备。其中一个人后来租了一台挖掘机回到那里，用来搬运过重的机器。伊娃的爸爸那时已经退休了，她变得无家可归，而她妈妈死于吸毒过量。蓓尔街关闭了，“斯库默兹人”消失了，日落区也变得面目全非。欧文街的杂货铺有很多好吃的，我一个高中时的朋友就在那里卖肉食的柜台工作。一些看起来像兄弟会[1]成员的人拥上街头，穿着大学运动衫，用超大的泡沫塑料容器喝健康饮料。他们甚至把旧邮局也搬走了，这感觉简直是奇耻大辱。一切都被金钱改变了，我开始怀念那些并没有带给过我快乐回忆的阴暗之地，我希望它们恢复往日的模样。比如那些地板黏腻，在卫生间放法式情趣用品自动售货机的酒吧。有一家金环酒吧，被我们称为“金色的呕吐物”，得名于那些直接睡在门廊等着早上七点开门的爱尔兰老男人。我怀念那些曾经独行、从不准时到站的有轨电车，它们现在每隔八分钟就会在叮当声中停靠，车上坐满了穿着昂贵鞋子、头发梳得一丝不苟的人。

拉古纳本田大道上，我曾经等过 44 路车的那个小亭子已经被翻修了。尿臊味没有了，围墙和亭子上带着点粉色的米色

1 兄弟会，美国大学中的社团组织，有社交性质也有学术性质的，多为保密组织，成员不可以对非成员透露社团的信息。——编者注

痕迹也消失了，以前它和车站外坐落于山顶的青少年指导中心一样单调乏味。青少年指导中心现在也不叫那个名字了，而是试图让自己听上去更友善、更有爱心。那个男人用鞋后跟写了电话号码的那堵墙已经被重新粉刷了一遍。

然而，假使那堵墙没有被粉刷，假使出现了奇迹，纵使时间流逝，那个男人用黑色鞋跟在粗糙的灰泥上胡乱写下的数字还依然鲜活，又会怎样呢？接电话的人会是谁？那个男人现在在哪里？共济会教堂那个在炉子边搅拌面条的“斯库默兹”小男孩、流浪汉“皮草男”，还有伊娃，都去哪了？他们每个人都身处何方，又各自经历了怎样的故事？

3

禁止穿橙色衣服

禁止穿任何蓝色系的衣服

禁止穿白色衣服

禁止穿黄色衣服

禁止穿米色或卡其色衣服

禁止穿绿色衣服

禁止穿红色衣服

禁止穿紫色衣服

禁止穿任何样式或颜色的牛仔装

禁止穿运动裤或运动衫

禁止胸罩内含有钢圈或金属部件

女士必须穿胸罩

禁止穿材质过薄的衣服或透视装

禁止穿层层叠叠的衣服

禁止裸露肩膀

禁止穿背心或盖袖上衣

禁止穿低胸上衣

禁止不必要地裸露身体部位——禁止穿露脐装或低腰裤

禁止出现商标或印刷字样

禁止穿七分裤

禁止穿短裤

禁止穿膝盖以上的裙子

禁止穿所谓的“长款短裤”

禁止穿无领衬衫

所有衬衫都必须塞进裤子

禁止佩戴珠宝（“有品位”的结婚戒指是可以接受的，在报到时由狱警进行登记）

禁止在任何部位穿孔

禁止在身上别徽章或者在头上别发夹

头发必须向后梳整齐

禁止穿淋浴凉鞋

禁止穿人字拖

禁止戴太阳镜

禁止穿夹克

禁止穿“外套式衬衫”

禁止穿帽衫，也不准穿任何带兜帽的衣服

禁止穿紧身衣裤

衣服不能过于宽大或松垮

外表、头发和衣服必须专业且品位良好。

到访州立监狱的人如若着装不得体，将被拒之门外，其探监预约也将被取消。

4

如果学生们能学会认真思考，享受读书的乐趣，他们的部分身心就可挣脱牢笼——戈登·豪泽这样告诉自己，同时也把这句话告诉了学生们。但在有些日子里——比如一个女人走进监狱教室，把滚烫的糖水泼到另一个女人脸上的时候，他就不去相信这个说法。有时，面对这些只想把彼此的脸烧毁的人，他会觉得眼下这份工作的真正意义似乎是摧毁自己的生命。而狱警只会火上浇油。狱警仇恨这些女人，也对戈登这样属于自由世界的工作人员充满敌意。狱警们曾被迫接受敏感性训练，他们对此十分愤怒。“还不是因为你们这些臭女人哭哭啼啼，什么都想要个说法。”他们说，“你们这些婊子满嘴只知道问为什么，为什么，为什么。”狱警们追忆起在男子监狱工作的美好时光。在那里，他们可以待在安全的监控室里，通过闭路监视器观看血流成河的互搏场面；在那里，和他们打交道的是严格按照罪犯守则自我约束的囚犯。女囚犯则会和狱警争吵、抱怨。狱警们发现，直面女囚犯的口水大战以及她们目空一切的质疑比镇压暴乱还要危险。因此，没有哪个狱警愿意在女子监狱工作。戈登直到踏进加州北部女子监狱才明白这一点。他之所以选择这所监狱，是为了便于从奥克兰通勤，而且在他看来，与坐满整个监狱教室的男性共处一室相比，给女性上课的威胁似乎没有那么大。

他第一次实习是面对旧金山的青少年。实习持续了六个月，但这段经历太压抑了。被关在牢笼里的孩子们向他讲述自己在寄养家庭的故事、被性虐待的经历，以及其他各种虐待的经历。大多数孩子没有父母，但有些是有的。戈登在穿过暗门去教室之前，路过法庭的等候区，看到了那些父母——他们身穿破洞运动裤，印着杂牌广告的T恤，再搭配一双不合脚的鞋子，都是些生活一团糟的可怜人。青少年法官难道不能从监护人身上看出孩子们的生活根本没什么希望吗？有标语写着你要把裤子拉起来，因为裤腰太低不礼貌。戈登有个学生就总是因为裤腰太低而惹上麻烦。他是个身材高大的白皮肤男孩，眼间距很近，集中在脸中央。“你说话的方式像个黑人，”一个黑人小孩对这个眼间距很近的白人小孩说，“但你看起来像个弱智。”“禁止赤脚。”大楼入口处的一块标语这样警告。说得就像有人会试图不穿鞋就走进青少年收容所或法庭一样，尽管这座市政建筑坐落在阴冷多风的角落里，而且并不临近海滩。另一块标语写着：“禁止穿背心。”在它下面，是一个典型的三代同堂家庭，大家都穿着背心，露着肉。但肩膀到底做错了什么？

执法部门为什么害怕孩子们露出肩膀？

“要想来这里，你的屁股得长难看点，还要缺几颗牙，胖得像个撕开的圆面包。”戈登到达加州北部女子监狱的第一周，放风场的主管这样告诉他。然而正当放风场的主管说这句话的时候，就有漂亮女人从他身后经过，她们在工作，拿着抹布和笤帚，推着垃圾车。其中有几个身材苗条，牙齿完好。这些年轻的姑娘微笑着对戈登挤眉弄眼，像是在嘲笑那位自己反而身材十分臃肿的长官。

有一个女人立刻吸引了戈登隐秘的注意力。她的脸庞沉静而又有些孩子气，双眸大而深邃，深深打动了他。一张脸竟然能激起旁人心中的情感，他想，这大概就是真正的美吧。她总是在读书，视线常常停留在书页上。长得好看的人通常都会过分在意自己的美貌，因为这是他们让别人臣服于自己的工具，是他们的卖点，也是他们讨价还价或者控制别人的筹码。豪泽从来没有机会玩那种把戏，不管是在监狱里还是在现实生活中的其他地方——虽然所谓的“现实生活”对他来说已经越来越不真实了。但这个女孩并不懂得利用她的美貌来操纵他人，她甚至不知道自己在戈登眼里是美丽的。有一天，戈登看到了她，并且一直盯着她看，这时她瞥了戈登一眼。在她的视线挪走之前，戈登从中觉出一丝害怕。或者说，他自认为那是害怕。

戈登不知道她住在哪个监区。她曾经是放风场的工作人员，但他们可能给她调换了岗位，因为她后来再也没在外面出现过。他有几次在法律图书馆看到过她，当时她正像其他囚犯一样忙于填写自己的人身保护令请愿书。有一次是在小教堂，当时她在和一小群教徒集会祈祷。还有一次是在物品接收处，她正在等人帮她取一个包裹。她收到了一个包裹，这让戈登感到一阵莫名其妙的嫉妒——谁寄来的？一个情敌？很可能是个男人。她太漂亮了，这包裹铁定是男人寄来的。假如这个包裹实际上是这个女孩的妈妈或者姐妹寄来的，这就意味着她并不是专属于戈登的弃儿，另有人把她作为亲人爱护。这样一来，戈登所想象的自己与她之间的关系就被蒙上了一层阴影，这层阴影源于女孩对自己生活中的真实存在的人的忠诚，而戈登对这些人一无所知。

NCWF 是加州北部女子监狱的缩写，但狱警们把它叫作“没有哪个婊子值得了四万美元”[1]。听上去就像这些狱警都面临着一个两难的选择：到底是要保住工作呢，还是要和囚犯们搞点小动作。在这种幻想中，狱警上班打卡时会拉动一个操纵

1　原文是 No Cunts Worth Forty K。

杆，然后会得到三个连成一排的美元符号，或者三个连成一排的樱桃。如果狱警拉动操纵杆之后出现了三个樱桃，这就意味着每个人要靠自身的性格和良好的判断力去抵御诱惑。

“你很有自制力，这是我要说的关于你的一点。”戈登小时候，他的父亲到马丁内斯公共图书馆接他的时候曾这样说。那所图书馆比见证他成长的卡其尼兹海峡附近小镇的小型图书馆大一些。在他父亲这位金属装配工的心目中，一个可以坐下来盯着纸上的一堆符号看一整天的人，肯定能抑制自己的任何冲动。但对于戈登来说，阅读才是他的冲动。他的世界因此而变得更为广阔。读高中时，他爱上了陀思妥耶夫斯基，陀氏的文学风格与他对世界那阴郁的怀疑十分相符。陀思妥耶夫斯基什么都不相信，在他眼里，这个油腻而庸碌的世界充斥着游荡的、好斗的、堕落的、嗜杀的人类。另外，陀思妥耶夫斯基是个基督徒，那些在他的小说里争斗和游荡的人已经失去了自己的方向，然而上帝没有。陀思妥耶夫斯基的格局非常宏大，宇宙般浩瀚，可谓一个有秩序的宇宙，但这秩序又不像希腊秩序那样死板而又充满人造的痕迹。那是一个四分五裂的王国，随处都是混乱的审判。每当读到这些时候，戈登知道自己正踏上真理的领地。

现在，父亲已不在人世，而戈登最终从事了一份他父亲一定会认可的工作——有工会组织且有福利待遇。戈登从来没打算过在监狱工作，这是层层妥协的结果。他曾尝试留在研究生院，考两次通过了口试，路程过半，英语文学硕士学位近在眼前。然而，他计划写一篇关于梭罗的论文——梭罗描绘的精神蜕变的季节、全新人类、美国亚当的宿命概念。戈登很喜欢这个构想，因为它带有一种鲁莽的傲慢，毕竟，谁不想改变自己的生活？谁不想无拘无束而又清清白白地获得重生？整个写作过程是毁灭性的，他感到压力重重。他和导师气场不合——他在导师的指导下进展得越深入，就越不能找到对自己学科的激情所在。戈登感到自己陷入了一项不可能完成的任务。他负债累累，即将失去奖学金，需要一份工作。他在奥克兰当地一所大学找到了一份兼职，这份工作勉强够他支付生活所需，却导致他没有时间写论文。也许这也算好处，让他可以如愿不做这件事。但这种兼职教职断断续续，他身无分文，偶感绝望，于是申请了加州惩教署发布的一个教师职位。他参加了面试。对方想雇他当全职教师，金钱造成的压力就这样烟消云散。他的朋友亚历克斯写了一篇关于梅尔维尔的论文，在就业市场上摇身一变，成了一名美国问题专家——尽管亚历克斯对美国问题专家大加抨击，说他们是一群蠢货。人们给亚历克斯办欢迎酒会、访谈，学界向他抛出橄榄枝。亚历克斯和戈登及其他同学都是一样的年纪，但大家竟称他为“天才”，原因是亚历克斯看上去只有十八岁，但他懂得如何在有权有势的人面前表现得体，如何将讽刺与逢迎拿捏得恰到好处。系里有些人庇护他、指导他，而那些人从未对戈登有过好感。戈登竭力和亚历克斯保持朋友关系。他跟自己说：我一点也不嫉妒。

一

不知不觉间，他在加州北部女子监狱教书的每一个日子之间的区别，变成了他是否能瞥见那个令他无限遐想的女孩。每当戈登看着她时，她就会把目光移开。他考虑试着和她搭搭话。

当戈登发现她参加了美容培训时，充满不确定性的日子总算终结了。监狱里有一家美容院，工作人员只花十二美元就可以理发。他做了登记，等她当值的时候就去。当这个重要的日子到来时，他身披围布，坐在她身边，而她系着围裙，离他很近。她的手指触碰他的头皮，这让他僵坐在理发椅上不敢动，并在他的神经系统激起了层层涟漪。

那天坐在理发椅上的时候，他可能对触碰过度敏感，毕竟他已经孤身一人过了好几个月了。女孩把梳子的一角顺着他的头发一划，一股电流顺着他的头和脖子往下传递。他仿佛变成一幅亮起灯的电路图。这个女孩用梳子的触碰让他产生一种强烈的渴望，同时他也感到，这种渴望仿佛得到了满足。

“你的头发很漂亮。”女孩说。他的头发再普通不过了，毫无特色，不过是一头棕色的直发。

让戈登感到奇怪的是，有些时候，美丽的事物是波澜壮阔的，而在其他时候，它却毫不起眼，根本无法打动他。她的皮肤很糟糕，然而，糟糕的皮肤却让她愈发出众，更具真实感。她穿的是州政府发的网球鞋，女孩们叫它“泡泡糖鞋”，穿这种鞋说明你穷困潦倒，因为哪怕有一丁点闲钱，也能从邮购目录上订购名牌运动鞋。她似乎没有注意到——也没有在意——自己身上没有任何标志表明自己拥有使用邮购目录用品的优待，没有任何来自外界的帮扶。在戈登·豪泽对她的幻想中，州政府发的蓝衣服在他看来几乎就像医院的工作服——是护士服，而不是囚服，是那一类照顾别人的人所穿的制服，而她确实照顾过别人——她修剪了他的头发，并且用梳子触碰了他的头颅。

还有一件事没提。她是个黑人女孩，但对戈登来说，她说话的感觉像个白人女孩。她住在“荣誉宿舍”，所到之处总是带着一本《圣经》。他把她读《圣经》和书生气联系在一起，这也许是对她的误解，也有可能不是。

戈登开始每周去理发。一天，当戈登向美容院方向走去的时候，肥壮如猪的放风场主管开着他的高尔夫球车从他身边经过。

“豪泽先生，你去理发的次数不少啊。我上个星期不是才看见你去理了发吗？”

放风场主管和其他大多数警官一样，胖得走不动道，这让戈登想起了《吉尼斯世界纪录大全》中那对戴着牛仔帽，从卧室走到厨房还得骑轻便摩托车的肥胖双胞胎。

戈登带着些许蔑视地看着放风场主管，然后越过他，走向他心心念念的那个女人。那个女人此刻正在打扫美容学校里最后一把理发椅底座上的碎发。他将会坐在那把椅子上，而她很快就会摸到他的脑袋。

他们胖得走不动路，而且大多数人还带着旅行箱那么大的午餐盒。这些容器带有折叠把手和轮子，太大了，根本搬不动。戈登的确常常付十二美元来让这个姑娘摸他的脑袋，但放风场的主管干吗要关心这个？这根本不关他的事。

他对放风场主管说，一定是因为他的头发长得太快。放风场主管似乎很满意自己给戈登找了足够的麻烦，让他变得有点紧张。

放风场主管驾驶着他的高尔夫球车离开了，他裹在军装裤里的大屁股就像一个侧躺的字母 B。

即便是像戈登的父亲那样没买过几本书的人，家里也放着一本《吉尼斯世界纪录大全》。监狱图书馆也有几本。这是上帝庇护之下没怎么受过教育之人的《圣经》。

直到很久以后，戈登才意识到，正是因为“肥胖”的狱警是如此愚蠢，戈登下意识地把自己心爱之人的“消瘦”与有知识等同起来。事实上，他从未觉得这是真的。正是因为周围的一切结合在一起，才导致了他的迷恋：他自己硬要摆出一副绅士做派，他与当地军事文化的疏离，对那个女孩的外表的爱慕。这一切都在他心中形成了一种感觉，一种以她为中心的希望，一种对某件事，但并不是实际发生的事的期待。

他也曾有过一个女朋友，名叫西蒙娜，是社区大学的一名教师。他在那所社区大学做过兼职。西蒙娜长得很漂亮，人很聪明，话也不多。大多数人通过说话来打破沉默，却并不知道言多必失。西蒙娜只在有话要说的时候才张嘴。但他已经提出分手，有时这种决定没有具体原因。也许她对他的喜欢超出了他的期望。他明白，有一种人并不希望自己成为索求的一方，但他对此无法感同身受。当一个女人带着依赖的表情转向戈登时，他就会有一种立刻消失的冲动。他偶尔会想念西蒙娜，但每次在燃起想要再次见到她的欲望之后，他总是马上又因为不用再和她打交道而感到宽慰。如果她能在某些特定的时刻出现——当他欲壑难填，或者需要找人说说话的时候——那就好办了，但人们往往不是这样的路数。你不得不花好几小时听别人对一些似乎不重要的事情表达他们的情绪，一边还要点着头，假装这些很重要。你得掩饰自己的矛盾心理，假装自己百分之百地投入在恋爱之中。相较于这些，戈登宁愿自己在地狱的火海里畅游。

女孩对于他们两人之间的亲密心知肚明，好像她明白他为什么经常来理发，但她没有向他表露自己的感情。其他女人会喊他“小可爱”，逗弄他，与他调情，但这个女孩却没有这样做。她只管给他理发，并回避他的目光。她会羞涩地、尽量以最少的字词回答他的问题。她的肢体语言中没有任何调情的暗示，这使整件事情变得安全。一切只在于她手里的梳子在他头皮上的触感，只在于她安静的呼吸，只在于剪刀在湿漉漉的头发上慢慢合拢的声音，只在于她用手指轻轻拍落他肩上的碎发。

尽管他迷恋上了这个女孩，他有时还是想摆脱这份在监狱的工作，但改变是如此难以捉摸。一个男人可能每天都会说他想改变自己的生活，或者将要改变自己的生活，但当一天过去，这种哀叹只是变成了他生活的一部分。因此，对于改变的渴望其实是一种停滞，它让不变的生活得以继续，因为至少它让人知道自己并不赞成现状，并让人有一种自己并没有失去所有的安慰。

一天晚上，当戈登把资料放进公文包时，女孩拿着一张上课证来到了他所在的教室。教室里没有别人，而她并不是他班上的学生。她把身后的门带上。教室的墙上有一扇很小的观察窗，但是戈登知道在十到十五分钟之内是不会有狱警经过的。

他很想说什么也没发生。尤其是本来就没有发生什么大不了的事，他觉得自己被冤枉了。她关上门后走到他身边。他们的嘴唇贴在了一起。的确，他吻了她，不止如此，他用手抚摩了她衬衫的前襟，然后轻轻地摸了她的两腿之间，想看看她会怎么回应。他得到的回应是正面的，充满兴趣的，你也许会把这种反应称为犹豫、权衡或者试探，但戈登没有，那分明是不假思索的。他们紧紧地贴在一起，没有什么大问题，两人都衣衫完好，过程持续了一分钟，也许更短，然后就到了夜间点名的时间，她不得不回到她的监区。

她提交了602号囚犯申诉，声称自己被他猥亵。这个漂亮的女人一早就是冲着他去的。他后来才明白，她这么做是出于某种复杂的原因，与他班上的学生——也是那个女人的女朋友有关。他说过对那个学生不利的话。调查小组和他取得联系，进行了访谈，没有发现任何确凿的证据，但认为他有逾矩的危险。他们建议把他调到另一个机构去，就像把一只易拉罐踢到走廊的尽头一样，他们把他踢到了中央谷地的谷底——他被转到了斯坦维尔女子监狱，一个没人愿意去的地方。

5

你可以把我的命运和我发现库尔特·肯尼迪在等我的那个夜晚联系在一起，但我认为关系更大的是审讯，是法官，是检察官，是我的公设辩护律师。

我记得见到律师那天，我被领进一个电梯，里面有一股人的汗液在不锈钢表面发生电离反应的味道。我能想起全光面板照明下的昏暗灯光，能想起法庭特有的环境音，还能想起每一只侧面都写着“洛杉矶县”的拖鞋。

轮到我了，法警领着我穿过一个大厅。他们行走正常，而我拖着脚镣。我们走到三十区一个长长的玻璃箱前，被拘留的被告就在那里与法官见面。我被带进这间传讯室，与面部齐平的位置有一个开口，以便被告和自己的律师交谈。我可以纵览法庭的全景，我母亲就在那里。我是她的女儿，而她的女儿是无辜的。她的出现给了我一股孩子气的希望。她看到我时不高兴地挥了挥手。一个法警走近她，说了些什么。禁止挥手，大概是这个意思吧。

法庭的警示牌上写着：“禁止闲逛。禁止嚼口香糖。禁止睡觉。禁止进食。禁止使用手机。若非州政府传唤的证人，十岁以下的儿童禁止入内。”当我的案子在司法系统中兜兜转转时，我不得不出席好几个法庭，在每一个法庭上，我都尽量不去读这些警示牌。无论是陪审员、受害者的亲属还是法官，任何人瞥向你所在的位置时，你都必须时刻表现出难以自抑的懊悔。在你做了这些事情之后，你每时每刻都要让自己看起来无法接受自己。你不能表现出无聊、饥饿或疲惫。你只能展现出永无止境的愧疚，这样可能会让你看起来没那么罪孽深重。

我扫视了一圈坐在法官长椅前那片区域的律师，试图找出我的律师。

我的案子就排在我旁边这位被告后面，法庭正在传唤他——约翰逊。约翰逊被提起公诉。对于见律师一事，我很紧张，但律师到现在还没出现，我只好观察起这位约翰逊和他的律师之间尝试进行的交流。他的律师是个老男人，花白的头发直直地垂到背上。

“我妈妈是警长。”约翰逊吃力地说。他的脸上装着金属丝，几乎张不开嘴，喉咙里发出低沉的声音，像是有人往他嘴里塞了东西。

“约翰逊先生，你母亲是治安官？”年迈的律师假装吃惊地说，“在哪个部门？”

“不是我妈，是我女朋友的妈妈，是做保释的。”

“你女朋友做保释相关工作的？那么，约翰逊先生，她也许不是警长？”

“公司归她妈妈所有。”

“你岳母是做保释相关工作的？公司名字叫什么？”

“约兰达。”

“在哪儿，约翰逊先生？”

“无处不在。”

“这么说她在其中一家分公司工作？”

“公司归她所有，我告诉过你，约——兰——达。”

约翰逊一案的公诉人出现在法官面前时，整个人看上去像是被高压冲洗过一样闪闪发亮。

从那天起，每当我不得不来到法庭，我观察到公诉人永远是法庭上看起来最势不可挡的那类人。他们看上去气度不凡，光鲜亮丽，身着高级定制，拎着昂贵的皮革公文包。公设辩护律师的辨识度则在于其糟糕的仪态——他们穿着不合身的西装和已经磨坏的鞋子。女人们把头发剪得又短又丑，只为了便于打理。男人则留着各式各样的“精心设计”或是“毫无设计”的长发，而且每个人都犯了领带过宽的错误。他们衬衫上的纽扣也快要开线了。公诉人看上去都是经济宽裕、精力充沛的共和党人，而公设辩护人则是一群劳累过度的烂好人，他们通常都在临近迟到时才上气不接下气地赶到法庭，边走边掉落纸页，上面还留有上次掉落时被踩出的格子鞋印。我，约翰逊，这里的每个和政府律师一起的人，我觉得我们都完蛋了，彻底完蛋。

约翰逊告诉律师他需要治疗高血压的药物。他没带治疗精神病的药物。他需要止痛药。他因枪伤而长期疼痛。说到这里，他撩起囚衣给律师看。我看不见他裸露出来的胸部，只看到律师踉跄着后退。

“天哪，约翰逊先生。你都这样了居然还活着，太神奇了。你的嘴又是怎么回事？”

那个年迈的律师大喊大叫，好像约翰逊听力不好似的。而我在一旁看着，紧张而警觉，因为下一个就轮到我了。

“这上面装了金属丝，我的下巴坏了。我是一个好公民。我有个女儿。”

律师问他女儿是什么时候出生的。

“1980 年。”

“约翰逊先生，我觉得那是你出生的年份。”

被告人约翰逊，二十一岁，受过枪伤，患有高血压和慢性疼痛。他看起来足足有四十八岁。我在一旁看着，他的生活暴露在我面前，就像裤子口袋被翻了个底朝天。

“好吧，好吧，”约翰逊说，“他们给我下了药。我很抱歉。等等——”

我看着他抬起腿，用戴着镣铐的双手笨拙地卷起裤子。他把女儿的生日文在了小腿上。他缓慢地读着上面的日期，好像在试图破译一块历史铭牌。

“法官不喜欢入室盗窃，约翰逊先生。”

“告诉她我很抱歉。”约翰逊蠕动着他那缠着金属丝的下巴含糊地说道。

在他自己的天地里，我愿意把约翰逊想象成一个无拘无束的人，一个在他自己的游戏里站到最顶端的人，无论他玩的是什么把戏，那就是生活。在你自己的游戏里站到最顶端意味着你能掌控生活，做正确的事，成为一个值得尊重的人，成为被女人喜爱、被敌人恐惧的人。而现在，曾经让他闪闪发光的东西都被生生剥离了。无论如何，约翰逊是一个完整的人，虽然他不记得自己的女儿是什么时候出生的。

在我自己也踏入约翰逊的新世界之后，我才明白为什么他在传讯室里显得那么迟钝：他被那帮混蛋们强行注射了一剂液体氯丙嗪[1]。当某些类型的犯人被指定在法庭间转送时，狱警们为了使自己的工作变得容易，会使用这种强制手段。这些被告人流着口水，在令人不愉快的大脑迟缓剂作用下变得恍惚。他们在法官或自己的公设辩护律师面前状态很差，对方跟他们说话的时候仿佛在和三岁小孩对话。

审讯结束后，法警戴上了蓝色橡胶手套来押送约翰逊。他

1 液体氯丙嗪，药物，具有多种药理活性，可用于治疗精神病，用于控制精神分裂或其他精神病的兴奋躁动、紧张不安等症状。——编者注

戴着脚铐，行走艰难。法警们押送他的时候，一面抓着他，一面让他尽量远离自己的身体。慢慢来，其中一个法警告诉他。约翰逊绊倒了，他们纷纷跳开。他摔倒在一个沟槽里，本就受了伤的脸先着地。没有人帮助他。他的连身衣是棕色的，这意味着他在用药。他还戴着一个县政府发的腕带，表明身上有开放性伤口。他可能会传播病菌或者更糟的东西：违抗情绪、抑郁症、阅读障碍、艾滋病毒、精神堕落、霉运。

我是下一个，但目前还没开始。法官离开了法庭。我坐了大约二十分钟，身后跟着一个法警，没有律师叫我的名字，我体会着母亲的悲伤，却无法面对她的目光，如果我这样做了，事情会变得更加艰难。我仔细观察着法庭旗杆上的那只鹰。它翱翔在木制的旗杆顶端，好像抓到的猎物就是旗杆上的美国国旗。我见过巨大的旗帜在高高的旗杆上飘扬的样子。汽车经销商有这样的旗帜。有时麦当劳也有这种巨大的商业旗帜，上面写着“美国”。在这个法庭里，国旗软塌塌地悬挂着，纹丝不动，积满灰尘。一面旗帜需要风才能飘扬，就在法官宣读我的名字和案件编号，然后又一次宣读我的名字和案件编号的时候，我这样想。

我被告知我将在传讯时第一次与法律顾问接触。我按照法警的命令站立着，但没有律师出现。

约翰逊的律师顶着一头蓬乱的花白头发，一瘸一拐地向我走来。他想做什么，我满心疑惑。

“霍尔小姐？罗米·霍尔？我是你的公设辩护律师。”

你可以同情约翰逊的律师，如果有这个必要的话，但我不需要同情他。他的本意是好的，但他是个不称职且劳累过度的老人。他连累我被判了两次无期徒刑，却没能让法庭得知库尔特·肯尼迪的肮脏历史和他对我的病态迷恋。

肯尼迪曾经执迷于我。他徘徊在我的公寓大楼外，守在我停车的车库里，潜伏在我逛的街角市场狭窄的过道里，走路或骑摩托车跟踪我，仿佛这就是他毕生的事业。当我听到摩托车的马达发出尖锐的轰鸣声时，我浑身一紧。他经常一连给我打三十个电话。我换了电话号码，而他又弄到了新号码。他要么去“火星俱乐部”，要么就是已经在那里了。我让达特给他下禁入令，但达特拒绝了。“他是个优质顾客。”达特说。我是消耗品，花钱的男人则不然。肯尼迪穷追不舍，从不放弃。但公诉人说服了法官，让他认为受害者的行为无关紧要。在那个出事的晚上，他的行为并没有构成迫在眉睫的威胁，因此陪审团对它一无所知，连一丁点细节都没有听到。是法官否定了证据，但我要责怪的是律师——他本应该帮助我，却没有做到。

“我为什么不能作证和解释呢？”我问他。“因为盘问会摧毁了你，”他回答，“我不能让你这样对待自己。任何一个称职的律师都不会把你送上证人席。”

当我再度发问时，他向我发出一连串的质问：关于我赖以谋生的工作，关于我和肯尼迪以及其他客户的关系，关于我拿起一件沉重器具的决定，关于一个事实——他反复强调这是一个事实——我袭击了一个坐在椅子上的人，一个失去两根拐杖就走不了路的人。我试图回答他的问题，但他把我的答案撕成碎片，再捏成一个个问题。当他又开始问我另一个问题时，我尖叫着让他停下来。

“你上不了证人席。”他说。

陪审团那十二个人所知道的是：一个品行可疑的年轻女人——一个脱衣舞娘——杀害了一位正直的公民，一个在工作中受伤并永久残疾的越战老兵。因为有个孩子在场，他们加上了危害儿童的指控，却不想一想那是我的孩子，而库尔特·肯尼迪才是那个会伤害他的人。

约翰逊的律师曾试图说服我认罪。我拒绝了。我了解这个系统如何运作，至少模糊地知道。大多数案件从未开庭审理，因为公诉人会恐吓被告认罪，而被告律师出于不想输掉官司的自身原因，鼓励被告接受这种方式。我的情况有所不同，它发生在特定环境下。任何在那里的人，只要知道事情的来龙去脉，都会明白到底发生了什么，以及为什么会这样，尽管实际上没有人曾在那里，也没有人知道事情的来龙去脉。

当时我没有意识到的是，大多数人选择认罪是因为他们不想在监狱里了却残生。

我没想到他会是我的律师。他一直是约翰逊的律师，虽然我不知道约翰逊身上发生了什么事，也从没想过；他只不过是另一个被塞进司法系统的人，在这个系统里有着成千上万个约翰逊。不过，我很喜欢约翰逊。他女朋友的母亲是一名警长，谁要是对此有疑问就见鬼去吧。

在法庭上，约翰逊的律师一直在说："划掉那句。"话说到一半，又说："去掉那句。"也许这很正常。我不知道。但每当他说这话，我的心就一沉。

陪审团不知道库尔特对我做了什么：不知疲倦地跟踪、等待、尾随、骚扰电话、反反复复的骚扰电话、突然出现。这一切在法庭上都没有被提起。陪审团所知道的是，凶器是撬胎棒（公民证物第 89 号），当受害者遭受第一次袭击时正坐在一把露台椅上（公民证物第 74 号），有人听到他大声呼救（证人第

17 号，克莱门西亚·索拉尔）。

你做过多少次尸检，公诉人问验尸官——他的第一个证人。

“五千多次，先生。”

“有多少死者头部受过创伤？”

“我估计有几百个。”

验尸官在照片中找到并指出两处致命伤。已宣告的死亡原因是严重的颅脑外伤。验尸官指出，肯尼迪先生似乎在被告的门廊上吐了大量的血。

“肯尼迪先生的头部曾受到多少次冲击？”公诉人问道。

“至少四次，可能有五次。”

“对肯尼迪先生来说，受到这些伤害，是不是遭受了大量的痛苦？”

“嗯，是的。”

“他手臂和手上的其他伤口是当有人试图保护自己时出现的典型伤吗？”

“是的，没错。”

“击碎一个五十多岁的人的头骨，和击碎一个年轻人的头骨相比，需要的力度更小，是这样吗？”约翰逊的律师在盘问时问道。

“我想是的，可是——”

“反对，这是假设。”

“反对有效。”

公诉人传来我的另一个邻居当证人。为了吸引别人的注意，克莱门西亚·索拉尔什么话都能说出口，比如跟他们说她曾听到库尔特大喊救命。她是个骗子。辩方的证人是一个名叫科罗纳多的小伙子，他住的地方离克莱门西亚只隔了一幢房子。他和我从来没有交谈过。他只会说西班牙语，而我只会说英语。我记得曾看见他在屋外修车。有一次，他的一辆汽车漏了一整罐汽油并流到到街上，另一个邻居因此对他大喊大叫。他告诉警方，他看到库尔特·肯尼迪把摩托车停在停车场等着。他听到了争吵声，确信当时发生的是自卫行为，这就是我们的计划。约翰逊的律师已经采访过这个和善的男子，他将提供证词。

“科罗纳多先生在圣贝纳迪诺县收到拘捕令。”公诉人告诉法官，“这些年来，他犯过几起醉酒驾车，并接受过强制治疗。”

一名翻译人员为证人，我的证人，我的邻居科罗纳多先生，提供翻译。科罗纳多先生转向法官，开始说话。翻译员进行了翻译。

“法官大人，我想现在就把这件事澄清。我已经准备好把它讲清楚，我将做任何必要的事。”

法官和一名书记员大声询问关于那个人的逮捕令的事，以及哪一所法庭接受没有预约的人，而哪一所又不接受。

“先生，你在圣贝纳迪诺县有法律纠纷，你得跟他们商量一下。今天是星期五，他们不接受没有预约的人，你星期一早上再去那儿。”

那人又开始说了起来，似乎没有听懂翻译的话。

“法官大人，我准备好了。我将支付罚金并服刑。我现在就想把它弄清楚。我准备好了，法官大人。我想澄清这一切。”

那是我们的证人，他曾想帮助我，但却无能为力。

在结案陈词那天，约翰逊的律师似乎喝醉了。他对陪审团大喊大叫，跺着脚，用责备的口气对他们说话，好像陪审团做了什么错事似的。陪审团不想跟他或我有任何关系。他们填好一张表格，交给了法官。表格上有两个方框，陪审团主席在其中一个方框打了钩。

6

儿童必须全程由大人看管，并保持安静，遵守规矩，否则将要求监护人把儿童带离探视区域

囚犯不能自主操作自动售货机的卡片

自动售货机不接收现金，您必须在访客中心购买预付卡

卡片每张五美元。如果您的卡可供再次使用，我们将退款二点五美元

囚犯们只能站在离自动贩卖机一米以外的地方

在探视开始时一个短暂的拥抱是可以接受的，在探视结束时一个非常简短的拥抱也是允许的。禁止任何持续的身体接触，如有违反，探视将被终止

拉手是一种持续的接触，禁止出现

禁止击掌

探视期间禁止把手放在桌子底下。探视人和囚犯必须把手放在警察随时可以看到的地方

禁止手插口袋

禁止大喊大叫

禁止高声说话

禁止推搡嬉闹

禁止大笑喧哗

把哭声降到最小

7

去斯坦维尔监狱的路是笔直的。它通往山中，在雾色不重的天气里，可以从放风场里看到这些山。到了冬天，山顶会被白雪覆盖。雪离我们很远，从不落在斯坦维尔所在的谷底。透过山谷中炙热的空气，我们注视那些白色的山尖。雪对我们来说就像家一样遥远。

只有去往斯坦维尔的人才会出现在那条路上。我们到达的那天早上，除了我们，路上没有别人。道路两旁是杏树园。要不是劳拉·利普醒了过来并且又开始说话，我不可能知道路边长的是什么树，我也不关心。她说那些包装得像杏仁一样的东西不是真正的杏仁，而是有毒的水果种子。她问我是否知道这一点，还告诉我她有一个孩子差点因为吃下这种水果种子而死掉。

“你有没有把桃核敲开看过？”劳拉·利普说，“它们就是从这儿来的，并不是真正的杏仁，而是桃子里面有毒的部分。我有一个邻居曾经在没经过我允许的情况下拿了一些给我的孩子，要不是因为急救人员赶来，她可能已经把他给毒死了。”

“是你杀死了他。”坐在我们身后的一个女人说。

我感到周围一阵骚动，大家厌恶地发出啧啧声。

进监狱的白人女性一般都是犯下了两种罪行：杀婴或酒后驾车。当然也有人犯下了更多的罪行，但这些是刻板印象，有助于在女性之间，或者说种族之间建立秩序。

“他们不知道发生了什么，”劳拉·利普说，“他们不知道关于他的事，不知道他对我做了什么，更不知道他对我们又做了什么——对我和孩子。你们都没有权利评判我。你们什么都不知道。同样的，我对你们也一无所知。”

她转向我，仿佛我是她唯一可以讲道理的人。

“你知道美狄亚[1]是谁吗？”

“不知道。”我说，“你安静点，我不认识你，也不想和你说话。”

“你想让我安静点，但我得等讲完才会闭嘴，在这之前我是不会住口的。我和你们不一样，我上过大学。美狄亚的丈夫抛弃了她，这也是发生在我身上的事。他夺走了她的一切，包括

1 美狄亚，希腊神话人物，美狄亚是科奇斯岛会施法术的公主，爱上了来岛上寻找金羊毛的英雄伊阿宋。然而，伊阿宋在得到美狄亚的帮助后移情别恋，美狄亚因爱生恨，杀害了自己的两名孩子泄愤。——编者注

她的孩子。她不得不让他也陷入痛苦，这样他才能明白她的痛苦。这事被写在历史里了，是真实的。如此对待一个人却不受到任何伤害，怎么可能？他撕碎了她的生活，所以她找到了一种方法来对他做同样的事。这是我唯一的安慰，这种安慰微不足道，实在太微小了，我大部分时间根本感觉不到它。”

我闭上眼睛，思绪已飘向别处。我被困在她身边，但我期望自己身在别处。我想象着一个女人站在一家酒店的楼梯平台，她从丑陋的红色地毯上捡起一丝棉绒，想看看是不是可卡因。她拾起面包屑、火柴头、地毯绒毛，捏在手指间仔细检查。闻一闻，尝一尝，然后再放下，拿起另一块面包屑，用同样的方法细细查看。她开始哭泣，这个女人一直在不停地寻找，无休无止。这是我见过最伤感的画面。尽管我并不情愿，但眼前一直出现这幅场景，劳拉·利普在一旁一直说个不停。

我意识到在地毯上搜索的女人是伊娃。我把某些东西屏蔽掉了，每个人都会这么做，这对健康有益。但在我试图屏蔽劳拉·利普说的这些话的时候，却意外地想到了另一些不好的事情。伊娃很早就开始吸食可卡因。先是吸食，然后是注射，到最后，高纯度的才够，事情就是这样。她变得骨瘦如柴，有一次打架被打掉一颗牙，又因为一次车祸跛了脚。但她仍然是伊娃，我曾爱过她。

当你看到比体育场的灯还要高的灯光时，监狱已近在咫尺。

他们推搡着让我们从巴士里走出来，一次下来两个人。他们嘴里嚷着：走啊，动起来。我尽量不让自己绊倒。走在我前面的科南却不怎么受妨碍，他的走动丝毫不受锁链的影响。我不明白他是怎么做到的，几乎是在飘着走。他缓慢前行，平稳地迈步。这样的步伐应该走在康普顿街头，或者在英格尔伍德论坛体育馆停车场，也可以在波莫纳汽车展，总之肯定不应该出现在一排戴着镣铐前往监狱接收处的女子队伍里。

接收我们的警官一个个都怒气冲冲，尤其是女警官。他们的欢迎方式粗鲁而又咄咄逼人，劳拉·利普却总算因此闭上了嘴。唯一受到温和对待的是那位从巴士座位上滑下来的胖女人。在我们这些更健全、更清醒的女人被推着走在过道上时，他们让她安静地躺着。当我拖着脚从那女人身边经过时，她看上去正安详地沉睡着。作为最后一名乘客，她被人用担架抬下了车，医护人员宣布她已经死亡。他们把她放在接收处的地板上，用一块防水布盖住她的脸。

我们其余的人排队接受除虫并穿上穆穆袍[1]。警督的名字叫琼斯，是一位块头大得像一辆麦克大卡车的女士，我后来才明白，她的身体之所以有一部分是那个形状，是因为她穿着防刺

1　穆穆袍，一种宽松的夏威夷风格长裙。——编者注

背心。这款背心让男人们看起来像体操运动员，让女人们看起来像板条箱。

我们给自己涂上林丹洗剂来杀灭虱子和其他病害。这是一种毒药；此前，为了治疗在“火星俱乐部”感染的疥疮，我用过两次。两次都是在几小时内开始来月经。他们想让这个看上去有八个月身孕的十五岁女孩也涂上这东西。我劝她别涂。我们淋浴时挨在一起，但他们强行让她涂了林丹洗剂，她在涂的时候哭了起来。如果她被正式宣布怀孕，就可以免除某些程序。但这必须在她的床卡上标明才行，而我们都还没有发床卡。她不得不像我们一样等待，直到她被安排体检，然后，她还得等待妊娠测试必要文书工作，虽然实际上你已经可以看到婴儿在踢她的肚子，但她必须拿到文件才行。最后，她总算能被疾病控制与预防中心认定为孕妇，她的州属囚服的衬衫背面和她的州属防雨夹克上将会用巨大的正体字写着这个单词。并不会有人给她发放额外的食物，也没人允许她做产前检查，不发维生素，也不提供咨询。她得到的优待只是能分到一个下铺，当放风场里响起警报时，有额外的时间卧倒。这就是夹克上写着“孕妇”二字的作用，就像“SWAT 小组”[1] 一样，意思是不要开枪（我动作很慢）。

接下来是脱衣搜查，我在看守所里对此习以为常。为了让我们把队列站得开一些，警卫们对我们大吼大叫，尤其是针对

1 即特种部队。

那些阴毛浓密的女人。当我们俯身朝向他们时，他们把灯照在我们身上。一些女孩哭了起来。费尔南德斯——就是那个在我们刚上车的时候对着怀孕的年轻女孩大声嚷嚷的女人——再次大喊起来，让那些女孩闭嘴。警察们都认识她。“费尔南德斯，你又回来了。”他们不停地说着这句话，她要么友好地和他们开玩笑，要么叫他们滚开。其他女孩似乎都很怕她。

他们给我们发的是均码的圆点穆穆袍和分三个尺码的帆布拖鞋。就连下巴留着胡子、身材魁梧的科南也被迫穿上了穆穆袍。他耸耸肩，向警察们证明穆穆袍穿在他身上实在太小。

“我需要裤子和衬衫，我穿不了这个。穿着不对劲，警官。”

他不停地举起手臂。“肩膀太勒了。”

琼斯说：“这位女士，你打算做什么，指挥管弦乐队吗？闭嘴，把你的胳膊放下来。”

穆穆袍让我想到了“猪脸上的口红”[1]这个词。女人不应该被比作猪，也不应该被强行套上塞给我们的衣服，科南也不应该受到这样的待遇。拖鞋还凑合，它们让我想起了小时候穿过的“酒鬼鞋”，可以在马基特街的陆海军用品店买到。我也正是在那里买的校运动服。后来我长大成人，在去“火星俱乐部”的路上会途经那家店。这两个地方都离同一个街角不远，也正是在那里，一个开奔驰车的商人在某个雨夜答应帮我付钱叫一

1　猪脸上的口红（lipstick on a pig），英语里的一个修辞表达，形容对某件商品或者某个人外表进行改变或者装扮并不能改变这件商品或者这个人的实质。

辆出租车。旧金山就是这样一个城市，在那里，我的过往被压缩成一个平面。陆海军用品店和“火星俱乐部”之间是“魔力空间”，伊娃和我十几岁的时候在那里度过了很多时光。伊娃当时总跟收银员调情，后来她迷失在魔力空间北边的田德隆，喧闹又肮脏的酒店像是珍珠穿成串，点缀着她苍白无趣的生活，那生活甚至比我自己的更加苍白无趣。

我最后一次见到伊娃是在一个朋友的婚礼上，她以前是一名站街女，后来从了良，遇到了另一个正在试图爬出泥潭的人，并和他一起加入了基督教会。我们都参加了一个不供应酒水的婚礼，人们脸上挂着笑容，就像在参加基督教电视节目录制。我能从我朋友的脸上看出那些人对她做了些什么。她在祭坛前啜泣。我很清楚，这是要付出代价的。他们把她的精神击溃，再成为她的道德领主。她看上去很漂亮，就像殡仪馆里摆放的塑料花。另一个参加婚礼的日落区女孩不断地提起自己的男友，解释他为什么不能和她一起参加婚礼——他的俱乐部里有个人死了，那天上午是那个人的葬礼。他的俱乐部。那天确实有一场为一个地狱天使摩托车俱乐部[1]成员举行的盛大公共葬礼。她想吹牛，但又想显得自己很谨慎。她不停地说她在“39号码头”当服务员赚了大钱。不知怎的，她说得好像知道我以什么谋生似的：“我挣的是体面钱。”然而，“39号码头”就是

1 地狱天使摩托车俱乐部（HAMC，The Hells Angels Motorcycle Club）是一个全球性的摩托车俱乐部，其成员通常骑哈雷戴维森摩托车。

一坨垃圾。

仪式进行到一半时，伊娃出现了。她走了进来，旁边跟着一个油腔滑调的家伙。他们看起来好像已经三天三夜没睡觉了。伊娃的脸上涂了一层厚厚的粉底，色号对她的皮肤来说太浅了。她在室内也戴着太阳镜。她转向我，脸上带着已经花掉一半的妆。

“罗米，这他妈的是怎么回事？”

这个问题算是问对了，真没人知道这里是怎么回事。

那个油腔滑调的男人很可能是她的毒品贩子。她说是男朋友，但这没什么区别。一年前，伊娃和一个原本是嫖客的男人在一起。他成了常客，不想让她和别的嫖客约会，于是开始资助她吸毒，这样她就不必站街了。一天晚上，这个人在“火星俱乐部”外面等着找我谈话。他在寻找伊娃。他满面愁容，说在那一年里，他花了八万美元帮她吸食可卡因，而此时她却消失了。他想怎样？我不怀疑他爱她，或者至少他心里清楚，如果不一点一点地给伊娃钱，如果伊娃压根儿就不是一个对他有所求的瘾君子的话，他自己是永远不会得到一个像伊娃这样美丽而自由的女人的。“离我远点。”我说完就走了，把他扔在电影院门口。

这个痴迷于伊娃的嫖客名叫亨利，他开始出现在我去的几乎所有地方，一心希望我可能有哪一次是在去见伊娃的路上，这样他就能拦住她。但我那时已经很久没有和伊娃说过话了，并不知道她在哪里，而她又不是那种可以通过电话联系到的人。我有差不多十个号码都是她的，但没一个能打通。后来，我把亨利和有关他的桥段忘得一干二净，因为很快我就有了自己的跟踪狂——库尔特·肯尼迪。亨利不是我的跟踪者，他跟踪的是伊娃，他只是为了找到她而跟踪或者尾随我。而伊娃之所以消失，就是为了躲避他。每当我想起亨利或库尔特，我的喉咙就会发紧。

我们被锁链铐在大厅里的一条长凳上，等着在一间逼仄的混凝土房间里接受面谈，内容涉及毒品服用情况、性生活史、精神健康以及我们这次在斯坦维尔服刑期间是否有帮派关系或者与其他服刑人员有摩擦。几小时的询问过后，他们给了我们每人一捆铺盖卷和一本《疾病防治中心罪犯手册》，以及一本40页的《疾病防治中心罪犯手册指南》。科南大声说出了心中的疑惑，问我们是否也会得到一本手册指南的指南。

科南用鼻音说："没有举报违规，也算违规。没有举报不举报违规的行为，是另一种违规。"

琼斯说："尽管你只在监狱里待了不到六小时，伦登，却已经给自己赚到了第一个违反第115条规定的纪录。"

我以为她只是在挖苦人，但她去了警察亭，将之记录在案。

"伦登，"有人说，"伦登。"

科南被记了名，一些女孩大声笑起来，另一些则在偷笑。你可能以为我们会团结起来。即便是我们这群巴士上的乌合之众，也足有六十个人，我们可以轻而易举地合力制伏那两个运输警察，劫持那辆车，然后前往墨西哥。但是我们之间没有合作可言。我们只是一群渴望看到别人被折磨的人，哪怕自己也正遭受着同样的折磨。

在看守所里也是这样。我刚到县立看守所的时候，我的泡沫塑料杯马上就丢了。虽然看它起来像一次性的杯子，但那是他们发给我的唯一的杯子。我不知道这一点，其他女人也没告诉我。我从垃圾桶里翻出一个汽水罐，她们见了哈哈大笑。在接下来的十八个月里，我就用它来喝水。看守所是培养“警察式态度”的最佳场所，但每个环境中都有“警察”。在“火星俱乐部”的后台，有的女人会指责其他女人没有穿上花哨的服装，或者没有精心编排技巧高超的舞池表演。但谁在乎这些呢？工作的目的就是赚钱，而不是把钱浪费在服装上。然而，更衣室里却有一些女人想制定一套所谓的“脱衣舞规则”。她们认为，你必须上演一场好的演出，购买昂贵的服装，因为这样才更高端，更专业，更尊重她们想要坚持的那一套标准。但我们大多数人之所以在那种环境下工作，就是因为我们是那种不相信标准的人，并且永远不会试图坚持任何标准。在“火星俱乐部”工作，你不需要相信任何事情。有几个俄罗斯女人，当她们开始在“火星俱乐部”跳舞时，她们带来了一种新的后苏联时代的冷酷无情，她们不考虑服装，不施展魅力，对任何与利益无直接关系的事物视而不见。她们中大多数人都会在观众席给男人们手淫，这让我们其他人的业务量锐减。

最猥琐的男人会穿着又薄又滑的运动裤来俱乐部，以获得最大限度的亲密接触。但很多男人没那么老道，或者更具有绅士风度。有些人甚至不希望让一个女孩坐在他们的腿上，而是只坐在她们旁边聊天。穿运动裤的男人更合我意。面对他们，几乎不需要做任何工作。无须面带微笑，无须变换人格，无须假意逢迎。他们随心所欲地绕着你转来转去，你不必做出多大努力，就能每首歌赚到二十美元。但自从俄罗斯女人入侵我们的俱乐部后，男人们都开始以每首歌二十美元的价格要求货真价实的手淫。俄罗斯女人的要价比我们其他人都低，这相当于是从我们所有人的钱包里偷钱。

我们聚集在新的住宿监区的公共区域，等待分配床位。那是一座巨大的煤渣砖建筑，共两层，里面都是一排一排的囚室。一切要么是混凝土的原色，要么就是被涂上一层肮脏的粉色。囚室里的女人把脸贴在每扇门上那窄小的玻璃窗上，盯着我们看。一个女人在门里大喊，说我们看起来就像一群丑陋的邋遢鬼。嘿，小矮子！嘿，傻子！过来给我擦屁股，顺便舔舔我。她不停地大喊大叫，直到一个警卫用警棍敲她的门。

劳拉·利普坐在我旁边。我想挪到别处去，但琼斯朝我吼了起来。

“我让你坐哪儿你就坐哪儿，这不是在玩抢椅子游戏。”

“就坐杀害婴儿的凶手旁边。”费尔南德斯说，声音并不小。

“你们俩就像鲍勃西双胞胎[1]。”费尔南德斯说。

鲍勃西双胞胎是谁？似乎没有人知道。她的意思是我们很像，因为我们都是白人。我必须得做点什么来摆脱劳拉·利普。

“你们当中有多少人有阅读障碍？”琼斯问我们这六十个人。

除了我之外，每个人都举起了手。

琼斯数了数人头，没有注意到我的手一直放在下面。对我来说这无所谓。据我所知，《美国残疾人法案》通常是阻止他们无限制地虐待我们的唯一障碍。劳拉·利普将这一刻视为进一步增进友谊的机会。

“我不是真正的阅读障碍患者，但是用这种方法，他们会给你额外的时间来填写表格。你喜欢读书吗？”

---

1 鲍勃西双胞胎（The Bobbsey Twins）是斯特拉特迈耶·辛迪凯特（Stratemeyer Syndicate）笔名劳拉·李·霍普所著的一部长篇儿童系列小说的重要角色。

我看向别处，试图抓住其他人的目光，但没有人看我。“如果你最终能进入‘荣誉宿舍’，那里的女孩们会分享图书，尽管大多数人读的都是垃圾。”

琼斯开始大声地为我们解读休息室里的标志，因为我们都有阅读障碍，或被认为是文盲。所有的标志开头都是一样的。

女士们，如果你感染了葡萄球菌，请向工作人员报告。

女士们，不许抱怨。

女士们，出界会被自动记为违反第 115 条规定。

鸣枪警告的标语更直白：该区域不得鸣枪警告。

墙上的钟在离整点还有五分钟以及超过整点五分钟之间有一个红色的楔角，这是给那些不认时间的女性设计的。琼斯解释了红色楔角的用途。她说，你只需要知道，当分针落在红色区域时，囚室门就是开着的。

在钟面上画红色楔形是为一类女人准备的，监狱里的一切都是写给这种足以被称作“低能儿”的女人看的。然而，我从未见过这么个低能儿。我在监狱里遇到的很多人都不识字，有些人甚至不会认时间，但这并不意味着她们不精明，不出众，不比那些书呆子机智。监狱里的人都聪明绝顶，这些规定和标牌所针对的低能儿根本无处可寻。

琼斯朗读了手册指南，然后把手册本身也念了一遍。一切事物都有章可循，不管是仪表、想法、文字和语言、食物、态度和日程安排，还是工具、器具和使用方法。关于谁不能被触碰（任何人）以及什么地方不能去（任何地方），也有许多说明，当然，也不允许私通，琼斯强调这一点的时候，她那慢悠悠的语速活像个淫荡的传教士。

“什么是私通？”科南问道，“其实不过就是性交，对吧？”

女人们开始昏昏欲睡。我们坐了一整夜的车，每个人都筋疲力尽。琼斯没有抬起头来，也没有停止她那机械的诵读。我也打起了瞌睡，随即被一阵尖叫声吵醒。

怀孕的女孩捂着肚子哭喊起来。琼斯瞥了她一眼，舔了舔拇指，翻了一页手册，继续念。每周五,一有新的巴士开来，她就不得不念完这整整八十页的指南，以及指南的指南，所以她对此再了解不过了，她可以快速念完，以获得更长的休息时间，但这个怀孕的女孩的临产打断了琼斯对规则的诵读。

我跟你说过，女人们都喜欢参与惩罚她们的狱友，但事实并非总是如此。那天，我们中的一些人在接收处帮了忙。琼斯叫大家坐着等待医护人员，但费尔南德斯无视琼斯的命令，前去帮助那个女孩，就是在巴士上她冲着大喊大叫的费尔南德斯。我也帮了忙，这是我摆脱劳拉·利普的机会，而且我无法眼睁睁看着这个无助的孩子独自受罪。她痛苦地尖叫着。费尔南德斯和我各拉着她的一只手。科南负责阻止琼斯和其他接待处的警察接近我们。当他们向科南喷辣椒水时，他变得更加愤怒。他把琼斯推倒在地，这时警报响了起来。我不停地和那个女孩说话，我提醒她要注意呼吸。她一直不停地说着“不”，好像她并不想生孩子，好像这样她就可以阻止未来与现在交融。警察拥进我们的监区。其中四个警察抓住了科南。

你会没事的，我不停地告诉那个女孩。但这不是真的，她毕竟身在监狱。但我尽我所能安慰她，直到更多警察冲进来，把我从她身边拽开，再把我关进监狱。他们没有照顾正在分娩的女孩，她孤单一人痛得大叫。

费尔南德斯和科南一样勇敢。他们也向她喷了辣椒水，然而她好像一点都没注意到。她不停地反抗，直到他们用电击枪电了她，并把她关进笼子。

我也被关进了笼子。笼子不够大，我不得不把头缩在脖子里，成了高速公路上的那些火鸡。科南几乎是被塞了进去。让科南待在笼子里比让科南穿穆穆袍还糟糕，他填满了整个笼子，怒目圆睁，肌肉颤抖。我们三个都将被行政隔离。

这是我进监狱的第一天，而我已经把假释委员会的听证会搞砸了，尽管这场听证会要等到三十七年之后才会举行。

医生来了，但已经太晚了，根本无法挪动女孩，因为她正在分娩。她在接收处生下了孩子。婴儿发出的第一声啼哭回荡在混凝土房间里，刺耳而尖锐。

生孩子本应是快乐的，而这是一次孤独的分娩。母亲被州政府掌管，婴儿也被州政府掌握在手，他们之间的联系仅限于此，通过官僚机构得以联结。惩教官似乎觉得在接待处看到一个婴儿很古怪，这里不应该出现任何婴儿。婴儿可以算是违禁品。

琼斯摇着头，仿佛她所在的监区里一个孩子的降生是我们无法在社会上生存的又一个例子，一项进一步的证据。医护人员把女孩放在担架上。她要求抱抱自己的孩子，但这个要求没有得到医护人员的理睬，其中一名医护人员把新生儿抱得离他的身体远远的，就像拎着一袋可能会漏的垃圾。

杰克逊出生在旧金山综合医院，在这个地方，即使你没有保险，他们也得接收你。护士把他放在我的胸口，他抬头看着我，像一只湿漉漉的野生动物，刚刚从沼泽地里爬出来。他的眼睛睁得大大的，聚精会神地看着我。他的哭声既不哀伤也不歇斯底里，而是在认真地提出一个问题：你在这里吗？你是为我而来吗？

我也在哭，我不停地回答他，我在这里，就在这里。一名护士把他清洗干净，放进一个清爽的塑料盒子里。整个晚上，不同的护士和护工进进出出，不停地捅他、戳他、烦他。我在那儿，就像我答应过他的那样，但我却无法保护他。

杰克逊的爸爸是“疯马”的门童。那是一家俱乐部，离“火星俱乐部”不远，我偶尔也在那里工作。他儿子出生的那天晚上，他和朋友们出去玩了，而不是和我一起待在凄凉的术后康复室。我和另一个女人住在那里，她也无人做伴，整晚都在看电视。在杰克逊出生后的几周里，每当他爸爸来到我的公寓，我都会因为他是个懒鬼而对他大吼大叫。他的确是这样的人。因此他后来不再过来看我了，而我也不想让他待在我身边。但当我听说他死于吸毒过量时，我一看到可怜的小杰克逊就会觉得浑身不舒服。他失去了他的混蛋老爹，只剩下一个人可以依靠。他支着脖子，摇头晃脑，一双又大又水润的蓝眼睛茫然又疑惑地望着我，一圈毛茸茸的头发直直地立着。他不知道自己失去了父亲，只知道我就是他的救世主。我的确是他的救世主。

那时我露宿街头。杰克逊三个月大的时候，房主卖掉了我租住的公寓。新房东清理了房客，以提高租金。城市在变化，租金变得很高。要么和我母亲住在一起，虽然她从来没有给过我这样的机会，也许是因为我们吵过架，她受够了我；要么就搬到田德隆，在那里，你仍然可以找到一间负担得起的一居室，只要你能忍受那些大楼里的气氛。我搬到了泰勒街，那是伊娃的地盘，我觉得是这样。我回到“火星俱乐部”工作，付钱给我的新邻居，请她帮忙照看杰克逊。她有一个三岁的孩子，情况和我差不多——没钱，一个人抚养女儿。她经常照看杰克逊，尤其是在我开始和吉米·达林约会之后。

我们三个在“火鸡笼子”里徘徊，琼斯则威逼其他犯人坐下来听完入狱说明。每个人都很不安，都在哭泣。琼斯让她们闭嘴，并提醒道，她们已经做出了选择，桑切斯，她这样称呼那个刚生过孩子的女孩，做了非常糟糕的选择——她应该在犯法之前考虑自己孩子的未来。

琼斯喊来两个杂务工，两个表情阴郁的白人女孩，梳着几根辫子，皮肤有擦伤。琼斯让她们清理刚才分娩留下的痕迹。无法分辨她们到底是对眼前的情况感到悲伤，还是一直感到悲伤。

神情阴郁的杂务工喷洒着政府发放的清洗剂，并用水管冲刷，肥皂水溢满了下水道。

我坐在笼子里，婴儿和母亲已经离开了很久，而婴儿的尖叫声却一直留在我的脑海里。他们并不急于对付我们。在笼子里，我们无能为力，只能等待，盯着肮脏的粉红色墙壁，看着有人慢悠悠地下笔为我们填写从接收处转到行政隔离区的文件，那里比普通监狱还要糟糕。

很不幸，那个婴儿是个女孩。

8

请提供过去五年的工作经历

请详细说明

在表格的工作经验部分，嫌疑人写她曾是公司职员。收案官解释说这么写不够。

在嫌疑人与警探的谈话记录中，当被问及他平时做什么工作时，嫌疑人回答说：“拾荒。”

“质量控制”，她在工作类型那里这样写道。

我是一名公司职员，他告诉他们，但似乎无法说明具体是哪种类型。

拾荒者。

维护人员。

零售。

批发。

分发传单。

仓库配送。

一元店。

“美元树”折扣店。

配送仓库。

沃尔玛。

他说他分发传单。

他写的是拾荒者。

他们两人和一群分发传单的工作人员一起工作。

他送免费报纸，但不是定期送。

他在一个配送仓库工作。

她写了质量控制。

他说他兼职帮助一个朋友在下班后打扫一元店。

出纳员。

失业。

目前还没有工作。

品控，她解释说就是质量控制。

卡车卸货员。

包裹处理员。

他在一个配送仓库拆封板条箱，他告诉他们。

当被问及她的职业时，嫌疑人说她工作过。

拾荒者，他这样写。

他解释说，他把废品带往一个回收中心。

拾荒者。

拾荒者。

拾荒者。

拾荒者。

回收废品，他告诉他们。

她写的是回收者。

嫌疑人说，她主要以收集瓶子和罐头为生。

9

当你在谷歌搜索斯坦维尔镇的时候，你会看到很多张面孔弹出来——入监照。然后，你会看到一篇文章，文中提及斯坦维尔的最低收入工人所占比例居全州最高。斯坦维尔的水有毒，空气也很糟糕。大多数老商铺已关门大吉。这里都是一元店、充当酒类售卖点的加油站和投币式洗衣店。在一天中最热的时候，无车可开的人走在大街上，而当时户外的温度足有四十五摄氏度。他们在路边的排水沟里慢悠悠地走着，推着空荡荡的购物车，车体发出松垮的金属撞击声，划破午后的死寂。这里没有人行道。

斯坦维尔和它的同名监狱是同义词，就像科克伦、奇诺、德拉诺、乔奇拉、阿维纳尔、苏珊维尔和圣昆廷一样，全州上下，有几十个城市都因监狱而得名。

戈登·豪泽在斯坦维尔中心区，也就是谢拉山麓西边租了一间小屋，租之前并没有实地看过房。小屋是一间有柴火炉的一居室。这将是我的“梭罗之年”，他在给朋友亚历克斯写邮件时这样说，同时给他发送了物业链接。

是你的“卡钦斯基[1]之年”，亚历克斯看了小屋的照片后回信说。

没错，他们两人都曾住在单间小屋里，戈登回信说，但我看不出二者之间有什么联系。

敬畏自然，自力更生，卡钦斯基甚至是《瓦尔登湖》的读者。亚历克斯写道，这本书在他那间小屋的书单上。他还列了R.W.B.刘易斯[2]，你的偶像。

你是不是太简单化了？

是的。但还有一点：他俩至死都是处子之身。

卡钦斯基没死，亚历克斯。戈登回信说。

你知道我的意思。

但梭罗担心的是火车，戈登在回信里说，卡钦斯基生活在

1　西奥多·卡钦斯基（Theodore Kaczynski，1942— ），也被称为特德和“大学炸弹客”，是美国本土的恐怖分子，曾任大学数学教授，是一名无政府主义作家，目前在监狱服刑。

2　R.W.B.刘易斯（R.W.B. Lewis，1917—2002），美国文学学者、评论家，曾获普利策奖。

原子弹爆炸的时代，他经历了科技对世界的破坏。

我承认这当然是一个显著的区别，不能把他俩中的任何一个从历史背景中剥离。此外，梭罗本该制造一枚根本派不上用场的邮件炸弹，他那充满煽动性的抵抗行为并没有受到应有的欢迎。

在沙特克大街的酒吧里，他们喝着告别酒，亚历克斯半开玩笑地给了戈登一份和特德·卡钦斯基有关的读物。戈登已经看过他发表的宣言了，人人都看过。那家伙曾在加州大学伯克利分校当过一段时间的青年教授。

他们为戈登的起程干杯。“为我的乡隐生活干杯。”戈登说。

“我以为要是被牛津退学才用得着这样说？”

“他们只是把你送到乡下待小段时间而已啦。”

傍晚，戈登离开奥克兰市区，开车向东，随后向南。99 号高速公路两旁是一大片漆黑而平坦的农田，汽车仿佛在隧道中穿行。一股合成肥料燃烧的气味飘进通风口，甚至在再循环的空气里也能闻到。高速公路两旁，一团橘色的亮光出现在他的视野里，仿佛一个被黑暗包围的巨大光轮。这是一个神秘的光源，仿佛在漆黑的原野中央坐落着一家大型工厂。他知道，是她们，那三千个女人。就像加州北部女子监狱一样，这是一个不夜之地—— 一年 365 天安保都不会间断。

他在假日旅馆登记住宿。第二天早上，他会与物业经理见面，拿到新住处的钥匙。他想问旅馆前台的女孩是否认识在斯坦维尔监狱工作的人，但他没有问出口。他问城里的自来水能不能喝。“我看上去不是那种喝自来水的类型吗？”女孩用一种上扬的语调抑扬顿挫地说。他问她能否推荐一个吃饭的地方。

“那么，你喜欢吃炸虾吗？”显然，这也是一种类型。

戈登居住的山上的水质有毒。不是因为农业污染，而是因为这里有天然的铀，所以必须自带瓶装水。他很喜欢这个小屋，它散发着刚刨过的松木的香气。屋子空间紧凑，布局合理，甚至有点温馨。它由木桩支撑着，建在一座陡峭的小山上，几乎没有什么邻居，可以看到开阔的山谷景观。

他得在一周内到新工作地点报到。在那之前，他每天要做的就是从他那少得可怜的行李中取出物品，劈柴，有时散散步。晚上，他一边往炉子里添柴一边看书。

戈登了解到，特德·卡钦斯基平时吃的大多是兔子。根据特德的记录，松鼠似乎不喜欢坏天气。特德的日记主要是关于他是如何生活的，以及他在周围荒野上的所见所闻。与梭罗的作品一比较，戈登可以看出，特德写的东西并不像他最初猜想的那样粗陋。但特德永远不会写出这样的文字：由于我们自己恢复了纯洁，我们也发现了邻人的纯洁。

戈登的新邻居都是白人，基督徒，保守派。那些整天鼓捣卡车和越野摩托车的人对戈登怀有各种猜疑，他都没有反驳。他知道，如果他需要他们的帮助，这些猜疑会对他有利。山里下雪了，道路封闭，供应中断。树倒了，压断了电线。夏秋两季，山火肆虐。戈登不喜欢越野摩托车二冲程发动机发出的刺耳声音，这种声音会在周末顺着山谷呼啸而下。这就是乡村：不是一个纯洁而又自由自在的世界，不是只有本地的野生动物和鸣鸟才在此处生存，而是一个有人的世界，他们用链锯扫清了土地上的树木，把地面铺平，或者铺设草皮，在树林里清出道路，来作为越野摩托车场，同时供机动雪橇通行。戈登保留着自己的判断。这些人比他更懂得如何在山里生活，更懂得如何过冬，也更懂得如何应对森林火灾和春雨带来的泥石流。在山下的邻居的耐心指导下，戈登还学会了如何堆垛木材。这个失去了大多数手指头的邻居叫比弗，他把戈登的两根圆木条卸在了车道上。戈登还学会了劈柴，这是他的乡村生活的第一部分。

那个住在路那头、帮戈登堆柴的男人有个老婆，也可能是女朋友。戈登没见过她，但他听到过他们两人争吵。声音从山下传上来，在山间回响。

在他刚开始山中新生活的一个晚上，戈登被一个女人在漆黑夜幕中发出的尖叫声惊醒了。他摸索着寻找台灯开关，很确定就是那位邻居的妻子。他们住的地方在山下大约三百米的地方。他又听到一声惊恐的尖叫，这次更近了，听起来好像有人遇到麻烦了。

他穿着内衣裤走到屋外的平台上，看到邻居家并没有灯光。戈登站了很长时间，但什么也没听到。他决定不能冒险，穿上衣服，沿着声音发出的方向下了山，站在路上试着留心听。

没有月亮，他的双眼不适应眼前的黑暗，几乎什么也看不见，只看见最高的松树的树梢与天空相接的模糊轮廓。

星星忽明忽暗，这使他想起了汽车前灯。像是在夜路行驶的一辆汽车，沿着绿树成荫的道路前行，车灯断断续续地闪烁着。但星星是神秘而又奇妙的，汽车前灯却可能不坏好意。星星是大自然的一部分，而汽车代表的是未知的人类意图。

流动的空气使树木发出嘶嘶声和哗哗声，他不禁怀疑是不是风在让星星闪烁，那里的风可能就是这里的风的延续。

他又听到了那女人的尖叫声，现在离他更远了。

他喊道："有人吗？你们没事吧？"

他站在寒冷中等待，只听到风声。

他爬上山，回到床上，努力入睡，却睡不着。

10

我在严寒中外出散步，发现树上有一只豪猪，便向它开了一枪。起初，它好像死了，但后来我注意到它还在呼吸。由于它的毛发很浓密，还长着一身刚毛，我看不出它头上大脑所在的区域究竟在哪里。我拿枪对着我认为可能正确的位置射击。宰杀豪猪很麻烦，很难干净利落地做到皮肉分离，而且我必须小心，不然会被刚毛刺伤。它的腹中有很多绦虫，所以在把它清理完毕之后，我用来苏防腐消毒液彻底地清洗了我的手和刀。当然，也要把肉煮得熟透。

今天早上我在雪地里跋涉了几小时。当我回来时，我把豪猪剩下的部分煮了（心、肝、腰子、几块肥肉和从胸部取出的一大块猪血）。我吃了腰子和一部分肝，很好吃。我还吃了一小块猪血，尝起来味道不错，但质地比较干，我不太喜欢。

雪刚刚开始融化，炸药便开始在山上轰鸣。有时会传到我的小屋里。埃克森美孚石油公司正在为寻找石油而进行地震勘探。几架直升机飞过山丘，用缆绳放下炸药，在地面制造爆炸，还用缆绳放下仪器，用来测量震动。晚春时节，我外出露营，希望能在克雷特山以东的地区击落一架直升机。这比我想象的要难，因为直升机总是在移动。有一次差点成功。当直升机经过树木之间的空隙时，我快速地射了两枪，但都打偏了。回到营地时，我哭了，部分是因为失败带来的挫败感，更主要的是，我对这个乡村正在发生的事情感到悲伤。它是如此美丽，但如果他们发现石油就完了。

11

“好了，冲水吧！”萨米·费尔南德斯正在教我如何通过马桶传送物品——在竖立的水管里开通一条路线，把东西往上送或者往下送。墨西哥卷饼、奶油夹心蛋糕、香烟、装在洗发水瓶子里的监狱酒[1]，都可以送。

在接下来的九十天里，萨米和我被关在行政隔离区的同一间囚室里，这是我们因违抗看守的命令而受到的惩罚。我们住在一间 1.8 × 3.3 平米的房间里，配有一个马桶和两张铺着塑胶床垫的混凝土床。我们一起聊天，轮流站在大门的小窗口旁观察走廊里的动静。这条走廊也被称作“主街”，如果足够幸运，你可以在那里看到其他被关在禁闭室的人，戴着手铐，被两个狱警从身后推搡着送去洗澡。这是禁闭室的规程，我们一天

1 监狱酒（Pruno），是一种口味多样的调制酒，配料包括苹果、橘子、水果鸡尾酒、水果硬糖、番茄酱、白砂糖、牛奶，以及面包碎屑等材料，在监狱和看守所十分流行。

二十四小时都被关在囚室里，只有两种情况例外：每周两次被带到走廊另一头去冲凉，还有就是每周会给我们一小时时间待在放风场，相当于被关在室外的笼子里。

死囚区就在我们这层下面，和我们在同一栋楼。警察管她们叫“A 级”。他们一天能说上五十次，所以，用这个代称可能是因为监狱管理部门认为一遍又一遍地说“死囚区”不利于提振员工的士气。

住在我们楼下的是萨米的老朋友贝蒂·拉弗朗斯。和死囚区的其他女人一样，贝蒂·拉弗朗斯有渠道享用餐厅的食物和各种违禁品。我们可以通过马桶和通风口联系贝蒂，并对此心怀感激，因为贝蒂可不是什么人都搭理，更是很少参与传递墨西哥卷饼和监狱自制蒸馏酒。她和萨米几年前一起被关在县立看守所，当时贝蒂正在为自己的案子辩护。

“是我的‘墨西哥小朋友’萨米吗？”第一天晚上，她通过通风口对我们大喊道。贝蒂有许多“黑人小宝贝”和“墨西哥小朋友”，萨米是她的最爱。

贝蒂曾经是恒适内衣品牌的连裤袜模特。“她的两条腿上了数百万美元的保险。她的脚踝像芭比娃娃一样有着曲线，但的确是货真价实的腿。”萨米说，贝蒂在死囚区的囚室里也能穿细跟的高跟鞋，因为她给一个警察塞了几百美元，托他把鞋偷运进来，这样她就可以时不时地穿上并欣赏自己的双腿了。

不管是几百还是几百万，你不能全然听信别人说的话，然而他们所说的是你能获取的所有信息。

不管是不是模特，贝蒂的监狱酒和所有的监狱酒一样，看起来和闻起来都像呕吐物。监狱酒散发的垃圾味非常明显，酿造时，人们会将婴儿爽身粉撒到空气中以掩盖囚室里的气味。

“那是斯坦维尔最好的私酿酒，可是你得把它分成两份存放，亲爱的。”贝蒂从通风口对我们喊道，“别忘了分杯，它必须呼吸空气。”

她的酿酒过程中规中矩，把盒装果汁倒进塑料袋里，和番茄酱混合在一起，番茄酱的作用是提供糖分。一只塞满面包的袜子则充当酵母，放在袋子里，用几天的时间发酵。

贝蒂接着送来了一个葡萄酒杯，是那种用螺钉固定底座的塑料酒杯。

“她到底从哪儿弄到这个杯子的？”

“常规的方式，”萨米说，“前面或后面。”

女人用她们的身体走私海洛因、烟草和手机，贝蒂走私的则是塑料高脚杯。

萨米和我轮流喝监狱酒，她告诉我贝蒂策划并谋杀了自己的丈夫，为了拿到他的人寿保险赔偿金。一般人不会谈论彼此的罪行，但贝蒂不一样，死囚区也与别处不一样。她们都是斯坦维尔的“大明星”，“名人八卦”自然举足轻重。

是她的情人杀死了她的丈夫，但是在等保险到账的时候，贝蒂担心他会背叛自己，于是，她让一个在锡米山谷的酒吧里遇到的腐败警察杀死了她的情人。被抓获的时候，她正打算干掉第二个杀手——就是那个杀了第一个杀手的黑警，因为她害怕那个警察会举报或者威胁她，向她勒索。他们在拉斯维加斯用她获得的保险金开了个派对。她问科特斯赌场的一名保安是否愿意拿一笔报酬，去谋杀那个警察。

“亲爱的，那不是科特斯，”贝蒂从通风口喊道，“是恺撒宫。说实话，如果你想讲我的故事，但你又不知道恺撒宫和科特斯的区别，那你不知道的事情就多了去了。只有下班的豪华轿车司机和菲律宾人才会去科特斯赌场，我这么说对他们没有任何不屑。我那会儿应该珍惜机会，从那里雇一个人来除掉道格。”

“道格是那个黑警。”萨米说。

“为了获得捉拿我的赏金，他试了五次。你可能还以为一个被判死刑的女人可以得到一些安宁，能够独自待着。”

在给贝蒂定罪的证据中，有一张她赤身裸体躺在一堆钞票下面的照片。这张照片是道格——也就是那个黑警——在贝蒂拿到丈夫的人寿保险金后拍的。“贝蒂很爱钱，”萨米说，“她在县立看守所里枕过一个塞满钞票的枕头。”在她去法庭时，她让萨米帮她把枕头保管好。萨米说，想到像贝蒂·拉弗朗斯这样有地位的人把装满钱的枕头托付给她，她觉得自己像个女王。

贝蒂和道格在拉斯维加斯被捕，萨米知道这些故事，但任何新观众都值得让贝蒂再讲一遍。她通过通风口告诉我们，在他们将她引渡回加州之前，她被关押在内华达州的看守所。她说那里的女孩们——那里的姑娘们——都得工作。拉斯维加斯县立看守所里的每一位女性都必须清点纸牌的数量，将纸牌摆放整齐，以便做成一副牌，送到赌场。他们逼她这么做，她说，她的手指皴裂得吓人。

那时我们正因为酒精的作用而感觉脑中嗡嗡作响。

“她给你看过她躺在钱堆里的照片吗？”我想看看。

她没给过，但萨米说贝蒂在楼下藏有一整本关于她自己的档案——刊登在报纸上的所有文章，她的庭审记录，一切信息。萨米说，她的案子曾经轰动一时，是条大新闻。贝蒂雇用了多名杀手，其中那名警察还卷入了许多其他案件，是洛杉矶警察局的重大丑闻。萨米顺着水管对楼下的贝蒂大喊，问她能不能让我们看一下照片。在醉醺醺的状态下，我所有的希望和愿望，就是从这张照片里看到从通风口传来的嗓音的主人，一个浑身撒满金钱的女人，但我真正想看的，其实是除了我们这间小囚室的混凝土墙之外的任何东西。

贝蒂拒绝把照片通过马桶传过来，她担心它会被弄坏。但是，你可以用塑料把东西包得很紧，不让水渗入。我们利用厕所管道传送从餐厅买的冰激凌三明治，用卫生巾的包装作为隔离，然后用塑料膜包起来。她在玩欲擒故纵的把戏。萨米问那天晚上在禁闭室值班的麦金利警官是否愿意把贝蒂的一本书带过来给她看。大家都叫他“大老爹”。“我必须把它读完，大老爹，”萨米说，“上次在那儿的时候，我读完了前面的每一章，只剩最后一章。”如果他答应了，贝蒂就可以把照片夹在书页里。

“我不能给人带任何东西，费尔南德斯。如果在你那里发现不属于你自己的东西，他们会增加你的关押时间，你知道的。我不愿意看到我的宝贝女儿们在这里受苦。好好遵守规则，费尔南德斯，你很快就会回到普通囚室。”

“大老爹，”萨米说，“我真希望你是我父亲，那样的话我的整个人生都可以变得不同。”

“好了，费尔南德斯，”麦金利警官说，“我相信你的父亲已经尽力了。”

我们听到他的靴子在大厅里走动的声音。

“我根本不认识我父亲！”萨米从食物翻门后面朝他的背影喊道，“我妈妈也不认识他！她甚至不确定他是谁！”

贝蒂听到我们在笑，而这反而让我们如愿了——她不再是人们关注的焦点，因此同意把照片通过水管冲上来。

我们把那三十层塑料薄膜剥开后，萨米打开了一页报纸，上面有一张罪证照片。我曾幻想过一张经典的裸体照，身穿百元美钞做成的比基尼，特意晒黑的长腿也曾被投保数百万美元。

照片上，一个女人躺在床上，浑身僵硬得像一具尸体。如山崩般的金钱重重地压在她身上，只留下一颗脑袋从钱堆里露出来，看上去就像一辆沙石车在床上卸了货，钱就像成吨的货物般倾泻到她的身上，将她埋了起来。

我们谁也没说话。萨米把图片折起来，重新包好，然后用水管把它送了下去。

每周一次的放风，我们去的并不是真正的放风场，而是禁闭室囚犯专属的放风场——用刀片刺网重重包围的一小块混凝土区域。尽管如此，我们还是看到了科南，他出现在自己囚室附近的被刀片刺网包围的混凝土空地上。科南做了做俯卧撑，还和我聊起了汽车。这个话题从科南问我从哪里来的时候就开启了。

“弗里斯科[1]，哈，”他说，“90 年代他们在那里做加长轴和通条。伙计，我可有的要问你了。”

把“旧金山”说成“弗里斯科”，就像安装加长车轴一样愚蠢和错误，但科南说得没错。好像一夜之间，我早上醒来发现同街区的每个邻居都把车轴拉长了，甚至汽车轮子都伸出来了。现在这已是遥远的记忆，这种行为不时髦了。那是在我从市中心的街道搬出来之前发生的事，人们涌入城市，我再也买不起任何东西，只能在田德隆找到一个容身之处。在我们的众多话题中，加长车轴和其他话题一样重要，那都是我们曾熟知的生活。

科南和我回忆起大轮辋、浮动轮辋、旋转器，还有车底霓虹组件、霍利牌化油器和赫米斯发动机、流行卡车和越野车。雪佛兰的“入侵者”、道奇的“演绎”。

1　弗里斯科（Frisco），旧金山（San Francisco）的别称。

对于“入侵者”，科南和我都认为，它看起来像是被设计用来插入其他东西的车型。

“尼桑马上要新出一款汽车，叫作‘立方体’。”科南说，“只有在日本才能买到。但谁会想要一辆方形的车呢？立方体。现在有一种空气动力学的概念，尼桑生产的这些卡车，让你可以在三分钟内锯断催化转换器。我每次路过一辆，都要把消声器偷走。我应该起诉制造商强迫我犯罪。”

我们嘲笑大众旗下的 Smart 汽车。在我看来，它们就像家具腿上的盖帽，不过是一个直挺挺地四处乱窜的傻家伙。

“你开什么车？”科南问我。

“1963 雪佛兰黑斑羚。”我说。

“见鬼。”

“太棒了，”萨米说，“我的姑娘够味儿。”

但当我说出口的那一刻，我的快乐瞬间支离破碎——我再也不能拥有一辆车了。

“你知道吗，我最讨厌的是有人瞎改装凯迪拉克的‘凯雷德’。”科南说。我试图把思绪转回来，认真倾听，不在乎其他任何事情。“去他妈的‘凯雷德’。有些部件是塑料的，真掉价。不过，我想要一辆凯迪拉克‘爱都’。20 世纪 70 年代是美国好车时代的最后时期了。过去我们国家制造卡车，现在我们制造的是卡车零件。”

“你说的是那些以每小时 80 英里的速度在路上摇晃的丑东西？我不知道它们叫这个名字。”

男人竟然会有在自己的卡车后面展示一个人造阴囊——男人身体最脆弱的部分——这个想法，我说简直让人想不通，科南也同意我的看法。

“在保险杠上拖那些东西，到底有什么可骄傲的？如果我是男的，我会拖上一辆挂着哈雷摩托车的拖车。要不我就直接骑哈雷。”

“我听见你向麦金利吹嘘说你确实骑哈雷摩托车。”我说。

“我就是这个意思。如果我是一个男人，我会很喜欢我现在的样子。一点除外，最好别被关起来。”

萨米告诉我们，她十五岁时就拥有了一辆特兰斯艾姆豪华轿车，是她的毒品贩子兼男友斯莫基送给她的。

“我认识一个叫斯莫基的人。”科南说。

我也认识，但不是有私交的那种认识。我认识的斯莫基·尤尼克是全国改装赛车竞赛协会的装配工。斯莫基·尤尼克是我和吉米·达林的好朋友。他在所有的改装创新技术中都耍了诈，但其他人也都这么做。还有，当他还是一个年轻的改装车赛车手时，他会把一只胳膊伸出窗外，搭在窗框上。斯莫基·尤尼克神气十足。但他已经死了，而我进了监狱，吉米不知去了哪里。肯定又和别的女人在一起，那个不知道是谁的女人让我想起我已经不是过去的那个我了，再也不是了。

科南问：“你说的不会是贝尔加登斯的那个斯莫基吧？”

“是啊。”萨米说。

“斯莫基是你的男朋友？我的家乡就在贝尔加登斯，但我认识的斯莫基是个女人。”

“我见到他的时候还不知道呢，”萨米说，“这家伙长得很帅，脖子上戴着——叫什么来着——一圈白色的小贝壳，出现在我们的派对上。他拿着一瓶‘天使尘埃’[1]，然后等我下一次恢复意识时，发现自己在惠蒂尔的一家汽车旅馆里，那已经是两天之后了。”

“那是普卡贝壳。”麦金利警官用扩音器对我们说。他在项目办公室的单向玻璃后面，用远程麦克风监听我们的对话。

“我醒来时根本不记得自己是怎么到那里的，浑身都是吻痕，这个名叫斯莫基的人就睡在我旁边。我们都没穿衣服。我往床单底下偷看，她的身体和我是一样的。我惊呆了。从那之后我们就在一起了，好了两年。”

斯莫基可以用短路点火的方式发动任何车辆。“她偷来一辆车，我们就在里面开派对，把指纹擦干净，然后把它扔掉。”有一次他们在吵架，萨米想在康普顿的汉堡摊上买海洛因。斯莫基开着一辆水泥车过来了，噪声大得吓人，后面的搅拌机一直在全速旋转。萨米在刺耳的噪声中对着斯莫基大喊，让她把它关掉。“我旁边有这么一台水泥搅拌机，完全买不了东西，所以我开始往别处走，好摆脱她和那个吵闹的玩意。但斯莫基开着它，用我步行的速度继续前进。搞出这样一个场面，没有

---

1 天使尘埃（Phencyclidine），苯环己哌啶，又名“天使尘埃”，一种致幻剂。——编者注

哪个毒品贩子会卖货给我。我大叫着让她把机器关掉，叫什么来着，那个旋转的东西，她答道，‘我不知道怎么关。’她会做的只有两件事：挂挡，然后开走。我们互相朝对方大喊大叫，最后我钻进驾驶室，这样我们就可以当面吵架了。我们开着水泥搅拌机四处转悠，然后我们开始和好。我不再生气了。之前的司机把饭盒留在了座位上，我把它打开，准备喝他的果汁，吃他的三明治，里面有什么我就吃什么。然而午餐盒里装的是他的钱包。斯莫基和我又吵了起来。她想得倒挺美，因为她用短路点火发动了水泥搅拌机，所以钱包就是她的了。那可不行，不好意思了。我取出里面的现金就走。我们的关系里有太多这样的闹剧了，我俩对事物看法很不一样。”

当监狱处于一级防范禁闭时，我们就不能去院子里放风了。有时候是因为有雾，其他时候则是因为人手短缺。我到那里的第三周，还碰到过一次是因为一个最低安全级别的囚犯离开了杏树园。果园在监狱外面，要想在果园找到一份工作，你至少得有六十天刑期。做出这个越狱决定的女孩把一切都搞砸了。贝蒂从她的电视上得知了这件事，并通过管子大声宣布了这一消息。那女孩是在她母亲的家里被接回来的。她当时直接回了家。萨米告诉我，在那之前，斯坦维尔从来没有人成功越狱。

“一个叫安杰尔·玛丽·亚尼茨基的无期徒刑犯几乎做到了，她差点就成功了。就那么一点点。”

她把衣服藏在放风场，一件机修工的连体衣和一顶棒球帽，把自己伪装成现场工作的承包商之一。有人给她弄到了一把钢丝钳。在一个山谷中的雾气如牛奶般浓稠的日子，她在警戒塔的一个瞭望盲区沿着主院场工作。她把围栏割开一个洞，从中穿过，逃走了。一名狱警离开监狱时在路边看到一个人影，于是起了疑心。监狱周围的道路不是供人通行的。只有自动化农机和囚车穿行其间。没过多久她就被抓住了。现在，斯坦维尔安上了一道通电的栅栏。说到“通电的”[1]的时候，萨米的发音不太对。“如果你碰到它，会被烤得皮开肉绽。”

“躲在工作卡车的锁箱里怎么样？”我问。

“你觉得他们不会检查这些地方吗？他们会搜查每一辆车。”

“那就躲到车底，把自己绑在底盘上。”

“他们会在滚轴上装镜子，还会检查每辆车的车底。除非你有个开直升机的情人，可以击毁警戒塔，并且降落在放风场里，否则你是出不去的。或者，如果你假装自己遇到了严重的医疗紧急情况，被送往斯坦维尔的医院，然后有一群人在那里等着用手榴弹、突击武器和一架直升机把你救出来，他们还得有新护照、现金，你需要的一切都得准备好了，而且要计划周全。”

---

1 “通电的”原文是 electrissified，萨米的单词拼读有误。

在禁闭室混凝土放风场的第五周，科南跟我们讲了他当初是如何被划分为男性的。

“我当时在山谷里的一个站点，他们把我和那些伙计安排在一起，我就将错就错。永远别去纠正，因为他们的错误可能对你来说反而是正确的。你就等着，看看事情会怎样，看看你能否从他们的鬼把戏中捞到点什么。在那里待了半宿之后，他们把我送进了城。当我到了洛杉矶犯人接收中心，很多人在那里等候发落，如果你没有精神障碍，他们实际上只是随便挥一挥扫描仪就让你通过了。我带了一个打火机，但他们甚至都没看见，只是冲着我的腹部一晃就喊下一个。我接受了面谈，他们问我是不是同性恋。我说是的——尽可能做到诚实。他们问我你平时去什么俱乐部，楼上有什么。我都是瞎猜的，但答对了。保安叫什么名字，警察问。瑞克，我说。你确定吗？他又问道。是的，我说，但我这次猜错了。警察说，你他妈给我滚出去，只有真正的同性恋才能住同性恋宿舍。别想跳尊巴舞了，伙计，警察不停地对我这么说。跳不了尊巴舞。说得好像我被抓住就是为了在洛杉矶男子中心监狱上一节尊巴舞课似的，我甚至不知道尊巴舞是什么。他们给了我普通的深蓝色囚服，并没有给我发粉蓝的那套，还让我和普通囚犯待在一起。结果还不错。我的室友挺酷的，叫切斯特。我帮他清理了淋浴间上方的通风格栅，因为我是那一层楼里最高的人，作为交换，他为我撑腰。从很多方面来看，男子看守所都要更好一些。吃得更好，健身器材很不错，图书馆很大，电话机更多，水压也更高——”

“你洗澡时也没人注意到你不是男的？”我问他。

“男人们随时都剑拔弩张。”科南说，“人们必须做好打斗和骚乱的准备，每个人都穿着短裤和工作靴洗澡。”

“我在那儿的时候，休格·奈特[1]也在。狱警说他的监狱账户上有八万美元。这笔钱可以买无数箱泡面，也可以买一大堆除臭剂。”

“切斯特想用通风格栅干什么？”我问。

“他在做矛。”科南说，“算是那里的新东西，一支带加长杆的矛，用卷起来的《圣经》做的。”

“他拿这个来做什么？”我问。

“我不知道。琢磨别人不是你在那里该做的事，伙计，你要是在男厕所问出这种该死的问题，那就一分钟都待不下去。”

科南被从男子中心看守所转移到沃斯科州立监狱。在沃斯科，直到有一天工作交接时需要脱衣服，他们才发现他是一个女人。于是他被放回大巴车上，送到县立女子看守所，重新等候发落，然后被带到斯坦维尔。

1　休格·奈特（Suge Knight，1965— ），美国前唱片制作人、音乐制作人、足球运动员，现在是一名重刑犯。

一天早上，麦金利从门里冲我大喊，告诉我，我的高中同等学力预备课程[1]是那天下午。

“等到员工们吃完午饭后回来的时候，我可不想听到谁在胡闹，霍尔。”

我没有报名考取高中同等学力，这是斯坦维尔提供的唯一的继续教育项目。我已经高中毕业了。当我努力起来的时候，并不是个差生。但我想起科南说过的话。永远别去纠正，因为他们的错误可能对你来说是正确的。

那天下午，我被带出囚室。在被监禁了几周后——被锁链锁住，推搡着走下走廊——这感觉就像重获自由。我被关在禁闭区项目办公室的一个笼子里，他们让我等着，死囚区的缝纫机发出的嗡嗡声和叮当声。

“你学习成绩真好，霍尔。你证明了所有人都是错的。让世界瞧瞧，你不是什么都做不好。”

麦金利穿着一双大靴子咚咚地走过大厅。

1　高中同等学力预备课程（General Educational Development），也被称为“一般教育发展考试”，是美国专门针对因各种原因未获得高中文凭的人提供获得高中毕业证的机会。

如果我知道狱警有多讨厌文职人员，我可能会对戈登·豪泽——这名字是高中同等学力教员别在衬衫上的身份证件上面写着的——好一点。那家伙坐在我笼子旁边的椅子上，手里拿着一沓工作表。他和我年龄差不多，或者稍大一点，留着不带讽刺意味的胡子，穿着一双难看的跑鞋。

“让我们先从简单的开始。”他念了数学练习册上的第一个问题，“4 加 3 等于——（a）8，（b）7，（c）以上都不是。”

“你他妈在开玩笑吧。”

“是（a）8，（b）7，还是（c）以上都不是？有的时候，如果你需要数出来的话，使用手指会对你有帮助。”

“7。”我说，“我认为我们可以转向更具挑战性的领域。”

他翻着书页。“好吧，来一道应用题怎么样？如果有 5 个小孩，2 个妈妈加上 1 个堂表亲去看电影，他们需要几张票？（a）7 张，（b）8 张，（c）以上都不是。”

“他们要去看什么电影？”

“数学的奇妙之处就在于此，这事无所谓。即便不知道细节，你也可以算数。”

“如果不知道这些人是谁，如果不知道他们要去看什么电影，我很难凭空想象。”

他点点头，好像我的回答合情合理，没有一点问题。

“也许我们有点操之过急了。不然来编个问题怎么样？”

他说，“或者说，我们把刚才那个问题简单化。”

这家伙的耐心真的很白痴。

“有 3 个大人和 5 个小孩，他们需要几张电影票？”

他的声音里毫无讽刺意味。戈登·豪泽决意要把我当成他想象中的人来合作，但我毫无合作精神。

“如果电影院让孩子们免费入场，我怎么知道他们需要多少张票？而且，这取决于他们是什么样的人，也取决于这是什么电影院——他们是贫民窟的小鬼头还是像你一样死板？因为也许在花钱买了两张票之后，他们让其中一个成年人，比如那个堂表亲，可以从紧急出口的一扇侧门溜进去。”

我仿佛看到了奥克兰机场旁边的那所多厅电影院里铺着的脏兮兮的长毛绒地毯。就在那里，一个堂表亲会为了逃票而从紧急出口挤进去。那所电影院可能已经消失了，就像我以前熟知的其他所有电影院一样。我和伊娃小时候在马基特街的斯特兰影院和大人们一起喝过里波葡萄酒。还有戴利城的塞拉山影院，那里放映过《洛基恐怖秀》。还有海滩上的瑟夫影院，我小时候和我母亲去那里看了一部电影，女主演的名字和我一样。这部电影不断以慢速播放同样的车祸片段。估计我当时问了太多问题，最后我妈妈把我从座位上拽了起来，告诉我说我们要走了。我毁了她喜欢的电影。

“他们很死板，”戈登·豪泽说，“就像我一样。”

“孩子们都必须买票吗？”

他点了点头。

“那么答案是 8。”

“太棒了。”他说。

“你刚刚夸赞了一位二十九岁的女人，就因为她把三加五算对了。”

“我得找个切入点嘛。”

“你为什么觉得我不会算数？”

“这里确实有不懂数学的女人，她们不会算加法。我可以给你一套高中同等学力练习测试，如果你有信心通过，我会安排你参加。”

“我不需要高中同等学力证书，”我说，“我到这里来是因为他们让我来这里。”

“你可能以为你不需要学历，但在将来，到你准备出狱的时候，你会很高兴拿到了这个学历证书。”

“我出不去。”我说。

他开始了一场冷静的半机器人式的长篇大论，谈论那些出狱遥遥无期的人，以及获得高中同等学力证书之后，我将有资格的申请的众多长期项目。我并没有解释我是一个高中毕业生，只跟他说我会考虑的，然后我就被带回了囚室。

吉米·达林曾经和杰克逊一起学数学，只是一时兴起。在瓦伦西亚农场的野餐桌上，一节关于计数的起源课程开始了。

吉米在一张纸上画了一个圆。“这是一个养动物的牲口棚。”吉米说。接着，他画了三个圆圈代表动物。“是什么动物？”杰克逊问道。我想我们母子俩的共同点是都喜欢了解一些无关紧要的信息。“羊，怎么样？”吉米说，“农夫有三只羊，它们的名字分别是萨莉、蒂姆和乔。每天早晨，农夫都会放羊出去吃草。到了晚上，再把它们赶回圈里。因为只有三只羊，所以他可以很容易地清点简短的名单，这样就能确认萨莉、蒂姆和乔都安全地回到它们的围场过夜，在那里待着不会被狼吃掉。

“但是，我们假设农民有十只羊，而不是三只。如果他给每只羊都起名字，那么当羊从外面回来的时候，他就必须记住十个名字，而且必须认出十只羊。每个名字都对应着一只特定的羊。如果小羊萨莉怀孕了，那么当它吃完草回来的时候，他就能认出它的大肚子，并核对出她的名字。那我们再假设农民有三十只羊呢？数不清，对吧？他拿来一篮子石头，数量正好，每只羊都对应其中一块石头。早晨，从围栏里每走出一只羊，他就从篮子里取出一块石头来。到了晚上，每回来一只羊，他就放一块石头回篮子里。当所有的石头都转移到篮子里的时候，他就知道所有的羊都已经安全回家了。这样，再也不需要给羊起名字了，只需知道有多少只就可以了。”他向杰克逊解释说，数字是从计数演变而来的，而计数是因为起名字才开始的。从一个名字到一个数字，就像监狱一样。只不过，比起跟动物对应的那块石头，我的编号更像是一个名字，因为那块石头可以跟任何动物对应起来，而我的号码只与我一个人对应。虽然我们每天都要被清点，但清点的方式是数监狱里的总人数，而不是通过点囚号。所以我们兼有两种特性：既是无法被放牧的动物，也是不会被混淆的个体。

当他们一周一次押送我们去放风场时，我们可以看到楼下死囚区内部。萨米在狭小的通道里大喊：

"坎迪·潘纳，我爱你！贝蒂·拉弗朗斯，我爱你！"

坎迪抬头往上看，挤出一丝苦笑。她们在楼下操作缝纫机，给粗麻布缝上一条接缝，然后再把布料旋转 90 度，缝上另一条缝上，再次旋转布料，缝上第三条缝，然后把这块布扔到一堆布料顶端。我没有看到贝蒂，她经常拒绝工作，也失去了她的优待。

她们在死囚区缝沙袋。除此之外没别的了。她们有六台机器，缝的是防洪沙袋。如果你在加州路边看到一堆沙袋，那一定被我们这里的"大明星"经手的。

报酬是每小时五美分，再扣除百分之五十五的赔偿费。工作是重复性的，连那种完成一件事的满足感都没有。这些沙袋并没有完工，还需要填充。

谁来把沙袋做完？我猜是男人们。男人用沙子填满它，然后封口。

有的时候，在我们洗澡时，她们会用死囚区的两部电话拨打或者等待电话。萨米解释说，她们是在跟记者和律师谈话。死囚区的女人们经营着她们的媒体事业，总是在与外界交流。因为过往的身份，她们认识各种各样的人。她们哄骗那些人，暗示自己可能会同意接受采访或探视，但她们并不打算遵守这些承诺。她们对采访不感兴趣，真正的兴趣点在于找人接她们的电话。有人想从她们那里得到某种东西，被追逐的感觉对她们来说真的很好。这场游戏的主题是博取关注。然而这也不能算是一场游戏，因为除此之外，她们一无所有。

在禁闭室，我们不能发邮件或打电话。不过，与楼下那些只能对着《弗雷斯诺蜜蜂报》说话的女人相比，我还是觉得自己很幸运。等到我被允许探视的时候，我母亲会和杰克逊一起到监狱里来。不过得等到我的禁闭期限结束，被转移回到普通囚室，到普通囚犯当中之后。她会往我的账户上打钱，这样我就可以去买我需要的东西，咖啡、牙膏和邮票，都是为了生存。萨米坚持不懈地告诉我有个人在外面是多么重要，但我没让她知道我背后有人支持，也没告诉她我被判了两次终身监禁，加上六年有期徒刑。这不关别人的事，只能我独自吞咽。就像在“火星俱乐部”的更衣室，你不必透露自己的真实姓名，也不提供任何信息。你避免谈论自己是因为聊这些对你来说毫无益处。

就在坎迪·潘纳收到行刑文件的那天晚上，萨米回到禁闭室。坎迪必须选出她想要的行刑方式，并在表格上签名。萨米听到坎迪·潘纳看表格时发出的哭声，表格上给她的选择是毒气或注射。“我们用关灯的形式来抗议，”萨米说，“而且禁闭室的每个人都拒绝接受送进来的餐盘。员工的文书工作可增加了不少，他们必须为每一个拒绝自己的托盘并关掉应急灯的人填写表格。坎迪一声接一声地尖叫着。禁闭室和死囚区的每个人都在哭，连警卫都哭了。有一位残疾女士接下了她的餐盘，但我猜她只是不明白发生了什么。坎迪选择了注射死刑。”

坎迪·潘纳用刀刺死了一个小女孩。事发时，在冰毒和“天使尘埃”的作用下，她已经失去了理智。她在死囚区的囚室里做了一个祭坛，每天、每时、每刻，她都在祭坛前祈祷，悼念这个小女孩。她哭着在文件上签了名，萨米虽然有时会欺负人，但她也是个人，而且她同情坎迪。你虽然身在禁闭室，但不会因此停止拥有感情。你听到一个女人哭泣，而她流下的是真实的眼泪。这里不是法庭，在法庭上，他们问的都是与案件相关的问题或者错误的问题，对细节有着琐碎而又重复的要求，以便处理矛盾，构建意图。只有在宁静的囚室里，才会有真正的问题萦绕在女人们的脑海里，这是唯一真实的问题，但却无法回答。你为什么这么做？你是怎么做的？不是说实际如何操作，是另一个“怎么”。你怎么能做出这样的事呢，怎么能？

萨米的罪行是曾经尿过床，她告诉了我所有事情。我知道我说过人们在监狱里不会泄露个人资料，但萨米把一切都告诉了我。

“我四岁的时候，住在一辆拖车里，没有电，因为我的母亲是个瘾君子，她不得不把能搞到的所有钱都用来吸毒。晚上，我会在床上撒尿取暖。于是我的腿上起了疹子。一个邻居看到我的腿之后，叫来了儿童保护组织。”

儿童保护组织带走了萨米。她在各大集体宿舍之间辗转，最后进了少年罪犯管理所，她在那里学会了打架。“在那儿你会学到很多日后监狱里必备的技能。”十二岁时，她离开了少管所，回到母亲身边，想方设法挣钱来支持母亲的嗜好。男人们喜欢年轻的伴侣。她的第一个“甜心老爹”是一个叫马尔多纳多的保释代理人。最终，她自己也染上了毒瘾，被逮捕，拿到了一家勒戒所的电话，她说自己绝对不会打这个电话。从那以后，她就一直在监狱里进进出出，罪名是贩卖和运输毒品。她的母亲早已去世，和她在少管所一起的很多人都在斯坦维尔。她的人脉很广，这是持续一辈子的监狱人脉。

萨米六个月前获得假释。她出狱的时间通常很短。为了要回她的财产，她迫切希望回到普通囚室。她有一台电视，一台私人风扇，一个“热得快”。她的眼罩在她的朋友里博克手上。“上面有一只小猪，”她说，“我想把它要回来。”她已经把这些东西送出去了，但条件是如果她回来，将有权收回。她知道，她出狱只能算作休假，而不是离开。

但她没想到自己会这么快回来。萨米被释放后去找了她的新老公，一个写信认识的男人。一切都始于对方写的一封信，不是写给萨米的。他给斯坦维尔的另一个女人写了这封信，那个女人把这封信当作货币，卖给另一个想找笔友的囚犯。人们总是在寻找笔友，肯定会有人愿意花钱和这个家伙说两句。这封信到了萨米手里的时候，已经被很多女人读过了，信纸已经因为反复折叠而裂了口子。这封信和它的作者，基斯什么的——我从来没听清他的姓——是一只潜力股，所以收到信的那个女人一直在抬高价格。当这封信流转到萨米那里时，竞拍价已涨到五十多美元。出价高的人会得到信封，上面有基斯的回信地址。萨米告诉我，当她开始读这封信的时候，就知道这封信不止值五十多美元，远远不止。

“他的字迹就像一个三年级学生写出来的。”她用严肃的语气说，似乎在暗示这样的东西具有无限的价值。

“连他自己的名字也拼错了，”她说，“基斯？谁的名字会用这两个字？”

基斯浑身上下都写着“牺牲品”三个字，包括他那拼错的名字也显得无辜。

卖这封信的女人在她的监狱笔友页面上使用了一张高中选美皇后的照片。人们会把找到的或者通过交易买来的照片挂上去，别人的女儿，别人的表妹，别人，总之不是她们自己。有个"跑腿人"——那些会在信里夹着钱给你寄过来的人——是十分重要的。获得跑腿人的一种方法是找男人给你写信。基斯曾写信给这位他认为是高中选美皇后的人，但她只是用过那张照片的一个女人而已。她是一个上了年纪的囚犯，患有喉癌，还装了机械人工喉。她把一个电池驱动的盒子放在脖子上，和萨米商量价格，萨米把 CD 播放器给了她作为报酬。那女人把写着基斯地址的信封传了过来。

萨米给基斯写了封信做自我介绍，说读了他的信后，她立刻就有了一种共鸣。一场恋爱就此展开。几个月后，她开始办理假释。这次，她需要的不是一般的跑腿人，而是一个可以为她提供安身之所的人。对方得有一间公寓，经济稳定，能开出工作收入证明，否则假释委员会不会让她自由。萨米有一个叫罗德尼的前男友，他本来有可能在康普顿的一个住处让她安顿下来，但罗德尼打了她，她跟我说，她受够了，而基斯似乎就是适合的人。

基斯说他曾在空军服役，开过飞机，有一份丰厚的军人抚恤金。当他第一次来到监狱时，就向萨米求了婚。他是一个身材高大、笨手笨脚，皮肤像面团一样苍白柔软的白人男孩，眼神游离不定。她答应了，但没有任由他在会客室里吻她。像我们其他人一样，她做过各种各样的性工作，但不能让这个无辜的笨蛋在她的脸上来一口。她告诉基斯，自己失去了拥抱和亲吻的基本权利，基斯相信了。"哦，天哪，我不想给你惹麻烦，"他说，"要不我们就握握手吧。"她获得了假释。他们在离斯坦维尔不远的汉福德县法院举行了婚礼。他的家人为他们准备了一套公寓，把里面的东西都漆成了蓝色，因为萨米说这是她最喜欢的颜色，蓝色窗帘、蓝色沙发、蓝色微波炉碗。她并没有最喜欢的颜色，只是对基斯说了一些她认为他想听的话。她提到蓝色是因为那天她在探监室里穿的就是蓝色，就像探监室里的其他犯人一样。

就这样，一个来自洛杉矶东部埃斯特拉达庭院[1]的墨西哥裔女孩，和一个土里土气的白人丈夫一起住在中央谷地的一个小镇上。事实证明，她的丈夫并没有开过飞机，也没有参加过空军，他所做的只是整天待在电视前看赛车比赛。他说他要去代托纳国际赛车场，不停地谈论代托纳。每个月，他都会用左手填写一次补充保障收入[2]表格，这样政府会认为他反应迟钝，他的反应本来就不快，这么一来就更慢了。他那迟钝的小镇大家庭对萨米一无所知，也没问过基斯是在哪儿遇见她的。他带她沿着州际5号公路去野餐，这是一群喜欢假装自己在参加内战的人举行的聚会。那里有一些小木屋，妇女身穿复古风的衣服在里面做饼干。基斯想让萨米加入那些女人的行列。然而，萨米只会做监狱美食，她会用雪碧和奶精制作监狱芝士蛋糕，也可以把餐厅里的多力多滋玉米片泡在水里揉成玉米面团，制作墨西哥玉米粉蒸肉。她尴尬地站在那里，真心希望自己当时穿

1 埃斯特拉达庭院，加利福尼亚州洛杉矶的一处针对低收入群体的住房项目。

2 补充保障收入，一项美国联邦福利计划，为居住在美国的六十五岁以上，或者患有残疾的个人提供资金援助。

的是长袖衣服，好遮住监狱里的文身。“我喜欢你古铜色的皮肤。”一个白人妇女一边对萨米说，一边铺开白色的饼干面团。男人们在发射火炮，其中一个在吹号角。基斯是一支假军队的假队长，那天他赢了一把真剑。在他们开车回汉福德的漫漫长路上，萨米向基斯解释，他必须把那把剑处理掉。她假释级别是四级：意味着不能拥有枪支，也不能拥有超过 25 厘米长的刀具，否则她就会直接被送回监狱。“哦，去他的。”基斯像个孩子一样嘟着嘴唇吹气。这位不知道姓什么的基斯就像生活在梦里。他从斯坦维尔给自己买了一个墨西哥裔的南方女孩，然后带她去野餐，那里的白人对她的古铜色皮肤赞叹不已。

但从那以后，基斯再也没有带她去过任何地方。每周，他会有一个晚上独自离开家——星期天。那一天，他是红十字会的一名志愿保安。他很看重这件事，总是随身携带一个公文包，说里面装着重要文件，他需要好好阅读这些文件，为第二天去代托纳做准备。那其实不是一个公文包，只是一个本来用来存放双陆棋的空容器。有一次，萨米打开了它，发现里面装满了糖块。

萨米没有钱也没有车，被困在一个饲养场边上的公寓里，和一个满脸横肉的蠢货待在一起。基斯每天都在椅子上左右旋转，就像身在电视里的赛道上一样。他穿着一件闪闪发光的代托纳赛车衫，肩上写着“彭泽尔”[1]。萨米开始向他要钱，他不情

1 彭泽尔，美国一家石油公司，始建于 1913 年，这里指车队的赞助商。

愿地给了一些。她走到一元店，买一夸脱[1]麦芽酒，一边喝一边跟住在停车场后面棚屋里的农场工人聊天。一天晚上，她醉醺醺地回到家。当电视上的赛车在赛道上急转直下时，基斯也坐在椅子上突然转向。萨米再也受不了了。她拿起一个沉甸甸的玻璃烟灰缸在他的头上狠狠一击，然后跑出了公寓。

她是一个无处可去的逃犯。在一个铁道交叉道口，她听到远处有警报声。她躲在一个电箱后面，等着声音变弱，然后沿着铁轨走下去。她上了高速公路，站在通往南方的路肩上拦车，最后终于找到了一辆车。

萨米知道贫民窟怎么走，在监狱服刑的间隙，她就在那里谋生，她现在正往那里去。如果她足够谨慎，那是一个可以让人销声匿迹的地方。她撑了好几个月，设法躲过了逮捕，但最终在一次搜查中被抓获。基斯起诉了她，但他们没走离婚程序，萨米心里清楚，名义上，她仍然是这个住在附近的蠢货的妻子。

在我们每周一次的水泥地户外牢笼放风时间，我透过刀片刺网看到了高中同等学力课程的老师。他走在一条通往禁闭区的路上。我大声地向他打了个招呼。他隔着带刺的线圈喊道："你有没有再考虑过，努力考个高中同等学力证书？"

1　1 夸脱等于 0.946 升。

我说我没有。

“如果你想参加考试，就告诉行政管理部门。之前那些问题对你来说很简单，看上去你很有希望，虽然我没有给你做过阅读评估。”

我知道怎么阅读，我告诉他。我读过高中，并且毕了业。

他点了点头。“没想到啊。”

“我本来可以上大学的，我申请到了加州大学伯克利分校[1]。”入狱之前，我并不爱说谎。现在，向员工和守卫撒谎是一种自发的本能。他们糊弄我们，我们也糊弄他们。

“别开玩笑，真有这事？我大学也是在那里读的。”

我给他编了一个故事，说我不能入学的原因很惨，因为我的父亲病了，所以我不得不照顾他。“我真的很想念阅读的感觉，”我说，“我喜欢读书。”这句不是谎话。

“如果你愿意，我可以给你拿一些阅读材料。现在我知道你有更高的水平了，所以我保证不会再给你带高中同等学力的练习册。你喜欢读什么书？”

“你喜欢读什么书？”等他走后，萨米模仿着他的语调说，

1 加州大学伯克利分校，世界著名公立研究型大学，在加州大学系统中常年排名靠前。

“那家伙看起来像个真正的牺牲品，他很可能是你的基斯。”萨米做了个动作，好像在收钓线。“慢慢收线，只要手法正确，你看到的这个人就是基斯二世。”

我假装对钓上高中同等学力导师这件事饶有兴致，但这只是因为我为萨米感到难过，她把每个人都看作可能的“牺牲品”，然而所谓“牺牲品”的意思其实是我们这种人的“救世主”。

在“镣铐之夜”过后的第二天早上，我在监狱巴士上看到过火鸡，它们的羽毛被风拔起，在车道上打旋，然而它们并不是被送往斯坦维尔的。

在禁闭室，感恩节是持续一个月的节日。我们的假日餐点从翻门被送进来。我看着我的盘子，上面是一只又大又肥的鸡腿，大得非比寻常。我从没见过这么大的鸡腿。

“这里每年都是这样。”萨米说。

“什么意思？”

“超大号的感恩节肉菜，人们说这其实是鸸鹋。”

鸸鹋是一种身形巨大，外表丑陋，又很好斗的鸟类，当它们向上舒展身体时，可以高到 1.8 米。吉米·达林住的农场旁边的邻居家养了鸸鹋。它们有时会到土地上四处游荡，就像人一样，充满暴力而又难以捉摸，脑仁却只有核桃那么大。

倒胃口的一餐过后，麦金利让我们在封闭的混凝土广场上放风，算是节日特权。天寒地冻，天空好像厨房里的旧家电，一片荒凉的白色。我们坐在地上，被大风迷了眼，等着看工作人员或警卫从刀片刺网的另一边走过。这就是我们活着的目的。一个护士跑了过去，随后又跑过去两个。科南喊道："救死扶伤！"他这种大喊大叫的方式让他们的任务显得不那么紧急了，反而变得有些滑稽。好像生命本身变得无关紧要，只不过是科南看着护士们胸脯起伏时，禁不住喊出来的某样东西。

我饿了。我没有吃我那份鸸鹋腿，萨米也没有吃她那一份。

"如果我没有被困在禁闭室里，我可能会卖掉那条禽腿。"萨米说，"黑人姑娘会把它加到肉馅和玉米罐头中。去年我看见一个黑人小妞从食堂偷偷带了一条禽腿，她的大腿内侧被烫出了水泡。"

"你为什么要搞种族歧视？"科南说，"左一句黑人姑娘，右一句黑人姑娘。还不是因为我们在监狱是老大。"

"如果我们大多数人都不吸毒，"萨米说，她指的是拉丁裔，"我们本来也可以在这里称王称霸。"

"不过，这是个好主意，把别人不要的鸟腿换来，和玉米还有肉馅混在一起。"科南说，"或许挤点纳乔奶酪，再加点腌辣椒。她们才不会去摆弄那块肉呢。绝不会。那不符合'莫蒂默分量'。"

"莫蒂默"应该是斯坦维尔的一个女囚，她曾经起诉过监狱。因为她的缘故，监狱不得不每天为我们提供正好 1400 卡路里的食物，这样我们就不能像莫蒂默那样因为自己的肥胖而起诉他们了。莫蒂默分量根本不够吃，但工作人员让我们不要责怪监狱，而应该去责怪莫蒂默，是她提起了 602 号囚犯申诉，引起一场琐碎的诉讼，毁了我们其余人的生活。有很多类似的规定都以囚犯的名字命名。要想拿取药物，你得站在“阿姆斯特朗框”里，一个涂在药品柜台周围地板上的红色正方形。这是为隐私考虑，如果你没有被叫到窗口旁边，如果你只是在大厅里走路，一旦你的脚踩进了框里的红线，那么你就违反了 115 号条例。这得归功于一个名叫阿姆斯特朗的偏执狂。

我们痛恨那些毁了别人生活的囚犯，但这些人可能根本不存在。萨米告诉我，那些 602 号投诉单实际上去了哪里——助理诉讼律师办公室的碎纸机。一个囚犯能否创造历史，能否让她的名字与一项新规定挂钩，我对此抱有疑问，毕竟一开始甚至就不可能有人提出申诉。

人们都说在监狱里过节令人心情压抑。这是真的，因为你会情不自禁地想起你曾经拥有或者不曾拥有的生活。节日意味着生活本该有的样子。

我浪费了身在自由世界的最后一个感恩节。当时我在“火星俱乐部”上日班。在着迷的事物面前，男人们从不会休假。

假期的生意很好，因为男人需要逃离他们的现实生活，与我们一起进入他们真真正正的生活——他们的幻想。

没人强迫我在“火星俱乐部”过感恩节。那一天，我并不那么需要钱。为什么我没和杰克逊一起做点什么？我把他交给邻居看管。邻居和她的几个朋友做了一顿饭，孩子们玩得很开心。我和库尔特·肯尼迪坐在一个漆黑的电影院里。那时候，我已经慢慢接受拥有“常客”这件事。我的本能在反抗它，但它却表现出一种奇特的确定性。他会在我当班的时候来，不假思索地选择我。我不用在午餐时间环视整个房间，在里面绕圈子，等着某个人在他黑暗的领地——“火星俱乐部”——选中我，花钱获得我的陪伴。

男人们得到了他们需要的东西，或者看到了更好的东西，看上了其他人，就会叫你离开。而对于常客来说，那样的情况是不会有的。甚至在我去电影院之前，也就是在他去之前，我就已经是他的选择——肯尼迪的选择。他会在几小时内给我几百美元。他想做的只是假装我是他的女朋友。

你是我的姑娘，对吧？他把粗糙、干燥的手掌搭在我大腿上，用沙哑的声音说道。大多数时候都是他在说话。他曾在工作时腿部中枪，所以一瘸一拐的。他说他是一名侦探之类的，但后来他说那不是真的，并就他的实际工作长篇大论起来，我没在听，也不在乎他是做什么的，更不在乎他说的是谎话还是真话。他身患残疾，有大把的空闲时间。他想带我去他的船上。我讨厌船，但我没说。好啊，听上去很有趣。你不知道进港要花多少钱。我当然不知道。一年两万，他说着又递给我二十美元。啊哈，你喜欢挨打吗？我要打你的屁股。又递给我二十美元。有时他的钞票是新的，摸上去很清爽，这让我很想检查一下是不是真的。钱毕竟是钱，是伟大的中和剂：只要工作，就会得到报酬。我想让你的屁股变红。我的老天，我是说又鲜又亮的红色。他用粗糙的手轻轻地拍了一下我的屁股。他拍得很轻，是因为他陷入了沉思。如果你愿意把这叫作沉思的话。不会有任何打屁股的环节，没有那个必要。当我把屁股压到他穿着裤子的大腿上，并清空他的钱包时，我只是他的虚拟现实机器。如果钱包空了，他要么去“火星俱乐部”大厅的银行取款机取更多的钱，要么不取。但是如果他不取，他明天就会再来。

感恩节过后几天，麦金利警官说，在项目办公室有一条给我的留言。

我被铐上手铐带走，麦金利和另一个警察跟在我后面。

在项目办公室，我见到了琼斯警督。

“你有一个亲戚去世了。”琼斯说。

“亲戚？”

“说是你的母亲。”

斯坦维尔有三千个女人。有时候你会得到错误的消息，比如说你 HIV 呈阳性，其实根本不是。或者有时候他们会把别人的信交给你。我敢肯定琼斯有什么地方搞错了，或者她在折磨我，因为她的角色就是折磨人。

我说我不相信。

“这里写着格蕾琴·贝克尔。上周日，也就是 11 月 30 日，死于一场车祸。”

“不，”我说，“不会的，这不可能。”

“她和一个孩子都住进了旧金山综合医院，”琼斯机械地读道，“孩子的伤没有生命危险。”

“那是我的儿子，”我说，“他只有七岁，没有其他亲人。我必须赶过去。”

“你必须赶过去？你有两个无期徒刑。霍尔，你哪也去不了。”

“可那是我儿子。他在医院里，我——”

“霍尔，如果你想成为别人的母亲，你应该早就想到这一点。”

我冲向琼斯手中的那张纸，我必须亲眼看一看。

麦金利抓住了我，我试图挣脱他。我需要看看那张纸。

麦金利把我推倒在地，他用那只大靴子轻轻地抵在我的肩膀上，把我压在地上不得动弹。我知道麦金利不想伤害我，我能感觉到。但琼斯毕竟是警督，是他的顶头上司。他的靴子压进了我的心里，上面分明地写着：你的母亲已经走了。我的母亲走了。剩下的只有我，独自面对这场战争。

“让我看看那张纸，”我说，“求求你了。”

我不够冷静，这是事实。当我说“求求你了”的时候，我尖叫起来。求求你了，求求你了。把它给我，把那张该死的纸递给我。

“我过去常常为你们这些婊子们感到难过，”琼斯说，“但如果你真想成为一个母亲，就不会让自己沦落到进监狱的地步。事情就是这么简单的。简单得不得了。”

我试着站起来。更多的警察扑到了我身上。我朝其中一只手咬了一口，不知道那是谁的手。他们把我的头按在地板上。我把头转向一边，猛吐口水。我吐到了麦金利身上，于是脑袋后面挨了一记警棍。一声警报响了起来。那声音在我的耳朵里嗡嗡作响，我所能做的只有挣扎。“那是我的家人！那是我的儿子！那是我儿子！”

我试着昂起头，使劲向上仰；再用力蹬腿，直到我的脚被固定住，直到我身体的每一部分都被牢牢固定住。

2

12

道格是洛杉矶警察局兰帕特分局的早期腐败分子。他想了一下，早在警局声名狼藉之前，他就已经在从事不法活动了。因此，道格认为自己走在了时代前列。他被判了终身监禁，在新福尔瑟姆的敏感需求区服刑。

敏感需求监区里修建了固定的混凝土阶梯座位，还有一个宽敞的舞台，在那里会上演各种日常“戏剧”，就在一排自动门前面。所有的自动门都是蓝色的，每扇门上都有一个小小的监视窗。道格的囚室和其他人一样，是 8 × 10 的，而且，和其他人一样，他和别的犯人共处一室。你没办法选择室友。在新福尔瑟姆的敏感需求区里，你的室友有百分百的可能是儿童强奸犯、告密者或跨性别者，因为敏感需求区就是为这类人设计的。如果对方是个跨性别者——道格可以接受。他不介意男人有奶子。他感受过几次，不是正面的那种，大多数都是从背后爱抚和摸索。这种经历就像生活中的所有事情一样，发生在当时都是有原因的。监区里的跨性别者会打粉扑垒球[1]，道格很爱看，就跟隔壁囚室那个血气方刚的男人一样。大家都爱看。谁会不爱看呢？想想看，你是一个异性恋者，下半辈子都得和一群男人生活在一起——突然间，你看到了这些小可爱，她们的屁股圆翘，胸部真实而又丰满，随着跑垒和跳跃的动作在州立监狱发的针织棉球衣里面上下弹动。她们可怜巴巴地站在击球手的本垒板上，或者追着球跑来跑去，永远接不住飞来的球。她们有趣、愚蠢，动作极不协调。身上有着好闻的味道，就像女人一样，而且她们的脑子和女人一样只有豌豆大小，说话声音也和女人一样又细又尖。

如果和这样一个人做室友，他完全没意见。然而，他被分配和一个讨厌鬼住在一起。这个人强奸了自己女儿。当道格按照敏感要求监区的传统，强制新狱友出示自己的资料时，这名男子说他强奸是自己的继女。好吧，每个人都有自己的故事。道格公开讲述过自己小时候被养父强奸的事。他没有找他室友的麻烦。这里是监狱，没人把你当朋友，你不需要顾及他们的感受。通常你们先讲好囚室规矩，然后井水不犯河水。道格的规矩主要是卫生规程。在新福尔瑟姆的敏感需求区，很多人都坚持卫生规程。公共区域的混凝土要像玻璃一样闪闪发光，经过反复打磨，每一层都必须干净、光亮、十全十美。道格所在

1　在北美地区，高中女生之间通常会举行粉扑橄榄球赛，是许多地区的年度传统。其名称来源于化妆用的粉扑。在监狱里，由于无法提供橄榄球，则用垒球作为替代。——编者注

的监区里弥漫着“64号囚室”牌洗涤液的味道，它从一种无所不在的气味变成了一种整体的感觉，这种气味已经成为一种呼吸、思考和存在的方式。作为该区的杂务工，道格有门路搞到“64号囚室”的私货。他本来可能拿它当古龙水用，但他的账上有了钱，因此用的也不是什么破欧仕派[1]，而是真正品质上乘的古龙水，由意大利知名调香师研制，但他却记不得那人的名字。后来他又想起来了：切萨雷·帕乔蒂。他总是要花一分钟才能想起那个名字。确切来说，“64号囚室”是用来防止灰尘弄脏他的私人物品的，也就是他的违禁品。如果他们进行突查或抽查时在你的囚室里发现任何财物，只要没有记录证明你买过它，你就会失去它。在你的囚室里，任何不被CDC——也就是加州惩教署——明令允许拥有的东西都是违禁品。原谅他们吧，加州惩教与康复署。他们今年刚刚在名字里添加的一个词。但是没有什么新的进展。唯一的变化只是在缩写里增加了这个狗屁字母R[2]。

道格躺在铺位上翻检自己脑海中的库存，想找到一幅好画。监狱里禁止任何色情作品。当然，他们也没法上网。大脑

1　欧仕派是宝洁公司在美国推出的一款沐浴露、须后水和止汗剂品牌。

2　R指的是“康复”（Rehabilitation）这个词。

就是你储存“私人珍藏”的地方。道格快速浏览了他保存的画面，大步跨过了与他最后一次发生性关系的女人——贝蒂·拉弗朗斯——相关的记忆。害道格进监狱的人就是她。他把注意力集中于自己被她坑苦之前的日子。

他看见自己开着一辆没有标志的警车在街上游荡。如果他能走进过去的生活，那么他就能以一个不错的场景作为开场画面。

那个长着圆圆的纽扣鼻的鸡尾酒女招待就在画面里，那是伊格尔罗克一家他喜欢去的酒吧，名叫托珀斯。

便衣警察走进一家酒吧。

他从来都想不起那个笑话后面是怎么讲的。

便衣警察走进一家酒吧。没了。不知道后面发生了什么。[1]

一天晚上，托珀斯的鸡尾酒女招待喝得酩酊大醉，当道格把一张两加元——比两美元还不值钱——塞进她的内裤时，她并没有生气。哈哈哈。为什么鸡尾酒女招待什么都不穿，只穿内裤？这是托珀斯的神秘之处，而这也是托珀斯唯一让人感到神秘的地方了。为了解开谜团，他把她带回了那辆没有标志的警车里，拉下她的内裤，把手放在她的两腿中间。她用了脱

---

1 这个笑话的全文为：早上，一个警察走进一家酒吧，看到他的妻子和他最好的两个朋友在一起。他坐在他们身后的桌子上偷听，然后他的妻子说：“让我们绑架他吧。”这个可怜的心碎的家伙掏出枪，开枪打死了他们，然后跑回他的房子去取现金和衣服以便逃跑。然而，当他终于到了他的房子，打开门，每个人都喊：“生日快乐！”——编者注

毛膏或者脱毛蜜蜡，这让她的下面摸着光溜溜的，感觉像个幼童。道格无法接受这一点，因为他是儿童的保护者和守护人。她那没有毛的阴部带来的感觉使他惊慌失措，他不得不把手抽出来。他从大脑的档案库中选择这份文件时，忘记了这部分的存在。他把一张皱巴巴的二十美元钞票扔向她，叫她下车。现在，他的思绪正在慢慢飘入充满坏人和无辜的孩子的领域，他不再幻想某一场性感的脱衣舞或者一个女人跪坐在他面前的场景，而是梦想着用乌兹冲锋枪来把那些景色都扫射一遍，扫射有关恋童癖的一切。

提到乌兹冲锋枪。在拉斯维加斯，有个穿着可爱的粉红色小短裤的孩子打死了她的教练。每个人都用自己的私人电视收看了这则新闻，全州成千上万个像道格这样被判了终身监禁并且不得假释的男人，靠在座位上，戴着劣质金属耳机，连接到那个供他们了解世界的机器上，希望一睹这个身穿糖果色短裤的孩子用一把乌兹冲锋枪杀死一名成年男子的场景。新闻先是播放了她参加训练的画面，然后她停了下来，教练鼓励地说：“好样的！”那意思好像是，就这么做，这孩子还不错。然后她重新开始猛烈射击，但她干掉教练的那一部分被新闻掐掉了，从来没有播放过，但敏感需求区的每一个人都反复观看这段视频，希望那一段能被放出来。就好像每次通过回放这个片段，就一定或者说也许会增加那些不该出现的新闻画面冒出来的可能性，让他们有机会看到她是如何把教练的脑袋崩得血肉模糊。这得指望某种技术性的意外，或者某种来自宇宙的干扰。

道格平缓地将自己的思绪从那件事抽离。他想要什么就能得到什么。要记住，当你翻看你的思维仓库时，这一点很重要。但有时过多的选择是一种暴政。

选择的暴政，这并不是人们心目中在监狱里的头号问题，但道格现在选不出画面来。他的室友将会离开，直到门准时弹开时才会回来，他想有效地利用这段时间。

画面闪回到他还是一名警探的时候。他在一个温度宜人的夜晚潜行，神不知鬼不觉地干着坏事。道格曾是洛杉矶酒吧的行家里手。在这些酒吧里，卖淫进行得坦率而自然。韩国城的威尔希尔有一家叫作“精致旋钮”的中世纪主题餐厅，在它的地下室里有一个地牢。比弗利街和西大街交界处的博比·伦登酒吧，只接待韩国男人和洛杉矶警察局的人。作为贿赂，只有洛杉矶警察局的人才有此特权——洛杉矶警察局只有道格有此特权。严格说来，这不是贿赂，而是敲诈。

警察走进一家妓院。

这是另一个他从来都想不起后面怎么讲的笑话。

离道奇体育场不远，有一家名叫拉斯布里萨斯的酒店。一条宽阔而荒芜的道路从日落大道延伸出来，这家酒店就坐落于此。在这条路上，汽车以每小时 70 英里的速度行驶。你可以在拉斯布里萨斯的储藏室里与酒保翻云覆雨，她温柔而又充满母性光辉，身上散发着玉米粉蒸牛肉和法比尤洛索牌清洁剂的味道。仔细想想，那种植物精油的芬芳和“64 号囚室”的气味没什么区别。道格每次用意念造访拉斯布里萨斯，首先感受到的是与那座建筑里形形色色的妓女亲密而又纠缠的相拥，但每次造访都以这个储藏室里的画面作为结尾，和身上散发着“64号囚室”气味的酒保在一起。她把它喷在手里，给道格和她自己都涂上，然后他们站着，湿滑地一进一出，道格把她紧紧地压住，抵在一堆罐装啤酒上。这个大方的女人总是表现得十分高兴，好像让道格达到高潮令她感到骄傲。对她来说，道格在她大腿间释放自我的感觉，堪比深爱她的大男孩给她送上一束长茎红玫瑰。

道格深吸了一口气，但没发出太大动静，因为门已经打开了：它将在接下来的十分钟内由自动定时器控制，保持解锁状态。他的室友回来了，坐到下面的铺位上。

说到红玫瑰，老福尔瑟姆的大门外开满了红玫瑰，那里是他服刑的第一个监狱。大巴的窗户紧闭着，还加装了安全装置，但他还是透过玻璃看到了那些沉甸甸而又硕大无比的花朵。虽然车上有漂白剂和乘客的味道，但他十分肯定自己闻到了花香，闻到了那些懒洋洋的大朵玫瑰散发的香气。那是属于他人的、自由的气息。在那个自由的世界里，穿羊毛衫的老女人戴着猫眼眼镜。她们拥有立式钢琴，但自己并不会弹奏；她们握着儿孙的照片，但儿孙却从不来探望自己。她们已故的丈夫剪了民权运动前流行的圆寸，耳朵正如典型的退休老人那样又大又垂，满是皱纹。他们的名字可能是弗洛伊德或劳埃德。这些老女人去世的丈夫曾有着形同虚设的自由，也拥有完美的门柱玫瑰。老女人们总是摇头，仿佛一直在说“不”，但原因其实是衰老或者药物治疗造成的抽搐。这些女人永远否认他人，就像道格自己家里的那些女人一样。她们不爱他，并且把他送去寄养。

他刚到老福尔瑟姆时，那里还没有设立敏感需求区。当然，人们是有需求的，只是没有专门的监区来对告密者和黑警进行保护性监管。那时他很少走出囚室。他收到了一封恐吓信，显然是贝蒂·拉弗朗斯寄来的，尽管她并不能直接给他写信——是通过一个名叫弗雷德·富奇的人转寄的，这封信用疯疯癫癫的块状印刷体写就，声称他所在院场的囚犯们很快就会知道，他不过是个肮脏的警察。这就是她的套路——来玩弄我吧，臭警察。他过去就吃了这一套，那时太天真。正是因为她管不住自己的大嘴巴，才让警察把他们抓了个正着。他十分确信，她现在还在跟人说这些东西，只要有人听，她就不会闭上嘴。他躺在囚室里，幻想着逃跑。老福尔瑟姆监狱的巨大花岗岩墙壁就像一排巨齿，延伸到地下的深度比地面升起的高度还要长。这是以前的罪犯们建造的，道格对他们既憎恨又嫉妒。憎恨的是他们的劳动成果把他关得死死的，嫉妒的是他们曾得到一份工作，建造的是一项真正的工程。监狱的后方以美州河为边界，湍急的河流上耸立着一座警戒塔。

道格年少时，《福尔瑟姆监狱蓝调》[1]是一首流行歌曲。因

1 是由美国乡村音乐创作歌手约翰尼·卡什（Johnny Cash）创作于1968年的歌曲，收录于专辑《身在福尔瑟姆监狱》。

为他的养父维克，道格对这首歌有种矛盾的感情——维克很喜欢这首歌，同时常常虐待年少的道格。后来，道格长大了，成为一个把猎枪拴在警车底盘上的成年人，一个携带武器、佩戴警徽的男人，再也不会被维克当成出气筒了。道格再次听到那首歌是在托珀斯的自动点唱机上，歌里有一段唱的是在里诺射杀一个人只是为了看着他死去，道格比大多数人都清楚这是真的，因为他正是出于同样的原因射杀了别人，尽管地点不是在里诺。

约翰尼·卡什是个瘾君子，这是他和道格的另一个共同点。这位歌手脸上满是皱纹，你能在他脸上看到田径运动员跨栏时因用力而表情僵硬，但这其实是因为他整夜整夜都在吸食毒品。

维克唯一的嗜好就是殴打和强奸幼小的道格。他平时是一名保险理算员，每天固定抽六支烟，偶尔还喝杯兰瑟斯酒。维克疯狂地巡查他的院子，以确认道格是否把每一片叶子都已经耙干净。

小时候，道格曾在电视上看到约翰尼·卡什在老福尔瑟姆的食堂举办那场著名的音乐会。后来，当道格鼓起勇气克服被人捅刀子的恐惧去吃东西时，他就是在这个食堂进餐。道格到老福尔瑟姆的第二个月，食堂里发生了一起骚乱。起因是有人得到的切块蛋糕不够大，于是二百六十个男人群情激愤。狱警们寡不敌众，从餐厅里冲了出去。道格藏在一张三脚桌下面，眼前不断有餐具、鲜血和食物残渣洒到地板上。金属餐盘被用作砸头的工具真的再适合不过了。警察们回来了，但他们待在外围，那里有一条狭窄的带围栏的通道，中间是一道防震墙，与食堂隔开。他们身着防暴装备，向食堂投掷了一个催泪瓦斯罐。有一个囚犯抓住催泪瓦斯罐，把它扔了回去。在那条挤满防暴警察的通道里，催泪瓦斯开始往外喷射释放，警察们尖叫着，推搡着，想要从别人身边挤过去，好远离这让他们窒息的气体。囚犯们怒吼着，当气体越过防震墙飘到食堂的时候，他们也哭了，那是催泪瓦斯带来的哭泣。

道格之所以喜欢拉斯布里萨斯那个酒吧招待，是因为她给人一种自己彻底被接纳的感觉。有时候，欢爱是一种交流方式，代表对方完全接受你，接受你本来的样子。

拉斯布里萨斯酒店有个老男人，他坐在酒吧里，当道格从储藏室出来的时候，他朝道格挤了一下眼睛。哦，不，他并不是一个皮条客，只是一个墨西哥老人，一张脸长得仿佛是个烤焦的日晷。他喜欢一边呡着特卡特啤酒，一边向男人们挤眼睛，那意思是说，我很高兴看到眼前这场面，也很高兴我所了解的事情。

一个男人去相亲。道格想到一个关于相亲的笑话。

一个叫理查德的家伙和一个叫琳达的女人相亲。他们在电话里约定见面。琳达说：“在冷饮店等我。”于是理查德走到冷饮店等着。

一个年轻的女人向他走来。“你是理查德吗？”她问道。

他说：“是的。”

她把他上下打量一番，说：“我不是琳达。”

道格曾经和一个保加利亚女孩结过婚。对于这件事，他后来是这样想的：只是一场临时的安排。他永远无法真正解释或理解他当初为什么要娶她。如果现在还有机会，他一定会上了她。他想象着自己撩起很久以前买给她的西尔斯牌睡衣，进入她的身体，横冲直撞。性是如此简单，因此他不明白为什么会有人在这方面有烦恼。他喜欢做爱，并且从来没有遇到过问题。那个来自保加利亚的女孩在他们做爱的时候一声不吭，这让他感觉怪吓人的。当他在她的身体里猛烈冲击，快要到达高潮的时候，当他感觉自己快要爆炸，她甚至连呼吸声都没有变化。正当道格思考这个问题时，他的室友在下铺翻了个身。他不是在思考她为什么那么安静，他对这一点毫不关心，只是回忆起了在她身体里的感觉。

基本不需要道格告诉你，你也知道，大白天，在下铺的室友在场的情况下手淫很正常，这是一个多么悲哀的事实。

有时候，夜深人静，道格能听到整个监区都在哐啷作响，仿佛是一群人在用某种湿漉漉的旋律齐声合唱。可能你心里在想，太恶心了。但道格想说，被关在这里的都是男人。无论他们是否被监禁，血液都会涌进阴茎，而当男人的阴茎充血，且没有立即发生性行为的可能性时，男性会本能地握住充血的阴茎，并上下拉动它。

这让他想起了那个笑话。

这是他唯一能完全记住的笑话。所有的笑话基本是听完就忘——一匹马走进酒吧。需要多少个小混混才能——才能干什么？他连开头都不记得了。

在他的一生中，只有一个笑话在他脑海中留下了坚实的印象。

一个男人和他的妻子出现了婚姻危机，危机在于他们没有性生活，所以他们去找了一个——被你们称作什么来着？哦，性治疗师。治疗师说，听起来他们不擅长沟通自己的需求。男人和他的妻子都认为谈论性是令人尴尬的。治疗师建议他们建立一种身体暗示的语言体系，让对方知道他们什么时候有心情。“好吧，亲爱的，咱们这样吧：如果你觉得兴奋起来了，就在我的肚子上拍两下。如果你没心情，”她告诉他，“就在我的肚子上拍一下。”丈夫说：“听起来不错，亲爱的。轻轻拍一下，意思是说今晚不行，拍两下，意思是让我们开始狂欢吧。那么你的暗号是这样：如果你想做爱，就揉一下我的老二。如果你没心情，就揉上一百遍。”

兰帕特分局的人都把这个保加利亚女孩叫作道格的“邮购新娘”，但是外人都不了解这两个人，也不知道他们在一起的原因。当时他二十三岁，是个刚从警察学院毕业的毛头小子。她在街上向他问路。他喜欢她的酒窝，也喜欢她不太会说英语的样子。他开车把她送到她要去的地方，问她要了电话号码。她就像一个孤儿，流落在偌大的陌生国度。道格收留了她一段时间，她擅长做饭和打扫卫生。但是她经常生气，他意识到安静的人和吵闹的人一样，都能有效地操控你。区别只在于他们的做法完全不同。他厌倦了她的闷闷不乐和哭哭啼啼，就结束了他俩的关系。

他在二十七岁时离了婚，并打算永远不再结婚。他喜欢女人，也有过不少女人，但他一个都不爱。他也没有爱过那位“邮购新娘”。离婚十年后，他遇到了贝蒂·拉弗朗斯并且爱上了她。他深深地迷恋这个既不做饭，也不打扫房间，在两人亲密时还弄出很大声音的女人——尽管地点可能在电影院。但有什么关系呢？这种不一样能有什么影响？关键是爽就对了。

他以一种扭曲的方式思念着贝蒂，尽管他很想杀了她。他试过了，但似乎不太可能。她在死囚区，他没办法对她下手。女人太愚蠢了，根本搞不出监狱暴动。在男子监狱，你可以揍任何人。人们会为了一碗杯面大打出手。为了给名叫“爱尔兰该死的春天”的肥皂（闻起来很香，能搓出很多泡沫）付账，他们可能会杀人。但是能接触到贝蒂的人，只有死囚区其他那些可怜的疯子。她们大概只会随地一躺，骂骂咧咧地抹眼泪。男人们则表现得足智多谋，比如把储物柜铰链锉成一件开膛武器，或在牙刷柄里嵌入一个剃须刀片，这样他们就可以挥舞这把战斧劈烂别人的脸。

然而，贝蒂是一个能干的娘儿们，不像大多数女人。在某种程度上，这就是他喜欢她的原因。如果他想要杀了谁，贝蒂可能是唯一有能力帮到他的女人，但因为她就是目标，所以这个选项无效。

贝蒂总是对他唠叨说，他的男女关系问题其实是母子关系问题。但是贝蒂对道格母亲的又了解多少呢？连道格自己都不太了解她，因为他只有在五岁前才和母亲住在一起。他记得自己曾经问过她在做什么工作，因为她总是把他带到陌生男人的家里，让他一个人坐在沙发上，等到被接走时仿佛已经过了几个世纪。“帮忙，”她对他说，“我的工作就是给别人帮忙。”

贝蒂说过她想给他生个孩子，结果发现她的子宫有问题，或者有可能是道格有问题了。他的意思是，他们做爱时没问题，但是她没有怀孕，尽管他为了有可能造出一个小道格，多次射在她的身体里（正常情况下，道格更喜欢在女人的身上射精，或者理想情况是在对方脸上）。

一匹马走进一家酒吧。

一匹马走进一家酒吧，酒保说："为什么把脸拉这么长？"

"揉一百遍。"道格一直觉得这个笑话非常好笑，尽管有时候你只想寂寞地自己给自己揉。在监狱里，除了自己，你别无选择，除非你想让另一个男人抓住你的要害。他曾经在这里给别人手淫过，如果你不是同性恋，而且你之前从来没有做过这事，那么你听到这里一定会惊掉下巴。另一个男人勃起的阴茎对直男来说就像一棵根茎菜。女人已经习惯了这种场面，而每个男人虽然都知道自己变硬的下体摸起来的感觉，但是对于你自己的下体，你不是在摸它，而是让它感觉到被摸。当道格触摸别人的那家伙时，有点像他自己的，但又不是他自己的，这让他陷入了生理反馈层面的大脑混乱。他把手抽开，没有继续干下去。那是粉扑垒球的运动员之一。她是一个漂亮的拉丁美人，他想让她像一个真正的淑女那样哀求、呜咽，把头往后仰。在一个每天一成不变的地方，这么做会带来一点新意。但这"小妞"的裤裆里突然有个巨大的东西立了起来。他不喜欢回想起这个，但有时他也会让自己想想这件事，好提醒自己再也不要那么做。

他唯一能接受的阴茎是他自己的。他现在正在触碰它。大多数男人大部分日子都在手淫，然后擦去眼泪，抹去证据，天知地知，你知我知。事实上，在道格所在的监区里，你根本无法听到这种活动以集体或合唱的形式出现。任何触碰和抽动都只是道格的假设。然而有很多知识的原理都是这样：你不需要等待实证。在这种情况下，你也不想要实证。你知道，就是知道。

贝蒂有一种特殊的办法来刺激他，让他做个狗娘养的贱人。她喜欢下流的人，并且对警察有特殊的感情。她和道格一起喝过很多酒，吸食了很多可卡因。贝蒂喜欢吃可卡因。他从来没有见过其他人像她这样，竟然把可卡因吃进肚子。他自己更喜欢注射，效力更猛。

由于兴奋，也出于一腔爱意，他愚蠢地让她相信他是最肮脏的警察。这就是他们之间的关系，都是些枕边的悄悄话，人们在床上总这样对着彼此说蠢话。他讲述了他们如何滥用权力，如何摆平各种烂事，还透露了他们曾经杀掉的人。

在死刑判决面前，贝蒂把道格告诉她的一切都供了出来。他被定下多项罪名，包括谋杀贝蒂最初雇的那个职业杀手，还有几年前他参与的另一起职业杀手谋杀案，被害人是一家绅士俱乐部的经理。但其实还有另外两个人被他干掉了，然而他们没有证据，无法定罪。其中一个没人会觉得可惜，因为那个混蛋被杀的时候刚刚强奸了他年仅五岁的儿子。一位邻居实在看不惯这种虐待，于是拨打了 911。道格是第一个赶到现场的警官，那个人甚至还没来得及拉好裤子拉链。孩子大声哭喊着，肛门血流不止。道格告诉嫌疑人放轻松点，然而等他一放下手，道格就开枪了。

关于琳达和理查德的笑话其实和道格自己有关，是发生在他身上的故事。但是当他告诉别人这件事的时候，人们总以为他在开玩笑。当时他正在上高中。那件事只发生了一次，但他的整个青春期，或者说理查德·林恩·理查兹——又名道格的一生，都可以总结为在马格诺利亚街的冷饮店里被一个名叫琳达的女孩羞辱的那一刻。你可以把他的生平境遇一针见血地总结为一句话——我不是琳达。

弗洛伊德和劳埃德是真人。这两兄弟和道格的两位姑婆结了婚。道格对那两位不友好的老太太和她们互为兄弟的丈夫的印象不深，但其中有一幕是他有时想讲的笑话。弗洛伊德拿着一个桃子咬了一口，转向劳埃德说："这个桃子尝起来像阴部，太不可思议了。"果汁顺着弗洛伊德的下巴流了下来。他把桃子递给劳埃德。劳埃德也咬了一口，却把果肉吐在草地上。"味道像大便。"劳埃德说。弗洛伊德告诉劳埃德，他必须把桃子转过来，因为他咬错方向了。道格有点糊涂了。这个笑话必须讲得更具戏剧性一点，而并不是他小时候看到的真实场景。弗洛伊德和劳埃德都通过婚姻成了他的姑丈，但他们之间从没说过话。他们对任何人都沉默寡言，不说一句话。他们是那种成天躺在床上看电视的男人，他们的存在让女人和孩子感到不安和麻烦。此外，还有一件事，大家都知道，这与道格的悲惨家庭无关，而是一个普世真理：桃子的味道很不错，真的很美味，尝起来根本不像——他强调道——根本不像大便。

13

我的室友罗米转监了，但我不知道她现在被关押在何处。大老爹拒绝了我的询问。“管好你自己的事，费尔南德斯。”他总是用这话打发我。

我现在一个人住。禁闭室的另一个女人声称他们把罗米转移到了预防自杀观察室。她的话我不信。禁闭室就像一个巨大的谣言磨坊，人们被关在不同的囚室，隔着门叫喊和交流。大老爹一丁点忙都不愿意帮。“我连一本可读的书的都拿不到。”他只会说：“不准让我帮你带东西，费尔南德斯。没门儿。”可能他正打算升职吧。

有一年，我在禁闭室读了八本丹妮尔·斯蒂尔的小说。她写的监狱小说通俗易懂，适合消磨时间。人人都在读。我们把书撕成好几部分，以便通过囚室门底缝互相传看。所有人都在谈论小说内容，就像一场森林大火，燃遍整座监狱。监狱里的女人想读另外一些女人在监狱里的故事，我从来没觉得这件事很怪。毕竟，你愿意读的故事得关乎你了解的世界，而不是那些你不了解的世界。

我无事可做，也无人可以交谈。我受够了对着通风口大喊大叫的贝蒂·拉弗朗斯。我十八岁时遇见她，她给我留下了极为深刻的印象。她很富有，管每个人都叫“亲爱的”。她在县立看守所里教女子礼仪。但那是几十年前的事了，而且你总会对人感到厌倦。我会永远爱贝蒂，因为她是我个人历史的一部分，她太迷幻、太古怪了，让人无法不喜欢她，但有时你会希望她别那么闹腾。

她不断地对着通风口大吼着她最近的计划，她说她终于要报复那个面目可憎的警察了。我叫她小声点，但她做不到。这就是贝蒂。她开始扯和《圣经》有关的胡话。在我年少无知的时候，贝蒂说服我相信《但以理书》是关于外星人降临地球的，把我吓得魂不附体。这一次，她的胡话全是关于《士师记》的。“嘿，萨米。你说，有什么东西比蜂蜜还甜，比狮子更强壮呢？”她通过排气管一遍又一遍地问我这个问题，“比蜜还甜，比狮子更强壮，是什么呢？”

我不知道她在说什么。当她只是谈论钱，或者谈论她那双上了百万保险的长腿时，她还更好一些。

“狮子是被力士参孙杀死的。”她说，“他剖开狮子的身体，发现里面有一个蜂巢。蜜蜂酿造蜂蜜，明白吗？”她说“蜂蜜”的语气好像这是解开她的谜语的关键词，所以现在我理应什么都懂了，那意思好像在说蜂蜜是某种密码。

“尸体里有蜂蜜，甜美的蜂蜜。”她说，“但是除非你杀了狮子，否则你是得不到它的。首先，你必须杀死狮子。我打了他一拳，把他逼到绝境。”

她开始谈论战争，但我已经不搭理她了。

“你知道我们国家正在打仗吗？”看我没什么回应，她问道。

“我知道。”我说，但我知道的不多。县立看守所的电视上不播新闻，可能是因为太危险了，或者别的什么原因。他们给我们重播《老友记》，监狱里的每个人都喜欢《老友记》，这些角色实际上就是我们的室友。

“伊拉克那边有美国士兵，”贝蒂喊道，“为保护你的自由而战。”

“他们可以把我的自由留着自己用，”我喊了回去，“它实在糟透了。”

当我还在县立看守所的时候，我住的那一层楼有个人从她的家人那里听说我们的国家入侵了伊拉克。我四处打听是否有人知道伊拉克在哪里，但没有一个女人知道，连监狱里受过教育的人也不知道，就好像在我们轰炸之前，这些地方根本不存在一样。

贝蒂开始骚扰楼下的狱警。我能从通风口听到她的声音，她在邀请他一起为军队祈祷。

和罗米谈话让我想起了过去。一天晚上，我梦见了“傲慢的狐狸”，我沿着房间外面的阳台走着。那是一个白天，我能听到菲格罗阿大街上车辆穿梭。我经过了许多门把手上挂着“请勿打扰”牌子的房间，房间的窗帘都拉得紧紧的。我来到一个开着门的房间，里面没有人，干净整洁。于是我走进去，关上门，躺在床上睡着了。我想是因为监狱生活让人太累了吧，在最甜美的梦里，我们竟然是在睡觉。这就是我们的所思所梦——睡觉。等到我醒来时，感觉自己比平时休息得好得多。等大老爹把我的早餐放进翻门之后，我对着住在楼层末端的科南大喊，跟他讲了我做的梦。我说我感觉我一口气睡了双份的觉，因为我在梦中的“傲慢的狐狸”也睡了一觉。

贝蒂·拉弗朗斯对着水管喊道：“‘傲慢的狐狸’？是‘傲慢的狐狸’吗？我怎么觉得听过这个名字？是什么的名字？”

“一家汽车旅馆。”我说。

“我想道格以前应该经常去那里。”她说。

贝蒂一贯如此，一切话题都要围着她转。

“傲慢的狐狸”是我的地盘。在豪华一点的房间里，床上铺着红色天鹅绒，而床本身就是一个按摩器。你投入硬币，它就会像被赋予生命般在你的身下活过来。淋浴器有两个喷嘴，一个在通常较高的地方，另一个与你的胯部齐平。我有一个嫖客，是个老男人，在市中心法院工作，他告诉我，一位著名的前总统林登·B.约翰逊就用过这种带有胯部喷嘴的淋浴器。林登·B.约翰逊用的淋浴器和"傲慢的狐狸"旅馆的一样，他用它来洗蛋蛋。

不那么豪华的房间每小时收费十美元。我会跟嫖客讨价还价，告诉他房间的费用是二十美元一小时，或者三十美元一小时，然后从中赚取差价。但我们大概只会在房间里待二十分钟。我让男人们一个接一个地进来，有时一小时就能来五个顾客。

一天晚上，当我和一个客人在一起时，前台的那个韩国女人来敲门。她喊道："来的'叔叔'太多了！太多了！"

"她说什么？"和我在一起的那家伙问我。他并不知道发生了什么事，而我乐得喘不过气。

最后，我转战到了康普顿长滩大道的"中央枢纽汽车旅馆"，那里的人不介意我带进去多少个"叔叔"。我在长滩大道遇见罗德尼，就在长滩大道的"中央枢纽"。这个"中央枢纽"不是指那家汽车旅馆——康普顿也有一个别称叫"中央枢纽"。

我当时和绿眸在一起，我俩都刚刚接完客，想买点霹雳可卡因，但我那个毒品贩子不在。绿眸说她认识一个人，所以我们去了这个毒品贩子的公寓。我们走进去，罗德尼就是那个毒品贩子。我想他是我见过最丑的人。他走向绿眸。"她是谁？"他指着我问。绿眸说："是萨米。"他用一种生硬而又粗暴的语气向我问道："你爱吃水果吗？"

我看着绿眸，试图寻求一个暗示，等她告诉我该如何回答这个问题。因为我们想做成这笔买卖，但你无法准确预测别人的期望，除非你和他们打过几次交道。我希望绿眸能给我明示，我到底该怎么说？我到底该不该爱吃水果？绿眸小声说："说你爱吃呀，傻瓜。"

你瞧，他在问我一个私人问题，这让我猝不及防。这家伙为什么要在乎我喜欢的东西？

他说："你想吃橘子还是苹果？"

我告诉他我只喜欢草莓和西瓜，这两样是我最爱吃的水果。带着我们的霹雳可卡因，我和绿眸离开了。后来，当我坐在公交站招揽生意时，一辆轿车停了下来，我和司机谈了价钱，但是那个人没有带够钱，所以我把他打发走了。另一辆车以极慢的速度停了下来。车窗被摇下后，我发现里面坐的人是罗德尼。他说我在街上待着可能会受到伤害，所以要小心。我没有招揽到客人，所以同意和他一起去商店。他给我买了一些草莓，我们把草莓带到他家里。我在那儿待了一整夜，吸霹雳可卡因，聊天，吃草莓。我们的感情就是这样开始的。现在他把我的名字文在他身上二十六处不同的地方。

罗德尼来自路易斯安那州的冈萨雷斯。他十七岁到二十二岁期间都在安哥拉监狱[1]服刑。他蓄着胡子，以掩盖他们用马鞭抽他时留下的伤疤。他在那里不得不从事种植秋葵的工作。因为长时间不穿胶靴站在水里，他的脚落下了病根。当他离开安

1　安哥拉监狱位于美国路易斯安那州的安哥拉镇。

哥拉监狱时，他们不允许他再待在路易斯安那州。他把路易斯安那的习气带到了康普顿。他粗野而又迷信，月经期间不准我做饭。他对清洁有一种执念，这很像这里的一些人的行为，包括我在内。我很爱干净，这可能是一种体验掌控感的方式。不过，对这种说法我可以一笑了之。有趣的是，我们大多数人都曾变着花样地执迷于此。我们曾住在贫民窟的帐篷里，上大号直接用水桶解决。但在这里，作为发号施令的人，我们让其他女人每天洗三次澡，刷完牙后要给厕所做漂白。我们把囚室搞得像军队一样，有规章制度，有例行检查，有喊叫，有辱骂，而我则是那个品头论足的人。如果我在水池里发现一滴水渍，我就会狠狠地教训你一顿。

罗德尼过去常常像教训狗一样打我。我曾经真心认为他这么做是因为他爱我，那是一种关心的形式，是关怀和爱严厉的一面。我是个瘾君子，就像其他在毒品贩子手里迷失自我的女孩一样，被毒品束缚了手脚，而这些玩家用金钱和权力将我们这样的女孩牢牢控制在手中。

罗德尼有一些怪癖，是个怪人。他只吃清淡的食物：不放盐，不放胡椒，不放番茄酱，也不放辣酱。他不喝酒，不吸毒，不听说唱音乐，也不听蓝调布鲁斯。我的意思是他对什么都不感兴趣，除了钱。金钱就是他的心头好。除此之外，别的什么他都不在意。

每天早晨起床，我要喝一大杯四十盎司瓶装的老英国麦芽酒，而罗德尼会喝一盒牛奶，我们就这样开始了新的一天。

我们一起做生意，我上夜班。我们的公寓大厅有三道安全门，一、二、三，没有人会抢劫我们。我们把存货、钱和武器放在冰箱下方地板下面的一个带锁的盒子里，那里有一个可以提起来的板子，从那里可以拿到锁盒。安装这套装置的人也吸毒，所以我们像对待所有人一样，把霹雳可卡因当作报酬来付给他。让所有人都入伙，就像我在这里干的一样。我过去常常让我整个房间的人都入伙，把毒品免费分发给我的室友，这样就没有人能告发我。

罗德尼在这座枢纽之城颇有威望，但他不是帮派分子。他有一张名片，一张通行证，可以做生意，大家默认他的存在，让他可以单干而不必依附于任何人或任何组织。不是每个人都能像他那样独来独往，但罗德尼和那些有影响力的帮派有关系，他给别人帮过很多忙，因此赢得了一席之地。

我们的交易场所主要在罗德尼的公寓里。我们都是亲自处理销售事务，从来没有像大家现在常做的那样，让那些浪迹在街头巷尾的孩子们来做这种事。他们剥削这些孩子的方式是这样的：找一个没有前科的孩子帮你卖货，被抓之后，他不会进监狱，因为这是他第一次违规，但他已经没有利用价值了，所以你得重新找个孩子。从一个孩子到另一个孩子，到最后他们都有案底了。我们只收五美元和十美元面额的钞票，因为二十美元的钞票被缉毒人员做了标记。我记得有个女孩曾经拿着一沓一美元的钞票来到公寓大门口，罗德尼把她推到了大街上去，告诉她再也别拿着一堆鸡零狗碎的钱来向他买货。

罗德尼和我有两辆凯迪拉克。其中一辆是根汁汽水那样的棕色，后盖上有我的画像喷绘，仿佛我是瓜达卢佩圣母，下面写着：“让我告诉你关于蓝调的事。”我常常是整个房间里唯一的拉丁裔。我认识了很多黑人女人，我总是和各种各样的人都相处得极好。我不喜欢只和同一个种族的人交往。我可以跟任何人聊天。罗德尼会带我去玩家俱乐部，在那里，女孩们是供人观赏的玩物。她们每天都做头发、涂指甲。如果她们为做头发等了一天，那在睡觉的时候她们会把双手托在脸颊下方，这样头发就不会和枕头互相摩擦。去俱乐部的每个人都要买轩尼诗干邑，在酒吧里还有脱衣舞娘。

我们喜欢旅行，去过拉斯维加斯、旧金山。我们总是在旅行中做买卖，并且随身携带武器。我们会去马德雷山脉练习枪法，那里有一个非法射击场。就在山上那块大石头的旁边，你必须和经营射击场的人一起，乘坐他们驾驶的巨型四驱车，从一条土路过去。我记得那辆四驱车的换挡把手是个骷髅头，真是些疯狂的白人。他们卖的枪都是抢手货，来路也比较清楚。我们从他们那里买了把半自动步枪，是从伊朗直接运来的。这种枪的后坐力感觉非常棒。论枪法，我可比罗德尼厉害。

有时我们在如何做生意的问题上意见不一致。一天早上，在我们公寓附近的拐角处，有一个人正在刷墙。他当时在做外部粉刷工作，一边做一边开始和罗德尼攀谈，他们交换了信息。后来，那个人——他是个白人——打电话来，说他想买大批量的可卡因，但他被困在拉古纳－尼格埃尔，想让我们到那里去。对我来说，如果他一直在拉古纳－尼格埃尔，而且是个诚心的买家，那他会在那里有人脉，为什么需要找我们？我认为去那里会有不必要的风险，但罗德尼对此很执着，因为他觉得这笔交易可以拓展他的生意。于是我们就去了。正如罗德尼猜想的那样，那地方颇为豪华。那些房子有着长长的车道，在车道末端有一个对讲机。我们走到对讲机前，报上姓名，然后一扇大门迅速地自动打开。我们把车开到一幢有着环形车道的房子前，那人走了出来。他把钱递给罗德尼，罗德尼也把毒品交给他。接下来，我只知道，从树林里钻出好多人，有二三十个，都穿着黑衣服，戴着面罩。我被一把枪指着头，嘴里叼着一支还没来得及点燃的骆驼牌香烟。它上下晃动着，发疯似地颤抖。我并不害怕被逮捕。他妈的，真的不怕。毕竟已经进过十二次监狱了，我已经把坐牢当成生活的一部分。我以为那家伙要朝我脑袋开枪，那才是我害怕的原因。他们把罗德尼从车里拉出来，向他喷了胡椒水。我们都被判了八年的刑期。拉古纳－尼古埃尔的那个家伙自己在阴沟里翻了船，他陷害我们是为了洗白他自己的案子。他出现在法庭上，向检控方指认了我们，丝毫不感到害臊。

罗德尼从来没有为此事展开报复，他原本可以的。你要做的就是雇一个私家侦探去找那个卑鄙小人。在洛杉矶，私家侦探们有很多这样的客户。人们认为他们所做的工作都是围绕着那些出轨的丈夫或妻子，不是，他们的大部分生意都来自毒品贩子和帮派，这些客户需要对一些人穷追猛打。有时则是为了策划一次袭击。私家侦探懂得不去问问题。他们找到那个人，就此功成身退，因为他们的工作已经完成了。他们当然知道接下来会发生什么。卑鄙小人如果不是当场被打，就会被抓起来，带到刑讯库房吃点苦头。这些库房都在洛杉矶南部的一些秘密地点。我去过其中的两个。他们会把你吊在天花板上，你绝对不想落到那步田地。

罗德尼不需要一个刑讯库房来惩罚和控制我。现在看来，是因为他老了，我也老了，我们不再找彼此的麻烦了。

从基斯那里逃跑后，我就知道自己会被抓，但我不在乎。在街头混日子是很困难的。在监狱里，你可以成为有头有脸的人。如果你懂得一些服刑技巧，生活会很有秩序，而我对这些了然于胸，可以说是这方面的专家。住帐篷只是在你回到监狱前短暂的过渡。就是这么回事。

我遇到的麻烦是我累了。成为瘾君子会让人陷入持续不断的波折，需要花费很大的精力。被抓之后，他们把我送到了县立看守所，我不得不戒了毒，因为我没有购买渠道。戒掉毒瘾之后，我才知道，生活仿佛亮起一盏明灯。我要坚持不碰毒品。这一次，生活会有所不同。

14

“霍尔小姐，你能不能别哭了，霍尔小姐？”如果一个囚犯不停地哭，他们会在自杀风险表上打钩，倒不是希望挽留一条生命，只是试图避免文书工作和内部调查而已。

他们把我带到监狱的另一个地方——疗养所。这里除了值班的警察，谁也听不见我的尖叫声。他们不过是在遵循行为表上的规程。我一个人待在一间空荡荡的囚室里，没有衣物，床上没有床单，这分明是关押精神病人的病房。

我母亲曾无能为力地坐在法庭上，但在某种意义上，她的存在对我来说就是一种救赎。然而，此刻我无人依靠，杰克逊也无依无靠。

在接受防止自杀观察的那段日子里，我终于明白为什么有些人会认为报复那些人的方法就是自杀。每餐发放的只有勺子和软乎乎的食物，没有刀叉，这迫使人开始思考某件被禁止使用的器具可能会有什么用处。没有床单和枕头的房间会唤起人们内心一大堆疑问：如何能让自己窒息？能用什么工具？可以绑在什么东西上？但我没有想过自杀。我在想念杰克逊，也在思考我们该怎么办，现在我们都成了孤儿。

在我思绪的核心，杰克逊是现实的缩影。我能看到他那张甜美而坦率的面容，他额前有一撮蓬乱的鬈发，这种像是抹了发蜡的造型使他的脸显得更宽了。他没有梳头，发梢自然地从他宽阔的前额掠过。杰克逊和他父亲一样英俊，和他父亲不一样的是，他总是努力让自己快乐起来。

我们刚搬到洛杉矶时，杰克逊听到停在我们街道上的运莱卡车的喇叭声，就跑到外面去看是什么引起了喧闹。开卡车的男人从驾驶座跳下来，打开了车厢的后门。穿着家居服的老妇人排起长队，从卡车后部购买杂货。我觉得那辆卡车很有墨西哥风格，而我和杰克逊本来准备去旺斯超市，像普通白人那样购物。但杰克逊坚持在这里排队。我们买了牛油果、杧果、鸡蛋、面包和香肠，小贩把这些食物挂在卡车天花板上，卖给我们的价格只有旺斯超市的一半，而我们就这样认识了所有的邻居。

杰克逊信任这个世界。我闭上眼睛搜寻他的脸，感受他的手在我手心的温润感。当他把手臂环绕在我的腰上时，我听到他的声音，感觉到了他身体的温暖触感。

我专注于杰克逊的影像，用心地感受着他。他们无论做什么都碰不到这幅影像，只有我能摸到它，不仅能摸到，还能与它亲密无间。

我没有办法联系到他。他们什么也不告诉我。杰克逊需要我，我却无能为力。我躺在空无一物的小囚室里，尝试着见杰克逊，和他聊一聊。

杰克逊想让我了解他所知道的东西，学习他所学的知识，所以当他在我母亲给他的一本希腊涂色书中认识了各类圆柱时，他用这个考了我一下。如果顶部有一堆设计，那我知道该答的是“科林斯柱”。他问问题的感觉就好像我是他赖以寻求真理的人一样。“脚后跟是指我的一整只脚，还是只包含脚底的这一部分？”当我用正确的名字、正确的定义和事实，把我的答案与他在脑海中构建的世界对应起来时，他会点点头。他还喜欢检验自己发现的事实。“妈妈，那只猫可能没有主人，因为它没有项圈。”有个男人在阿尔瓦拉多大街开着一辆高尔夫球车撞到电线杆，然后撞向候车亭的一侧，杰克逊说这个男人的大脑有问题，是一种疾病，他希望这个男人能好起来。

琼斯是我指定的收监辅导，她过来查看我的情况。辅导师不是指提供咨询辅导的人。他们负责决定你的安全等级，以及你什么时候、是否可以回到普通囚室的普通囚犯当中。如果你即将获得假释，那么你的辅导师会密切关注你，并向假释委员会报告。辅导师对发生在我们身上的事有巨大的权力，他们通常都不是什么好人。

我问琼斯有没有办法知道杰克逊是否安好。他还在医院吗？他受了什么伤？

“霍尔，医院有隐私规定。”琼斯说。

“你有孩子吗，琼斯警督？”

“只有他的合法监护人或法院指定的律师才能核实他是否在医院。”琼斯说，“你不是他的监护人，霍尔。”

“可谁是他的监护人呢？我得弄清楚我儿子的情况。”

她马上要离开我的囚室。我调整了语气，希望能把她叫回来。

“求求你，琼斯警督。求求你了。”

这一刻还是来了，我用小女孩一样的声音恳求一个虐待狂。

琼斯停下脚步，装出彬彬有礼的样子。

“霍尔女士，我知道这很艰难，但你的处境完全是由你做出的选择和采取的行动造成的。如果你想成为一个负责任的母亲，你当初会做出不同的选择。”

“我知道。”我一边说一边落泪，泪水滴在囚室的地板上。我趴在地上，四肢着地，脸贴着囚室门上的食物翻盖，这是我和走廊里的人交流的唯一方式。

我试着去思考萨米在这种情况下会怎么做。她不会哭的。要做到不哭很难，我发誓要停止哭泣。

我把精力主要集中于如何离开疗养室，回到禁闭室，然后再离开禁闭室，回到普通囚室，这样我就可以试着打个电话，找个律师，获取信息，实实在在地做点什么。

一天晚上，我梦见自己在瓦伦西亚农场，躺在吉米·达林的床上。杰克逊睡在婴儿床上。吉米刚刚做了一个噩梦，他说他梦见警察把我带走了。他紧紧地抓住我，庆幸那不是真的。我也很高兴，但当我醒来时，牢笼中的白色灯管在我头顶的天花板上嗡嗡作响。

吉米并没有那么爱我。现实中，当警察把我带走时，我就已经成为他的过去。在县立看守所的电话里听到他声音的一瞬间，我就明白了。

你不可能永远接受防止自杀观察，也不可能永远待在禁闭室。他们需要腾出囚室来关其他需要关禁闭的人。在我母亲去世三个月后，也就是在镣铐之夜四个月后，我被安置在 C 院场 510 监区的普通囚犯中。

这个监区里关押着二百六十个女人，占了两层楼，中间有一个开放的公共区域和一个警卫站——一间警察亭。这里的房间很大，比禁闭室的囚室大得多，里面塞满双层床。一个房间本来是设计供四个女人居住的，但实际却住了八个人。

当知道我和科南一个房间时，我很高兴。但让我不悦的是，劳拉·利普也住在这个房间。

我正往床垫上铺床单的时候，她走到我身边，说："你好呀，我是劳拉·利普，来自苹果谷。"

我继续整理床铺。

"那地方在莫哈韦沙漠。气候比骨头还干，而且不产苹果。倒是开了一家'苹果蜂'连锁餐厅。"

劳拉·利普不记得我们一起坐了八小时的大巴。我没有问她这件事，并不打算和她套近乎。

我仅有的几件私人物品全是杰克逊的照片，正当我把它们放进我的小储物柜时，另一个室友进来了。“哦，不！”她盯着我喊道，“这个房间不欢迎乡巴佬，滚出去。”她的名字叫“泪珠”。她个子很高大，如果我跟她打起来，她会把我干掉的，但科南站出来维护了我。

“她挺好的，我来打包票。”于是他们走到大厅去说话。

“不过我想苹果蜂已经关门了。”劳拉继续说，好像刚才什么都没发生过，“我们经历了很多变化。没有一个是好的。”

我摆出一副费尔南德斯的架势，叫她闭上臭嘴。

“不过，那座城镇很有历史，”她一边说，一边小心翼翼地往外挪了挪，退到拳头所及的范围之外，以防万一，“那地方很不错，但正在走下坡路。我们那儿过去是牛仔之乡。所有的乡村和西部来的人之所以到这里，都是因为罗伊·罗杰斯。他有一个博物馆，里面陈列着他所有的鱼饵。他开了一家苹果谷酒店。我父亲周日会带我们去那里吃晚餐。真是一段无忧无虑的时光。不像现在，一大堆问题。你知道人们担心什么吗？静电。这是电视上和人们心中最大的恐惧。静电。”

科南和“泪珠”回来了。“别把任何东西留在你的储物柜外面！”“泪珠”朝我吼道，但语气温和了一些，好像她已经听天由命，让我留下来了。“在我早上起床之前，不准任何人使用自来水，不许打开水龙头，也不许冲水。”

芭顿·桑切斯也在我们的房间里，就是那个在接收处生了孩子的女人。另外三个室友是萨米口中那种不属于任何圈子的的人，这些女人说话很简短，只知道管好自己的事，不插手任何麻烦。

刚开始我不明白为什么我是乡巴佬而劳拉不是，后来我才知道，劳拉为了能住在我们的房间而被“泪珠”勒索交了房租。作为一个杀婴凶手，她被所有人嫌弃，所以这可能是她唯一的选择。

晚饭时，我看见萨米在食堂排队，想过去和她谈谈。她看着我摇了摇头。一个狱警把一束光照在我身上。“收拾你自己的盘子。”他通过麦克风用低沉嗓音说道。他们只留十分钟给你吃光他们提供的垃圾食物，而且你必须默默地吃。大多数情况下，去食堂吃东西的人都没什么钱。“泪珠”只在我们的房间里吃碗装拉面，是她私存的小卖部食物。她往里加水，再用热得快加热。

那天晚上，我在登记表上写下我的名字，然后在公共区域排队等着打电话。人们对着电话大喊大叫，因为其他人也在他们旁边大喊大叫。煤渣砌块墙上的招牌和我在接收处看到的一样，潦草的字迹写着：女士们，不要发牢骚。女士们，如果你有感染诺如病毒的迹象，请向工作人员报告。门和栏杆上也涂着同样的脏粉色，这种颜色可能是为了让我们这些制度化的傻瓜放松一下。打电话的队伍缩短得很快，因为被呼叫的人里有的人并没有接电话。我给我的母亲打了个电话。我母亲在“全球电联”[1]有一个账户，这家公司垄断看守所和监狱电话业

1 全球电联（Global Tel Link），成立于1980年，公司位于弗吉尼亚州雷斯顿，主营监狱电话业务。

务。你如果没有全球电联账户的号码，就不能打电话。我知道她死了。尽管如此，我还是得试一试。我没打通。公设辩护人都有全球电联号码，所以我给约翰逊的律师打了电话，但他没有接。

接下来的几天里，我都去登记，排队等候，然后给律师打电话。打到第八次，终于找到了他。我求他帮我打听一下杰克逊的情况。

他说他会试试看，至少给他一个星期的时间。当我终于再次和他取得联系时，他说他一直在试图弄清杰克逊的案件主管是谁，但到最后没能查清。他说，这项工作实际上是一名抚养权法庭律师该做的。

我努力控制自己的语气，问他政府会不会提供一个这样的律师。

“哦，不会。”他说。好像他在施恩于我，而我给他施加了太多压力，他陷入沉默，我还没来得及说出话来，他就表示自己非常忙，手上被分配了一大堆待处理案件，而我和这些案子并没有关系，所以他得挂电话了。

一旦符合条件，我就会争取找一份在监狱里的工作。这是萨米给我的建议。萨米不在我的监区，但她也在 C 院场，这意味着我们在自由活动时间可以往来。“白人女孩都能找到最好的工作，”她说，“你可以当文员，坐在空调房里打字，而我们这些黑色或棕色皮肤的女人只能从化粪池的过滤网上摘除用过的卫生棉条，每小时只给八美分。利用好你的优势。”

文员都是白人，这是真的。我也想当文员，但必须有良好的纪律记录，而且得讨狱警喜欢。

最后萨米、科南和我都被分配到木工作坊，时薪二十二美分：不错的工资。科南吹嘘说，拿着这些工资，他打算投资一台文身钻机，做点副业，也搞点艺术。我们坐在公共区域，等待星期五晚上的电影开场。电影被推迟了，因为原定的电影有渎神的镜头。于是他们不得不把它换成上个周五已经看过的《为黛西小姐开车》[1]。

“你想要什么样的文身？”萨米问科南。

“大坏蛋萨达姆·侯赛因的画像，”科南说，“就刺在这里。”他鼓起二头肌，“就为了惹怒这些混蛋。”

两个监区狱警正在操作电影放映机。

“支持我们的军队！”科南喊道。

“你他妈的闭嘴！”有个声音回应道。电影开始了。

除了芭顿·桑切斯，我的每个室友都在木工作坊里找到了工作。她年龄太小了，不能合法工作。她的肚子现在是平的。她的孩子被带走了，但我看不出她脸上有什么悲伤的神情。她去上课，放学后，再和她的宠物兔子玩耍。这只兔子是她从主

---

1 《为黛西小姐开车》(*Driving Miss Daisy*)，美国喜剧电影，上映于 1989 年。

院场里抓来驯养的。在她住的下铺底下有一个小盒子，里面装着撕碎的卫生巾，就像一个垃圾盒。它知道去哪里排泄。她把它带到课堂上，藏在她穿的州立监狱发的胸罩里。“我是它的妈妈。”她说。她为它缝了一些小衣服，做了一条牵引绳，再偷偷把兔子带到主院场，让它能看到它的兄弟姐妹。它有时会咬她，它身上的跳蚤和螨虫也会咬她。“泪珠”叫她把兔子扔掉。每个八人间都有一个像“泪珠”这样的人，往往是房间里最强壮的女人来制定规矩。“泪珠”威胁说要让芭顿卷铺盖走人，把她和她的床垫还有兔子扔到大厅里。芭顿和“泪珠”互相殴打推搡起来。芭顿很瘦小，“泪珠”很高大，但年轻人有耍花招的优势。一旦有机会，他们就会用一根 2×4 的标准木料拍你的头。芭顿使出浑身解数，用一根拉直的铁棍与“泪珠”搏斗。兔子最终留了下来。

“把你的日程表填满。”萨米对我说。她认识许多和我处境相同的女人。虽然很可悲，但至少知道自己并不孤单，这让我备受安慰。毕竟和我一样的其他人找到了生存下去的方法。世贸中心倒塌时，我正在洛杉矶县立看守所。那时我刚刚被捕。我们没有了解新闻的途径，但人们通过电话从他们的家人那里知道了详情。每个人都吓坏了，只有一个女孩很平静，她说，知道自己不是唯一一个生活被毁的人，这让她感到安慰。人们对她很反感，但我懂她的意思。

“你们关系近吗？”萨米问起我母亲。

我说：“并不。”

“她以前身体健康吗？”

“不健康。”

“那你最终可能还是需要重新找一个监护人来照顾孩子。在自由世界里发生的事情是你无法控制的。”

萨米说我可以拿着工作挣来的钱去买邮票，然后开始给各个州的政府机构写大量有关杰克逊的信件。她会帮助我。图书馆里面有列着机构地址的目录。“你必须从眼下的状况着手。”她说。这是她的座右铭。

我们来到木工作坊的第一天，监狱工场的主管告诉我们，我们将获得优秀的在职技能培训，这些技能将在我们出狱后转化为就业能力。

“那我们这些没办法出狱的人又能怎样呢？”“泪珠”问道。

“通常你们是不能在监狱工场工作的，”他说，“通常情况下，我们不能雇用你们，因为你们无法出狱，所以不需要培训，而这一切都是为了给人们做培训，好让他们去工作。但是我们有很多订单要处理，所以你们可算是走运了。你们将要在这里学习怎么做家具，我可以这么跟你们说，各位女士，家具木工的薪水特别高。”

科南对这家工坊十分满意。“天哪，我们用的竟然是真木头吗？有台式电锯？还有斜锯盒？在沃斯科，木工作坊基本上是假的。那里的木材都是压缩碎料板。你得把这些碎料粘在一起，唯一的工具就是胶水。你甚至不能把钉子钉进去，否则板子会裂开。我们什么也没学到。我跟主管反映，你嘴里一直在说木工活，但我们做的东西根本就不能教会我们木工活。他说：'那是因为你们是野蛮的动物，如果我们给你们工具，你们就会互相残杀。'我问他，那我们在这里要学什么？他说：'你是来学习如何工作的——如何准点到岗，怎样当好一个工人。'好像那是一件大事似的。我们没在沃斯科木工作坊学到任何东西，整天把胶水当成吸入剂来吸食。后来，他们发明了一种防止吸入的胶水。就叫：'拒绝吸入'，这就是它的名字，'拒绝吸入胶水'。你不能吸它。它什么也做不了。没有电动工具，没有学习曲线[1]，也没有毒品。不过，它依然比其他监狱产业要好。大厅里的那帮人为监狱开办的工场生产护目镜，那栋楼旁边的人则为监狱开办的工场生产靴子。"

我被分配到一个工作台。

"我是纯种的挪威血统。"我的新搭档说。

这个挪威人身高一米八，金色的长发被她扎成几根辫子。她的木工工作服上沿露出了秃鹰文身。她胸脯上这只鹰嘴里叼着一面美国国旗，看起来很凶，甚至比老鹰通常的样子更凶狠。

主管把劳拉·利普安排在我和挪威人旁边。

1　学习曲线是用图像化表示对某种工具或活动的学习速率。通常来讲，刚开始学习新事物时，曲线速率最为陡峭，之后则逐渐平缓。——编者注

“我能挪位置吗？”我问。

“不行。”她说。

“感谢上帝，”挪威人说，“都是白人。”她上下打量着科南、“泪珠”、里博克这三个和我一起走进来的黑人。“你们觉得黑人怎么样？”她问我和劳拉·利普。

劳拉·利普渴望得到这种少有的认可——竟然有人主动问了她一个问题——她抢着回答道：“哦，我试着当一个‘色盲’，但并不是时刻都能做到。我的意思是，有些人不得不比其他人走得更远，是为了——”

“我想知道的是，你会不会跟他们搞？”

劳拉倒吸一口凉气：“天哪，当然不会！”

“我负责这个工作台，我需要摸清楚你们的底。”挪威人说。

“好吧，既然你提到了这一点，我同意关于性关系的事，因为我丈夫是西班牙裔，那简直是一场灾难，毁了我的生活。但你可能会有兴趣听我讲另一件事，有天晚上我晕倒了，来救我的女孩都是黑人，而且——”

挪威人没理劳拉·利普，向我靠了过来。

“你喜欢铁娘子乐队[1]吗？”她问道，“我玩的就是那种音乐。”

“我们还能听到广播电台吗？”

“我就是木工作坊的电台。”

---

1 铁娘子乐队（Iron Maiden）是英国的一支重金属乐队，1975 年成立于东伦敦莱顿区。

那天下午，挪威人一直在哼歌。她嘴里不断重复的曲目是《奔向山丘》[1]和《钢铁之躯》[2]。我仿佛又回到了高中时代。她问完我从哪里来之后，点点头，然后说："弗里斯科，很棒。"这提醒了我，我离自己的家乡已经很遥远了。我什么也没问她。我对了解她在圣贝纳迪诺或其他什么地方的"纳粹跳跳车"[3]兄弟和男友等细节毫无兴趣。虽然有点势利，但的确有文化差异。日落区称不上高级，但我们毗邻海特－阿什伯里区，和各种亚文化近距离接触让我们的头脑不至于变得死板。尽管我们当中有人成了全面白人至上主义者，比如迪安·康特，他和我读同一个初中，这个可怜的孩子一直以来都是大家嘲笑的对象。迪安·康特曾尝试过各种方法来解决自己对环境的不适应。他当过书呆子、"新浪潮"思想追随者、滑板少年、和平朋克、硬核朋克，甚至做了光头党[4]，最后成为穿西装打领带的新纳粹主义分子。当迪安还是光头党时，他和朋友们砸毁了海特街集市。下午六点。在集市快要收尾时，人们正在用卡车装载从舞台和摊贩桌子上收拾的东西，由于这些光头党，空中突然飞满了啤酒瓶，这里与额头等高的部分成了致命区域。在迪恩还是个书呆子的时候，他曾邀请一群逃学的孩子前往雨果大街，去他父

1 《奔向山丘》（*Run to the Hills*）是由英国重金属"铁娘子乐队"发行于1982年的歌曲。

2 《钢铁之躯》（*Iron Man*）是由英国重金属乐队"黑色安息日"发行于1971年的歌曲。

3 纳粹跳跳车（Nazi Low-rider）是美国的一个白人至上的种族主义组织。

4 光头党，右派纳粹团体，成员大多剃光头。

亲家，我们喝光了他父亲所有的酒，点燃了窗帘。直到我在电视上看到他长大成人的样子，我才想起曾有那么一天。他作为白人至上主义的发言人参加了一个谈话节目。节目中，一个光头青年向主持人扔了一把椅子，砸断了他的鼻子。迪恩也因此出了名。不过，我还是在这个男人身上看到了他小时候的影子。我并不是说他的想法是对的，只是说他是我认识的人。他爱上了伊娃，而伊娃是菲律宾裔，但这并没有阻挡他。世事往往如此。我在高中认识一个人，他后来进了监狱，加入了雅利安兄弟会[1]。这家伙加入了雅利安兄弟会，却有一个黑人女朋友，还生了一群混血儿。事情远比有些人承认的要复杂。一些人也远比他们自己承认的更愚蠢，更不像恶棍。

午饭前，劳拉·利普用钻床时给自己的手钻了个洞，于是被送进了医务室。这就是她在木工作坊的经历。挪威人说这是她嫁给一个“食豆佬”[2]的报应。那个挪威人在监狱里待了太久，不知道这蔑称已经过时，没人再用了，这使我意外地为她感到难过。

我和吉米·达林都有一个习惯，虽然我不知道这样到底好

1 雅利安兄弟会（Aryan Brotherhood），美国的一个白人监狱帮派，也是一个有组织的犯罪集团。

2 食豆佬（beaner），英语俚语中对墨西哥人或墨西哥后裔的蔑称。

不好——有时我们会为盲从者感到惋惜。

就像有一次，我们开车在瓦伦西亚兜风时遇见了一个孤独的女人。吉米在那里教书，而她在经营一家空荡荡的酒馆。起因是，我们都很喜欢在那片地狱式的商业街里搜寻值得注意的东西，那是个不错的挑战。一天晚上，我们经过圣塔克拉丽塔的一个旅行拖车停车场，看到一个破旧的标牌，上面写着“成人生活”。好家伙，吉米说。这里的东西有点看头，我们猜测他们可能在拖车里装有玻璃淋浴间，还有水床，那是一个为成人提供服务的地方，只许成年人光顾。之后，我们在一条废弃的县级公路上找到一家酒馆，而这家酒馆本身也是一副接近废弃的样子。酒保说她买下了这家店，正在办手续，但她不想见到任何墨西哥顾客。

“只要你一转身，墨西哥人马上会用刀子捅你。”她说。她问我们觉得怎么才能让她招徕更多的白人顾客。

“供应三明治。”吉米说。

“天哪，这真是个好主意。”

她和吉米对她的熟食菜品进行了头脑风暴。“腌菜，”吉米说，“薯片。”她不知道他并不是认真的。他既真诚又戏谑。

在木工作坊里，我们头顶上方的墙上放着一些小册子，上面印着一些家具的照片，是斯坦维尔监狱工场木制品加工部的囚犯制造出来并引以为豪的作品。

我们做的家具包括如下品种：

法官席位，陪审团席位，法庭大门，证人席，讲台，法官的小木槌，法官宿舍的嵌板，供在押被告使用的木制法庭牢笼，法官办公室和法官席位上镶嵌州徽的木框——这些木框随后会被搬到隔壁的室内装潢室。

除了我们制造的州属商品之外，有人在某段时间里制作了一张儿童书桌，就像你在学校里看到的那样，有一个铰链，可以打开桌面，把物品放在里面。它还有一把配套的小椅子。那套桌椅就摆在木工作坊的入口处。“那张小桌子我看着心里不舒服。”科南说。我也刻意让自己不去看它。

当我想起我的母亲时，我会想到她已经去世了，真真切切地不在人世了。而这也使我意识到杰克逊还活着。她已经死了，但他没有。我陷入这种非常细微的解脱感之中。

周末，我和萨米去了主院场。当你第一次看到成千上万穿得一模一样的人出现在那里，真的会感到无比震撼。

人们三五成群，或是聊聊近况，或是四处闲逛，打篮球或手球。女孩们拿出吉他，为人数寥寥的观众弹奏（最多不许超过五人）。有些人挤在一起吸毒，另一些人则在移动厕所里或光天化日之下——在别着徽章的狱警的监视下——谈情说爱。

已经到夏天了，热烘烘的风在我们宽大的衣裤上吹起褶皱。衣裤的颜色从最浅的蓝色，到海军蓝，再到我们的假牛仔裤上的花岗岩斑点色。布料不是假的，但裤子本身不够真——用粗斜纹棉布缝制，工艺粗糙，有一条松紧带，一侧有一个紧巴巴的口袋，根本不是我认为的那种牛仔裤。

萨米和我沿着跑道散步，经过213号囚室的女孩们，她们纷纷向她招手。主院场有不同区号，和一个州差不多。

到处都有指示牌，上面写着“禁止在跑道之外跑步”。

如果你在别处跑步，他们可能会开枪打死你。

“是谁给她买的钢丝钳？”

“你在说谁？”

“安杰尔·玛丽·亚尼茨基。”

“哎呀，她是不是棒呆了？”萨米说，“她可是斯坦维尔最漂亮的小妞。”

“她到底从哪儿弄来的钢丝钳？”

“自由世界的员工，某个男人。他被她迷住了。我告诉你，她真的够味儿。”

广播里发出命令，清晰、严厉、响亮：

“厕所旁边的那位注意了。我看见你在抽烟，现在就把它灭掉。”

“洛扎诺，你出界了。”

一辆卡车绕着监狱的边界行驶，沿着通电的栅栏和外围最后一道围栏之间的土路行驶。

“科普利，你把假牙忘在手球场上了。”麦克风附近的其他警卫发出了笑声，连我们都能听见，“科普利，嘿嘿，到值班室来把你的牙领走。”

天气炎热的时候，警卫们大多都待在有空调的值班室里，用双筒望远镜观察我们。天冷的时候他们也这样做。放风场实在太大了，而他们很懒。

“她利用了哪个盲点？”

“在健身房后面。这就是我们现在有‘一级防范禁闭’的原因，在安杰尔·玛丽·亚尼茨基之前和之后一切都不一样了。”

“他们看不到健身房后面的栅栏吗？”

“从一号塔楼看不到，但他们现在不需要这么做了，他们有电围栏。”

卡车花了至少十分钟才把场地绕了一圈，也许是十一分钟。

狱警怎么知道谁丢了假牙呢？那是因为人造牙龈的侧面印了囚犯编号。

我们经过鲸鱼滩时，狱警们正要打断她们的日光浴派对。

“鲸鱼滩上的人，不准穿弹弓装。鲸鱼滩，听到我说的没，不准穿弹弓装。大家都站起来，穿好衣服。”

管那里叫“鲸鱼滩”算不上一个好主意，但大家都那么叫。那片区域在步行道那头，女人们在那里往身上涂满油，再到太阳底下曝晒。“弹弓装”是一种自制的内衣。规定不应该在主院场裸露身体，但不管怎样，人们还是这么做了，在中央厨房涂上厚厚的食用油或者他们平时用的假黄油——一个叫“不敢相信这不是黄油！”的品牌，用科南话来说，它其实该叫“真他妈不敢相信这块屎不是黄油”。

没什么人在跑道上跑步，因为这是女子监狱，我们又不是在接受杀手训练。但科南除外，他从我和萨米身边慢慢跑过。

“我刚刚张着嘴跑，感觉瞬间消灭一万只小飞虫！”

他转过身，面对着我们倒退着跑。

“试着闭上你的嘴，”萨米说，“这样问题就解决了。”

一个女狱警匆匆走过。“不要坐在桌子上！”她喊道。如果你坐在桌子下面也违规，虽然那里是放风场里唯一的遮阴处，但只允许坐在规定的座位上。

看到警察怒气冲冲地走过来，科南向她点头致意。

“伙计，她真是个与众不同的娘们儿。”

在斯坦维尔，如果有人主动说起什么，你可以推断这人在说谎。如果一个人在回答问题时说了什么，那也是个谎言。科南的鬼话有整座一号塔楼加上二号塔楼那么高。“发仔”们在那里全副武装地一边监视我们，一边吃炸猪皮。

“她对我说，不要只是用舌头，我想让你对着我吹气，把我当成一支卡祖笛。她就是这么说的。把我当成一支卡祖笛。”

绿化维护人员正在沿着轨道的边缘用喷雾瓶喷洒“农达”[1]。他们的工作是让放风场变成一片寸草不生的泥土地。“我们把

1 农达（Roundup），即农达草甘膦（Glyphosate），是一种有机磷除草剂。

它弄得一干二净。”劳拉·利普说——她正在做放风场的维护工作。当一个名叫加西亚的新狱警向我们走来时，一阵山风吹过，裸露的泥地表面扬起一片尘土，四处飞扬。

每个新人都是囚犯和狱警们捉弄的对象，但加西亚身上有一种特殊的脆弱之处：他看起来像是迷失在了主放风场里，因为主院场有三个放风场，B 场、C 场和 D 场，里面有三千个女人和六个“发仔”。

发仔是“爱发先生”[1]的缩写，是科南最先开始这么叫的。

“嘿，‘发’德洛克[2]。”他对加西亚喊道，加西亚停了下来，似乎在犹豫是假装没听到科南的话，还是把科南当成一个麻烦来处理。

“但‘发’德洛克是什么呢？”和往常一样，科南并不是对着在场的任何特定的人说话。

“笑点在于，它差点就让你说成‘妈德洛克’了，对吧？那‘妈德洛克’又是什么？他们编造了这些词，我们都假装这些地方是真实存在的，甚至历史悠久的样子。就好像去‘发’德洛克是一个大家庭的传统活动。”

“我们一家人就总去那里。”劳拉·利普一边用她的农达瓶喷洒农药，一边用纠正的语气说。

1　爱发先生（Elmer J. Fudd），动画片《乐一通》中登场的卡通角色，猎人，也是兔八哥的死对头。

2　这里科南提到的是美国一家以汉堡为主打餐食的快餐店，福德洛克(Fuddruckers)。

“我们去的是猫头鹰餐厅[1]。”科南说。

“和你的家人？”劳拉摇了摇头。

“我女朋友和她的孩子。”科南说，“它家的儿童菜单不错。但是，你有没有注意到，猫头鹰餐厅的英文拼写“Hooters”中的“O”和国际松饼屋[2]的英文拼写IHOP中的“O”是一样的？我曾经是国际松饼屋的厨师。做松饼的时候，你需要往一种混合物里加水，还不如叫‘国际掺水屋’。”

高中一毕业我就在一家国际松饼屋当服务员，这是将科南和我联结起来的众多情感纽带之一。我是43号服务员，厨师会大喊：43号！你的单子该上菜了！现在再想起来，那些被叫号的经历都是今天牢狱生涯的序曲。

在国际松饼屋工作，你首先要去沃尔玛或类似的地方买工作鞋。如果你之前不知道的话，你会发现他们卖的大部分成人鞋都是为建筑工地、医院、监狱、餐馆和学校的工作人员设计的，而儿童鞋则是相同领域的初级版本。还有女招待工作鞋、医疗助理鞋和工作靴，都是些廉价的工厂仿冒品，供那些选择从事这些垃圾工作的人挑选。要么再惨点，就只能做更低级的事，选择更低档次的鞋，而这些鞋就是由监狱工场生产的。

这个新来的狱警把萨米拉到一边，开始问她问题。他的套

---

1 猫头鹰餐厅（Hooters），美国连锁餐厅，标志为猫头鹰，特色是女服务员着装性感，开朗热情。

2 国际松饼屋（International House of Pancakes），美国连锁餐厅，主营早餐。

路让人感到很熟悉：我想和你认识一下。这就是这里的狱警的套路，他们用同样的方式说着同样的话：我想和你认识一下。

有些狱警和工作人员想要找个囚犯来寻求所谓的“女友体验”。萨米已经和维修部的主管“认识”了，他是个平头百姓，会开着他的卡车带着萨米兜风，给她带员工食堂的汉堡包。作为交换，他们会去一个排水沟，在那里，他会把手伸进她的州立监狱制服牛仔裤里。在特护疗养中心（我们管这个地方叫“鼻子特痒”），有一个男护士每周给她检查乳房，并给她提供烟。科南找了一些女狱警，她们可能是女同性恋，也可能是异性恋，她们认为科南充满男子气概。

“你让我想起了一个人，”加西亚对萨米说，“费城老家的一个人。你是哪里人？”

“费城，嗯，”科南插嘴道，“你注意过自由钟[1]的问题吗？它有一条裂缝，但没人在乎。他们得意扬扬地展示它，然而这东西已经裂了。”

加西亚从萨米身边转过身，看向科南。很明显，他想说的是：走开，我正在勾搭这个小妞。

“这位女士，您穿的是规定的衣服吗？我怎么看到了拳击短裤，在这里不准这么穿。我可要记你的名字了啊。”

1　自由钟（Liberty Bell），费城的标志建筑之一，又称独立钟，是美国独立战争的重要标志，也象征着自由和公正，曾多次开裂并重铸。——编者注

正要离开工作交接所时，我碰到了那个高中同等学力老师戈登·豪泽。刚刚我在工作交接所与人发生了争执，他们说我触发了金属探测器，所以要检查我所有的东西，甚至掰开了午餐袋里的博洛尼亚三明治。这个午餐袋是他们在食堂外发给我们的，让我们好带着去上班。我不得不脱下衣服，在工作交接所里一片挂着帘子的狭窄区域忍受搜身之苦，离开时，我满腔怒火。但看到豪泽时，我的心仿佛被触碰了一下，仿佛那里有一个开关。我友好地打了个招呼——你并没有刻意改变自己的语气，一切都是自然而然发生的。如果说声音是由齿轮推动的，那么你的需求就是这个齿轮箱本身。需求会转变人的态度，把音调调到更高的位置，听起来更合人意。我没有刻意为之，但自从上次见到他以来，关于我的一切都发生了变化。

“嘿，”我说，“没想到会碰到你。”

我把他忘得一干二净，一次也没有想起过他。

“我在C院场。”我说，“我一直在考虑你提议给我买一些阅读材料那件事，我觉得挺好的。”

他很兴奋，就像我朝他要东西简直是在帮他一个忙。我们聊了起来，他越来越兴奋，说：“要么你来上我的课？”

“他们在这里教的都是同等学力预科，差不多就是我们这里狱警的教育水平。”

“是的。”他轻快地偷笑了一下，“但毕竟这是唯一能提供的东西，我就围绕着阅读来安排课程结构。我们所做的是阅读和谈论书籍。来试试吧，我很高兴你能加入我们。”他告诉了我如何登记。

萨米说得对，有了工作，我就不至于崩溃。事实的确如此。工作让我忘记了一些事情。我和其他人一样，把注意力集中在可以利用的资源上。

科南在木工作坊里做成人用品。每当我们的工坊主管坐在办公桌前，进入马拉松式的阅读时间，科南就开始做这些东西了。主管每天都会带一本小说来上班，收拾坐好之后，就会强迫自己阅读起来。这本书的封面上有一些可怕的图片，标题都是凸字印刷的，就像那本《两次杀戮》，是那种你会在一个免费盒子里找到的被水泡坏的平装书。主管每天连续看书七小时，科南则用砂纸和倒角工具来打磨他的作品。他和“泪珠”在比赛谁能制造更好的假阳具。他们两人还找到了中央厨房私售黄瓜的联系人。监区厨房会预先把黄瓜切成四段，以防止被挪作其他非法用途，也就是说被用作阳具。在中央厨房工作的囚犯们会在后门出售没动过刀的黄瓜。

挪威人制作了木头的五角星。我的“发明”是午餐肉。在进餐休息时间，我开始拿给产品打商标用的烙铁来烤我博洛尼亚肉片。烙铁上印着“CALPIA”，是加利福尼亚监狱工业局的缩写，我负责保管它。我用它在午餐肉的两面打上烙印，然后又在三明治面包上打上烙印。这块烙铁把面包和肉烤得恰到好处。我也帮别人烤三明治，换来了袋装的速溶咖啡。我学会在下班后脱光搜身时把咖啡藏起来。事情就是这样。你得为每一件小事奋力争取。

周六，他们会让我们去图书馆，但给我们准备的只有《圣经》，钦定版和国际版就是全部的选择了。萨米和我每周都去那里研究我可以给谁写信谈谈杰克逊的事。一天下午，在离开时，我又遇到了豪泽。我很快就要开始上他的课了。

这里没有什么可读的，我告诉他。

“我知道。这就是我给你订购了几本书的原因。还没有到货吗？我只能从亚马逊网站上下单，因为我们不能直接把书给你。”

我脑海中浮现出萨米的手，正在收着线，准备钓上一条大鱼。慢慢来，她说过，你得慢慢来。

“我还没有拿到书。”我告诉他，很多事都快不了，因为他们要分拣的是寄给三千个女人的邮件。

我继续给约翰逊的律师打电话，毕竟他有全球电联，是我唯一能联系到的人。他大部分时候都不接电话，但有一次终于打通了。他说有消息告诉我——在担任了三十年的公设辩护律师之后，他该退休了，我再也无法通过那个办公室电话找到他了。

每一件事都在把我逼上绝路：这就是真实的生活，让人难以接受。除了我，没人关心杰克逊的命运。我不知道他在哪里，也没有办法和他说话。我被困在中央谷地的一座监狱里，在炙热的阳光下，凝视着刀片刺网上方鸣啭的鸟类，心算周边的卡车到底花了多长时间才绕着我们这片大围场开上一整圈，想象着顽强而又美丽的安杰尔·玛丽·亚尼茨基翻越围栏的场景。

—

我不断回想着杰克逊五岁时的一幕。那是个秋天，我母亲和我们一起去了东湾的蒂尔登公园。我们头顶上方的树叶变成了我曾染过的发色，一种明亮而浓郁的洋红色。还有一些树长着金色和猩红色的叶子。这种颜色的叶子在加州并不常见。我母亲、杰克逊和我坐在那里，看着风吹拂着这些色彩斑斓的树。杰克逊为这一切感到欣喜不已。

“再美也是徒劳的，”我母亲说，“它们明天就会掉光。”

“但是，外婆，它们掉下来之后，”杰克逊说，“这棵树会长出新的叶子。然后那些新的叶子也会变颜色，就像这些叶子一样。”杰克逊说，这样的事情会一遍又一遍地发生，一年又一年。叶子的飘落意味着新叶的萌发。我母亲看着他，仿佛在思考他到底来自哪个星球。

他生来就是一个乐观主义者，他不是从我母亲那里学到这一点的，而我也没有把这一点教给他。杰克逊三岁的时候，他问我地球是怎么形成的。“它是怎么到这儿来的？”我说没人知道确切的答案，但可能源自一场爆炸，他们称之为“宇宙大爆炸”。“可是，爆炸发生的时候，所有的人都被安置在哪里了呢？”他心里总是想着别人，在他的世界里，人们总是互相照顾。

▬

律师给了我儿童福利机构的电话号码，他说那里的人可能会告诉我杰克逊案件主管的名字，但我只能联系拥有全球电联账户的人。我写了很多信，尽量不让自己失去理智。我给伊娃的旧地址寄了一封信，还给她父亲的地址也寄了一封信，但我很没信心，觉得这两封信都没办法寄到她手里。我给吉米·达林打过电话，但是打不通，因为他没有全球电联的号码。我告诉自己，如果哪天能出去，我一定要炸掉全球电联公司。

▬

我收到了一个包裹，感觉自己就像一个有家人在外面帮忙的幸运女人——我，霍尔，接到了收发处的通知，让我去取包裹。豪泽给我买了三本书：《我的安东尼娅》[1]《我知道笼中鸟为何歌唱》[2]《杀死一只知更鸟》[3]。

“他给你买的就是这些？”萨米说，差点笑出声，“连我都看过了。”我感到很难过，也有点想袒护这位老师，毕竟他不了解情况。我打算留着，虽然我不是特别想看，但它们是我与外部世界的纽带。后来我们监区的一个女人用洗发水和护发素换走了这三本书。州政府只给我们这些穷人提供一种既能洗澡又能洗头的磨砂肥皂。如今我终于能够充分地清洗和保养我的头发了，这让我感到心情舒畅，至少有一个晚上是这样，这是我自三年前被捕以来从未有过的感觉。

豪泽的课我已经上了好几个星期，后来他拦住我，问我喜不喜欢那几本书。

---

1 《我的安东尼娅》（*My Ántonia*）这部小说出版于 1918 年，作者为美国作家薇拉·卡瑟（Willa Cather，1873—1947）。

2 《我知道笼中鸟为何歌唱》（*I Know Why the Caged Bird Sings*）是一部自传，出版于 1969 年，描述了美国作家、诗人玛雅·安吉洛（Maya Angelou，1928—2014）的早年经历。

3 《杀死一只知更鸟》（*To Kill a Mockingbird*）是美国作家哈珀·李（Harper Lee，1926—2016）于 1960 年出版的小说。该书一经问世便大获成功，获得了普利策奖成为美国现代文学的经典。

“我喜欢过这些书，”我说，“十四岁的时候。”

我本来没打算这么说。这显然不是钓上一个“基斯”的好战术。

“哦，上帝。我很抱歉。这太尴尬了。”

“没关系，你只是还不了解我。”

他问我想看什么书，我说我不知道。我说我心事太多，很难集中注意力。

他给我买了更多的书。其中一本叫《搭讪》[1]，写的是 20 世纪 50 年代旧金山的两个酒鬼的故事。我一开始看就手不释卷。看完之后，我又看了第二遍。尽管除了市政中心、鲍威尔街和马基特街的交叉口之外，书中的人物并没有说出太多地点，但这还是唤起了我对一些场景的回忆。鲍威尔街和马基特街的交岔口是铛铛车掉头的地方，对当时像杰克逊那样刚学会走路的小孩来说，那里十分新奇有趣。我会带他去看街头艺人的音乐表演。其中一些人是吉米·达林的朋友。吉米认识各种各样的人，而我却不像他那样交际广泛。如果我和吉米碰巧遇到一个人，而对方邀请我们去听一场音乐会、参加一场派对或者看一场电影，那么当晚的计划就会有所变化。

当我还是个孩子的时候，鲍威尔街和马基特街的交叉口有一家大型的伍尔沃斯[2]商场，在商场的中心位置有一个假发部。

---

1 《搭讪》(*Pick-up*)，美国作家查尔斯·威尔福特(Charles Willeford，1919—1988)出版于 1955 年的小说。

2 伍尔沃斯(Woolworth's)，英国的一家连锁商场，初创于 1909 年。

我和伊娃会假装去买假发。在那里工作的老妇人会帮我们把头发用特制的发网固定住，再给我们戴上大波浪的假发。我们笑个不停，在镜子前互相打闹，还把化妆品和护发产品偷偷塞进包里，在商场里的照相亭拍照。之后，有时我们会去范内斯大道的齐姆餐厅吃霸王餐——点很多食物，然后不付钱就离开。这与在塔拉弗街的齐姆餐厅吃完就跑的感觉是不一样的，毕竟那是我们更熟悉的地方。在市中心，我们更如鱼得水。有时我们会去范内斯大道尽头的博物馆，那是在齐姆餐厅吃完霸王餐之后避风头的好去处。伊娃很喜欢里面的一幅画，名叫《碧瞳少女》[1]。在我们的交际圈中，不应该出现喜欢去博物馆的类型，但伊娃喜欢任何她喜欢的东西。画里的女孩项颈修长，看起来像是被挤进了套餐巾用的小环里。她盯着我们看，我们也盯着她。

在漫长的童年岁月里，我就像一个流浪儿，四处游荡，甚至比第六大街灰狗车站张贴的海报上的那些青少年还不安分。海报上高大的剪影看上去像拉长的影子，上面写着一个热线号码，供离家出走的孩子拨打。我的童年时代是热线电话的时代，但我们几乎从来没有拨打过。唯一的一次还是恶作剧，而我当时也并没有离家出走。我甚至有一个母亲，我本来有机会了解她，但我没有这样做，没能真正了解过她。当我十六岁的

---

1 《碧瞳少女》（*The Girl with Green Eyes*），法国画家亨利·马蒂斯（Henri Matisse，1869—1954）的作品。

时候，对我和我的母亲来说已经晚了。而到我进监狱的时候，似乎真的彻底来不及了。但我错了。直到她去世的时候，才是真的一切都太晚了。

我告诉豪泽我读了《搭讪》，他问我的读后感。

“既好看，也不好看。”

“我明白你的意思。结局挺让人惊讶的，对吧？但这会让你想再读一次，看看是否早有线索。”

我告诉他我已经这么干了。我还告诉他，看一本关于旧金山的书感觉很好，因为那是我的故乡。

“哦，我也是那里的人。”他说。

他在我眼里不太像旧金山人，而我也这么跟他说了。

“我是说，在那附近。我来自旧金山湾对面的康特拉科斯塔县。”他说了一个小镇的名字，但我并没有听说过，“那是精炼厂后面的一个不起眼的小地方。不太繁华，不像市里。”

我说我讨厌旧金山，那里有从地底萌生的邪恶力量，但我喜欢《搭讪》，因为它让我想起了这座城市里那些让我怀念的东西。

他还给我买了另外两本书，查尔斯·布考斯基的《勤杂工》和丹尼斯·约翰逊的《耶稣之子》。我告诉他，接下来我会看这两本书。

“《勤杂工》是有史以来最有趣的书之一。”

我说我知道另一本书，那本写耶稣的，因为我看过那本书改编的电影。电影挺好看的，但有一点不够严谨——里面的人本来应该生活在20世纪70年代才对。“里面有个女孩，穿着露脐装，还套着一件皮草领子的皮夹克，看起来就像20世纪90年代的旧金山潮人。”

“但你描述的那些人——可能是你自己吧，我不太清楚——他们一开始都是从70年代找来的着装灵感。”

这话不假。我告诉他，吉米·达林过去常去田德隆的一家书店买20世纪70年代的《花花公子》，他们把这套杂志一摞一摞地放在柜台后面的地板上。有一次，一位老人拍了拍吉米的肩膀，悄声说：“小伙子，新出的杂志都放在那边。”他指着商店前面陈列的那些套着塑料封皮的月刊——《胸器女郎》和《危险边缘》点点头。

“请问吉米是——”

“我的未婚夫，他在旧金山艺术学院教书。”

“那你……还和他有婚约吗？”

“他已经死了。”我说。

那天晚上熄灯后，我想起了北部海滩，并试着重游我和吉米·达林一起去过的地方。达林曾在那里居住和工作。在遇到吉米之前，我的孩提时代，北部海滩是你可以和朋友在周五尽兴玩乐的好去处。我们会围着恩里科咖啡馆的露天座位转来转去，等顾客起身离开时，我们就去把他们的饮料喝光。我看到了百老汇大街的灯光，看到了大个子阿尔酒吧[1]，看到了孔多尔俱乐部[2]以及它门口竖立的招牌——卡萝尔·多达那闪着光的胸部，一会儿是樱桃色，一会儿又变为唐人街红。我还看到了街道尽头的伊甸园酒吧，粉红色和绿色的霓虹灯在雾霭中熠熠生辉。

后来他们把卡萝尔·多达的招牌摘了下来，但对我来说，它不曾消失。所有这些灯，在那个曾经的世界里都是亮着的，而那个世界仍存于我心，为我所控。

哥伦布大道上有个俱乐部，那里的“女权主义”脱衣舞娘每小时能挣十一美元的“女权主义收入”——她们得观看男人们在舞台周围的小隔间里手淫，因此，她们的收入和付出比起来不算什么。《帝王世界》是一部定期出演的毫无真正女权思想的偷窥秀。《帝王世界》里那位怪异而又丑陋的国王的会计也在“火星俱乐部”兼职，和我们一起。据我所知，这个会计从来没揽到一个看客，但是她依然每天晚上都要来。她是个肥胖而又笨拙的女人，戴着厚厚的眼镜，穿着打折内衣，像童子军训导员一样在我们更衣室分发零食，夸赞我们的妆容和服

1 大个子阿尔酒吧（Big Al’s）是自 20 世纪 60 年代中期以来，旧金山乃至美国最早的几家无上装酒吧之一。

2 孔多尔俱乐部（Condor Club）是一家 1964 年开始营业的脱衣舞酒吧。

饰。她向我们分发迷你胡萝卜，管那叫“生菜沙拉”。她特别喜欢我的朋友阿罗，把她看作更衣室里的女儿。

阿罗已经登上过《危险边缘》杂志。她和我年龄差不多，都是二十出头，但她有一双慵懒的眼睛，给人一种天真无邪的感觉，或者至少是在《危险边缘》杂志里搔首弄姿的女孩那种天真无邪的感觉。阿罗和我都在“疯马俱乐部”轮班，我第一次见到杰克逊的父亲就是在那里。他长得很帅，性格风趣，在“疯马俱乐部”所有的门童里，他是唯一被姑娘们准许进入更衣室的人。当姑娘们化妆时，他假装大声朗读当地报纸上的文章，但他一边翻着报纸，一边编造出《世界新闻周报》[1]式的标题：一名女子举起大众甲壳虫汽车，只为从下水道里捞起最后一根香烟；一名男子通过巧克力曲奇减肥法减掉了 90 公斤，后被一辆运牛奶的卡车撞倒；突发新闻——俄亥俄州托莱多市是人们想象中的虚构城市。杰克逊的父亲并不傻，只是在生活上不太灵光。也就是说，他对当局懂得太少。但他的聪明之处就在于他知道如何越狱。他爬过圣马特奥县立看守所的围栏，一路跑到旧金山。我在认识他之前就听说过他的故事。我想象出一个人沿着高速公路跑的画面，仿佛从圣马特奥到旧金山必须得走汽车行驶的路才行，但是这画面里没有汽车的影子，也没有发动机，只有一个男人，在应急车道上满头大汗地奔跑。我

---

1 《世界新闻周报》(*Weekly World News*)，一份已经停止发行的美国小报，以报道奇闻逸事、都市传说和恶搞新闻闻名，其中许多报道内容均未经查证。——编者注

敢肯定他不是这样一路跑来的，但我看到的画面就是这样。他几乎是瞬间就被抓住了。

自20世纪60年代以来，大胡子吉米一直在市中心各大脱衣舞俱乐部当门童。他常常讲故事。有一个故事讲的是一个疯狂的电影导演爱上了一个叫马吉克·汤姆的色情明星。马吉克·汤姆在一个同性恋的色情剧院演出，大胡子吉米就在那里当门童。马吉克·汤姆对电影导演不感兴趣，只会利用他，然后为了别人抛弃了他。这个被踹了的导演心怀怒火，坐上了灰狗巴士，一路来到了纽约州的雪城，那是马吉克·汤姆的老家。那个电影导演来到马吉克·汤姆的母亲家，敲了敲门。在大胡子吉米讲的这个故事版本中，马吉克的母亲开了门，她是纽约州北部一位古板又缄默的老妇人。“你好，需要帮忙吗？”导演说：“不，夫人，我只是想着您可能会喜欢看这些东西。”他举着一幅马吉克·汤姆和马吉克·汤姆的同卵双胞胎兄弟的裸体照片，他们曾一起拍过色情片，在照片里面摆出诱惑的姿势。讲到这里，大胡子吉米笑得直不起腰，乐得说不出话来。“这家伙给一个住在纽约州雪城的老太太看一张她两个儿子正在鬼混的照片！”他认为这是他听过的最有趣的故事。这也说明了大胡子吉米的幽默感是什么样的水准。他觉得在库尔特·肯尼迪面前透露我的消息很有趣。在我离开旧金山前往洛杉矶后，库尔特·肯尼迪坚持不懈地找到了我的住处，而把这信息告诉他的人正是大胡子吉米。

15

等戈登·豪泽在斯坦维尔待到第二年的时候，他总算不再把动物的尖叫误认为是女人在高声呼喊。那天夜里，他在自己的小屋里听到的是一只美洲狮的吼叫，并不是一个女人，也没人遇上麻烦。

当他在这里的第一个冬天来临时，大雪覆盖地面，房子周围开始出现爪印，在草皮上留下的形状和间距都和他在《野外生存指南》里看到的一模一样。《野外生存指南》里对美洲狮的叫声有各种各样的描述，说听起来像是在尖叫，在咆哮，或者像一个呻吟的女人。

他从没亲眼见过美洲狮，只听到过它们的叫声。清晨，在他下山去斯坦维尔的路上，有时会看到灰狐拖着毛色光亮的尾巴。他沿着蜿蜒的山路前行，途经因干旱而枯萎的巨型槲树，树上锯齿状的小叶片覆满灰尘，还有一团团铁锈红的七叶树和烟绿色的石兰灌木，七叶树没长叶子，在阳光下泛着骨白色的光。草丛是饱满的黄色，像湿漉漉的稻草，他从没见过这么漂亮的草地。

一条笔直的道路通往褐色的盆地，路边的景色渐渐变成了输油管道和井架，轮轴弯弯曲曲，缠绕不清。井架后面是一片落满尘土的橘树林，还有一座农舍，屋前有两棵棕榈树，而道路就在这里分岔。这两棵棕榈树的品种很古怪，叶子浓密而蓬松，奢华得像因纽特人的雪地靴。

在山谷底部，气温高出六摄氏度，空气中充满了浓郁的肥料气味。再也没有橘子树和石油井架的踪迹，只有电缆线和杏树林，呈一个个巨大的几何形状，一直延展到监狱旁边。

和加州所有的监狱一样，斯坦维尔也悬挂着三面旗帜：州旗、国旗、战俘与失踪战士纪念旗[1]。战俘旗总是能勾起戈登心中一丝怜悯，因为它是为那些战死在越南的士兵们准备的。美国在越南战争中输得很惨。那些没有被释放的战俘很可能早就死了，不管怎样，没有人会再去救他们了，但是每个州立监狱的狱警都举着国旗向他们致敬。而现在，当有人被俘虏时，情况就完全不一样了。他们中的许多人都来自私人军事服务公

1 战俘与失踪战士纪念旗（POW MIA flag），或简称战俘旗（POW flag），由守卫塔前的战俘剪影和黑色场地上的白色铁丝网组成。白色的文字“POW MIA”印在剪影上方，“You Are Not Forgotten”（你们不会被遗忘）也是白色的，印在黑色场地下方。

司，在互联网上被直播斩首。乔治·W. 布什总统[1]在电视里发言，说他正在为伊拉克人民修建医院和学校。斯坦维尔停车场里，大多数工作人员的汽车保险杠上都系着黄丝带[2]。

在监狱里，很难搞清路线。在戈登看来，所有地方都是一个模样：一层或两层的独栋煤渣砌块建筑，周围是大片的泥地和混凝土地，环绕着刀片刺网。抵达教室之前，他需要通过三个电子出入口。教室在一个没有窗户的拖车式活动房屋里，靠近行业工坊和中央厨房。厨房里不断飘出一股发臭的油脂味，能与这气味匹敌的只有汽修厂的溶剂散发的味道。在那里，一排排卡车——狱警们的私人交通工具——排着长队，等待囚犯们进行超值的喷漆服务。

戈登被许可进入这片区域，但住宿监区和院场对他来说是禁区，只有A院场504囚室除外，在那里，他可以给死囚区和行政隔离区的人上课。

戈登曾对死囚区感到害怕，但他发现那里并不是他的噩梦中的样子。在他的想象中，死囚区满是紧锁的铁窗，呈现出一副中世纪的悲惨景象。但实际上，这里是自动化且现代化的，每个小囚室都有一扇刷成白色的钢门和一小块玻璃窗。这里一共住了十二个女囚，每个人都被关在一间单独的囚室里，还有一条

1 下文中布什均为乔治·W. 布什。

2 黄丝带，20世纪90年代初海湾战争期间，黄丝带与标语“支持我们的军队”一起出现，通常被绑在树上，它通常还有“把我们的军队带回家”的寓意。它在2003年入侵伊拉克期间再次出现，含义类似，常常装点在汽车的外部。

狭窄的巷子，里面摆满了桌子和缝纫机，被网状的笼子包围着。一名狱警打开了笼子的入口，领着戈登和学生们一对一地见面，其他人则在附近的桌子上编织或做手钩毛毯。贝蒂·拉弗朗斯并不是戈登的学生，但总是偏要和他说说话。她从囚室里拿出一台收音机，一边做手工一边播放背景音乐。这些女人们做的手工贺卡快赶上公司用机器印出来的效果了，做得最好的作品和你在莱爱德药店[1]买到的贺卡一模一样，用端正的字体书写着鼓舞人心的温和话语。这些女人被允许进出囚室，囚室里充满了蕊风空气清新剂的味道，四周围着自制的编织毛毯，为了保护隐私，也可能是为了让这些打发时间而做出来的毛毯有些许用武之地。

她们管他叫宝贝、小南瓜和洋娃娃。“宝贝”这个说法把他吓得够呛。这就是拉斯柯尔尼科夫在实施对当铺老板娘埃尔萨贝塔的谋杀计划[2]之前，老板娘对他的称呼，或者至少是那本书的译者所选择的对应的英文单词——Deary。

行政隔离区就在死囚区的楼上，这里没有公共区域，除了大喊大叫，女人们之间没有任何互动。哭天抢地的叫喊在各个囚室此起彼伏，她们对着狱警起哄，为了有事可做，她们不断弄出声响。戈登在一间小办公室里等着，这时，一个学生戴着手铐叮叮当当地穿过走廊，被关进笼子里听他讲课。那是他第一次见到罗米·霍尔的地方，而她现在已经在他的班上了。他

1　爱德药店（Rite Aid）是美国的一家连锁药店。

2　该情节来自俄国作家陀思妥耶夫斯基的小说《罪与罚》。

注意到，她看他的时候会直接注视他的眼睛，而许多女人都只会看他的肩膀，或者让视线从他身旁穿过。她们的眼睛会东瞟西瞟，以避开他的目光。尽管生活条件很差，她还是散发着魅力。她有一双大眼睛，眼珠是绿色的。唇线就像丘比特之弓——不知道是不是有这么个比喻，上唇有两条弯曲的弧线。这张美丽的嘴唇仿佛在说：信任这张脸吧，而脸却说：它可不像看起来的样子。她拼写很好，阅读理解能力很强。他没想着寻找一个拼写能力强的人，他没打算在斯坦维尔的女人中间寻求任何东西。

他又一次看到她是在狱警们所说的“遛狗区”里——禁闭室里的女人被放出来，在户外的笼子里活动。在通往 504 号囚室的通道穿行时会经过一连串这样的笼子，他本能地避免去看那些被困在这些光秃秃的小围场里的女人。霍尔用一种漫不经心的口吻喊着他的名字，那语气就像一个女人在向一个男人借个打火机，或者问这个男人知不知道火车什么时候在这站停。

他喜欢让她待在自己的课堂。她读书很用心。许多学生都认为戈登很愚蠢，打着暗号嘲笑他，但这似乎还算公平。毕竟她们背负着州政府给她们的对他而言几乎无法理解的刑罚——终身不得假释，或被判多次无期徒刑。对他来说，仅仅是单次的无期徒刑就足以使他失去理智。

他分发了一些复印的书，比如《狼女朱莉》[1]，还有劳拉·英

---

1 《狼女朱莉》(*Julie of the Wolves*) 是珍·克雷赫德·乔治 (Jean Craighead George，1919—2012) 创作的儿童小说，1972 年出版。

格尔斯·怀尔德的书，但他没有告诉囚犯们这些书是儿童读物，她们喜欢与否也无关紧要。他坚持给她们看简单的书，因为许多人只接受过小学教育。她们圆圆的字体就像泡泡一样，那是青春期少女特有的字体。就连伦登——其他人都叫他科南，长得像个男人——也用泡泡字体写作。显而易见，伦登很聪明。他从来不读书，但却常让别人大笑不止，这很了不起。

“胸部，也就是 bosom 这个单词，是复数吗？”伦登问道。

“也许要看是谁的胸。”有人说。

“琼斯的胸。这名字听起来像不像冒险片：《警督琼斯与末日之胸》。”

杰罗尼莫·坎波斯是一位美国原住民老妇人，上课时，她总是在速写本上画画。戈登想知道她是不是不认字或者不会写字。一天下课后，他问她画的是什么。他盘算着，如果她承认自己不会写字，他会建议她单独上课。

是肖像画，她告诉他。她打开速写簿给他看，每一页都有一张图片，下方还附有名字。她可以写字。但这些图像不是人脸。它们是色彩斑斓的条纹。“这是你。”她说，给他展示着了一团潦草的黑色线条，上面有一块被染成蓝色的斑点。

当他的班级讨论约翰·斯坦贝克的《小红马》时，女人们谈论着书中写的山以及她们在主院场里看到的那片山脉。她们似乎对山感到惧怕，这让戈登很意外。他本以为她们会把山看作是自由的象征，那是她们能看到的唯一的自然世界。“在山里，你得跟熊打架。”科南说，“在这里，至少碰到的只有小熊崽。熊崽子，再加上矮树丛。我知道我肯定能赢。”

她们读到了第三章，“承诺”。这一章讲的是关于怀孕的母马内莉的故事。有个女人举起手说，她生孩子时，肚子是心形的。“分成两半，”她说，“就像一匹马，甚至有个医生也证实了这一点，说马的确长着心形的子宫。”

他们大声朗读这一章。读到猪的时候，一个学生插话说，她的表亲从亚利桑那州立监狱给她写信说，他们那里有一个毒气室，每个月的某个周日，他们都会在那里放一头猪，来测试机器效果。

戈登试图把讨论引向书中。比利·巴克到底做了一个什么承诺?

那个说自己的表亲给她写过关于周日猪被毒死的事情的女孩说，当猪“被装进管道”时，一股气味会在院子里弥漫开来。“闻起来像桃花，”她说，“是我那位亲戚告诉我的。”

罗米·霍尔举起了手。她说比利·巴克答应给男孩乔迪一头健康的小马驹。早些时候，比利·巴克曾答应照顾那匹红马，但那匹马死了。只要让小马驹安全出生，比利·巴克就有机会凭借这个新的诺言成为一个言而有信的人。

“那他履行诺言了吗？”戈登问。

她说这就是这个故事的巧妙之处。从技术上讲，他履行了，但要想让小马驹出生，他必须杀死母马，杀母马是为了救它的小马驹。他用锤子砸碎了它的头骨。这如果是一种履行诺言的方式，那简直就是胡扯。这匹母马本来可以生出其他没有问题的小马驹，但它不得不被杀死，只因有个牛仔寄希望于它，希望它能证明自己是个守信用的人。

“许下承诺是可以的，”伦登对戈登说，好像是在为老师总结生活的实际情况，“但信守承诺却并不总是一个好主意。”

一天晚上，下课的时候，罗米·霍尔在教室里逗留。戈登站在自己桌子另一边一个很不方便的位置开始收拾文件，以拉大他们之间的距离。

在大约五分钟的时间里，她告诉了他许多关于她自己的事情。她说话的声音很克制。在戈登看来，她似乎一直在压着劲儿。他不停地往后退，想离她远一点，而她也不停地向他靠近。他是不会让她得逞的。有个女人曾试图贿赂他，为了让他帮忙私带手机，还有一个女人让他帮忙带烟。工作人员和狱警都参与了这些计划，但戈登不想参与。

她告诉他，她被判了无期徒刑，她已经当了妈妈，儿子还年幼。她为打扰到他而道歉。说她每天醒来都很沮丧。虽然监狱没有窗户，但她也能感觉到囚室里的雾气。她说，囚室里的潮湿让她想起了家。

她想让他给一个号码打电话，看看她的孩子在哪里。她已经把电话号码写下来了，此时正在不断地走近他，而这正是他一直在回避的事情。他是给她买了书，也觉得她很漂亮，甚至有时会想她，但这并不意味着他想被卷入别人的家事。

他确实曾经违反规定向囚犯提供帮助，一切都是从死囚区的坎迪·潘纳开始的。坎迪哭得像个孩子，因为她没有毛线可用了，也没有钱，所以她不能帮到宝宝们了。其他死囚都在编织婴儿毛毯，准备捐给斯坦维尔的一个基督教慈善机构。

他知道他可以给她带毛线，因为他们几乎从没检查过他的包。当他做出这个决定时，他正在巴雷西餐厅吃早饭。这是一个让他感到安心的地方，相框里挂着一些改装汽车的照片，都是在当地赛道上取得胜利的画面。一边是餐厅，另一边是酒吧，角落里放着一架钢琴。每到星期六晚上，会有一个女人用它弹奏音乐。

在斯坦维尔，找不到牙医给你看牙，也没有修鞋的地方，买不到一口像样的锅，连戈登的最低标准都无法达到。但这里有三家手工爱好者商店。他去了其中一家，买了四种颜色的纱线。坎迪说的是毛线，虽然手工店不卖羊毛做的纱线，甚至不含一丁点羊毛，但毛线可能已经不再是羊毛线的意思了，而是毛茸茸的可以用来针织的线。第二天，他把买的东西给了坎迪。她感激涕零，这使他感到局促不安。不是因为他的做法违反了规定，而是因为这对他来说不是什么大事，但她哭着说，从来没有人对她做过这么好的事，在她的生活中一次也没有。

唯一的补救办法似乎是帮别人的忙，这样他就不只是坎迪一个人的圣人了，通过向他人给予更多来中和这一次给予的价值。

贝蒂·拉弗朗斯问戈登是否愿意帮她寄一封信，寄给她的一个旧情人。没有惩教部门的明确批准，囚犯是不被允许与其他监狱的囚犯接触的，戈登知道这是真的，但他觉得贝蒂告诉他的这段罗曼史可能是她想象出来的。戈登第一次见到她时，她就大喊大叫，想引起狱警的注意。“警官！”她叫道，“请告诉停车场的服务员，给我的理发师留个车位！”她对死囚区的其他女性嗤之以鼻，告诉戈登她们远不如她能干。有一次，她问戈登有没有坐过新加坡航空公司的商务舱。当他说没有坐过时，她似乎很同情他。她是一个因为鬼迷心窍的才被判了死刑的女人。他很同情她，所以帮她寄出了那封信。

他给班上一个种植物的学生买了种子。这个学生给戈登带来了新鲜的薄荷作为礼物，当戈登问她从哪弄来的时候，她说这薄荷是附着在旧木料上面进的监狱。她把它移栽并浇了水。她告诉戈登她会盯着天空，等待鸟儿排泄出种子，然后偷偷用湿纸巾焐着让它们发芽。监狱里规定不准栽种植物。但是在她住的 D 院场，放风场的主管准许她保留那些植物。她是一个被判了无期徒刑的囚犯。戈登给了她一包花菱草的种子。她双手捂着脸，遮掩自己的眼泪。“这简直是神迹。”她说，“感谢你给我创造神迹。”于是，伴随着这种不自在，外加她们的感激之情，又一个循环开始了。那包种子花了他 89 美分。

他给罗米送书的过程也是这样。登上亚马逊网站，点下一个按键，就完事了。如果花掉二十美元意味着给监狱里某个人带来几个星期的思想自由，那么对他来说二十美元并不算什么大事。但探查她在外部世界的私人生活，代表她去拨打一个电话：意义则全然不同。这是真真正正的多管闲事，不仅干涉她的生活，也会影响他自己的生活。

他把她给的那张纸放在咖啡桌上。上面写着一个电话号码，还有她儿子的名字。他没有打那个电话，她也没有问他这件事，这使他感到宽慰，或者说是喜忧参半。他们会在一起聊天，但说的都是些无关紧要的事情。她以为眼前这个人不会帮助她，也不在乎这件事。但是他想让她知道，他是在乎的，她请求他的帮助这件事对他来说并不是无关紧要的。

他坐在沙发上，拿起写着号码的纸，然后把它放回原处。他还是没有打电话，只是用电脑上网，从供应商目录的一家店为杰罗尼莫订购了一套新的颜料。这种事情很简单，不需要深思熟虑。

杰罗尼莫把这套新得的颜料带到教室里，勤奋地画了好几个星期，然后来到戈登面前。

“我想让你看看我一直在画些什么。是肖像，但可能是你更喜欢的那种。”

“我更喜欢的那种？”

“嗯，大多数人都会更喜欢。”她展示给他看。是几幅很精致的插画，一眼就能认出来是谁：她自己、伦登、戈登、罗米，课堂上的每一个人。画风带有一种漫画式的简约。她翻到其中一页，出现了一张陌生的面孔，那张脸在纸上瞪大双眼，两颊布满泪痕。“那是和我住同一个监区的莉莉，她让我想起了我的妹妹。我没有妹妹的照片，所以请莉莉当了我的模特。”

16

到了春天，我开始听到恼人的噪声和机器轰鸣声。有时，在一定的气象条件下，这声音大得让人咋舌。冬天的冰雪正在消融，这对我来说原本意味着可以愉快地远足，然而这些钢铁怪物发出的呻吟和号叫在数英里之外的山的那边都能听到，全然破坏了气氛。我下定决心要报仇，但是很难确定噪声来自哪里。反正肯定要等到夏天，因为我要是现在设了陷阱，就很容易被雪填上。但等到晚春时节，噪声消失了。再到夏日来临，我又开始听到这怪声。我循着声音传来的方向，终于得知，来源是威路克里克排水系统的一处伐木作业工程。砍伐的区域是我最喜欢的野外景点之一。他们用推土机推倒树木，而不是用锯子锯断。我躲在一块无人发现的高大岩石上观望。他们完成一天的工作之后，整个地面都被清空了。等他们离开，我便来到了工地。在他们用来把原木搬上卡车的机器上面，放着一罐容量五加仑的汽油。我把汽油倒在这台机器的引擎上，然后点了火。我在山顶上心情舒畅地睡了一晚，第二天早上，从容不迫地回到家里。做这件事让我感觉很畅快，尽管有点担心会不会有人怀疑到自己头上。

17

那天晚上，当道格接到报案电话说菲律宾城比佛利街的一家当铺被盗的时候，他正在不远处的拉斯布里萨斯酒店。当铺的无声警报器已经被拉响了，道格决定不开警灯也不拉响警报，先把车停下，以防现场仍有犯罪活动。

他看到嫌疑人还在那里。那家伙开的是一辆破旧的雪佛兰，这时发动不起来了。他不停地转动钥匙。发动机发出呜呜的声音，但始终不能正常工作。

道格悄悄靠近他，用自己的佩枪对准那人的头，礼貌地请他下车。道格的声音变得柔和起来，像罗杰斯先生[1]的声音，但不是对电视上那个人的单纯模仿。这嗓音非常适合道格，他看上去整洁体面，给人感觉更像一名牙医，而不是警察。他曾

1　弗雷德·麦克菲利·罗杰斯（Fred McFeely Rogers，1928—2003），美国电视名人，曾担任学前教育系列电视节目《罗杰斯先生的左邻右舍》（1968—2001）的主持人。

经从篮球比赛的角度评估过自己的形象：这是20世纪90年代初，如果说局里有的家伙平时用街头风格行事，讲的也是街头语言，就像穿着齐膝短裤的湖人队。那么道格，在他自己心目中，可以说是效力于犹他爵士队。这支队伍的得分王都是白人，穿着修身短裤。这些男人就像和牙医有相似之处的道格一样，他们用智慧的语言谈论策略和技术，而不像那些在比赛结束后出现在镜头前的蠢蛋，声称他们之所以会赢得比赛，靠的是在球场上从容不迫的表现和精准的投球时机。从容不迫，选择时机。大多数球员都是这么说的，就像他们提前背好的一样。但不得不说，这是一个很好的行事准则。道格也是这么做的。

道格说："听起来你的车出了点毛病。"然后他平静地盘问犯罪嫌疑人，让他交代盗窃的来龙去脉。

"交代什么？"这家伙满脸困惑。他是个黑人。在道格从事的这个行当里，黑人给他找的麻烦最多。或者更确切地说，他给他们带来的麻烦最多。

道格让那家伙举起双手，趴在他的破车上，把他偷来的赃物从前排座位上拿下来，那东西被包在一个枕套里面。道格记得他小时候经常用这个办法来玩"不给糖就捣蛋"[1]，这样就能要到最多的糖果，把所有孩子都比下去。枕套里装满了武器、

1 不给糖就捣蛋（trick-or-treat）是许多国家在万圣节的一种习俗。穿着万圣节服装的孩子们挨家挨户地要糖果，并说"不给糖就捣蛋"。

手表、珠宝，和平常的盗窃毫无二致。那家伙身上有枪，所以道格把它拿走了，是一把格洛克手枪。道格惊喜地发现，这个家伙虽然开着一辆发动不起来的破车，却拥有一件很像样的武器。道格很可能会留着它，而不是卖掉。

道格的警用无线电里传出一条信息：后援力量正在前往比佛利街和旺多姆街的路上。后援？他并没有要求支援。但根据消息，后援正在路上。也许是幽灵巡逻队，就是指那些假装在出外勤的警察。局长希望自己的手下多开车出去，然而没人听他的：全城的警察都在发布假的电信消息，让人以为自己接警外出了，但实际却不知坐在哪里边吃东西边赌博，要么就是去了健身房，或者在西大街一家按小时计费的酒店——“傲慢的狐狸”旅馆——寻欢作乐。这个地方很受局里的人欢迎。道格想说的是，它很干净，不是那种五美元就能住下的破酒店，像捕蝇草一样吸引蚊虫，给吸霹雳可卡因的人提供场所。“傲慢的狐狸”很有品位，有高级套间，还有一台不错的制冰机。天花板上装有镜子，所以你可以仔细观察自己。（道格认为，一面镜子如果不是用来看自己，那么用它来看其他任何东西都会很奇怪。道格经常会和兰帕特分局的几个伙计谈论这个话题，而他总是说同样的话：“如果我想知道某个妓女从后面看是什么样子，那么我就把她翻过去。我不需要用镜子来看。只有我自己是唯一需要用镜子才能看见的。”）

不管电信里说的后援是什么，道格自有判断，他们可能正在“傲慢的狐狸”旅馆那里忙着干好事。

嫌疑人面向他，高举双手。

“别紧张，”道格说，“听着，我们谁也跑不了，不如合作。我可以让事情简单点，你会被送去中央看守所，明天接受传讯，法庭会给你指派一个不错的律师。”

他们也可能不会这么做，道格心知肚明。

“你最多只会被判两年。”

嫌疑人开始抽鼻子。

“嘿，我明白你的心情。你只是想做一件来钱快的事。”

嫌疑人盯着道格，眼神中不无怀疑，因为他很害怕，而且他可能很讨厌警察。“全完了。”他说。

道格听到警笛声向弗吉尔街、坦普尔街、银湖街和比佛利街道的交岔口呼啸而来——后援真的在路上了。如果是红灯，警车会减速，以便在交岔路口迎面而来的车流中开出一条路，那么他就还有时间。

道格掏出香烟，说：“这种事情对我来说也不好玩。”

他给嫌疑人递了一根，后者警惕地看着他，摇了摇头，强忍着泪水。

“你可以把手放下了。”道格说着吐出一口烟。

“我拿了你的武器，知道你没有威胁。别做傻事，放轻松。你快把我也弄紧张了。”

嫌疑人看着他，一直举着手。

“放松，我说真的。我要让其他人把你送去拘留，就是在路上的那辆车。你知道为什么吗？我讨厌把人送进监狱。来吧，我命令你把手放下。我看得出你是个好孩子。我打赌这是你第一次干盗窃的事，所以你才会搞砸。把手放下，喘口气。过一会儿呢，这些人就会把你铐上，戴手铐的感觉可不是那么舒服。”

嫌疑人吓得两眼冒光，他开始把手臂放下来一点。

他用衬衫的袖子擦了擦湿漉漉的脸。

还记不记得，有那么一段时间，每个人都穿那种橄榄球衫，上面有着又密又粗的竖条纹，和一个歪领子。这就是嫌疑人所穿的衣服。

道格十分讨厌这种衬衫。

嫌疑人把手完全放下了。

“对，就是这样，”道格说，“别担心。我认识接收处的警官，我会叫他对你温和些，今晚你甚至可以和他攀个交情。”

嫌疑人不仅把手臂放下了，还伸向了口袋。

就在嫌疑人把手伸进口袋的一刹那，道格朝他的脸开了枪。两发子弹，都是从下往上击中目标。

过了不大一会儿，后援抵达现场，时间差足以让道格藏匿他所“继承”的枕套。

两名来自中央分局的警官走上前来。

“我的老天，发生了什么？”

嫌疑人瘫倒在他的汽车散热器罩上。在他身后的汽车引擎盖上，有一圈呈辐射状的血迹。

“我告诉他举起手来，”道格说，“但他直接伸手去掏口袋，我可不会由着他胡来。”

他不知道自己为什么要这么做。强奸儿童的罪犯活该下地狱被烧死，但他为什么要在比佛利街杀了那个孩子？

如果那孩子质问道格，你为什么要这么做？道格可能会停下来，因为他答不上来。但那孩子不可能质问他，道格压根儿没有给他质问的时间。

他和老搭档何塞曾经把一名受害者虐打至死，这事不假。对方是 605 高速公路下面一家绅士俱乐部的经理，他们完事之后把尸体扔到了 710 高速公路附近。那家伙强奸了何塞的女朋友，他们还能怎么办？媒体对这次虐杀事件大做文章，但道格不是精神病患者，也不是连环杀手。他那样做，是为了让那个人看起来像是被那种人杀死的。

道格的生活并不总是那样。他是一个很受欢迎的警探，如果你在一个风和日丽的日子里看到他和其他几个不当班的警官在马里布的悬崖上骑摩托车兜风，你可能会嫉妒他。这群人沿着太平洋海岸高速公路前进。道格通常骑的是他的运动者车系，而不是你经常在太平洋海岸高速公路上的海神之网餐厅外面的那种“盛装打扮”的基佬摩托车，骑手们就像戴着管家手套一样小心地驾驶它，因为车是租来的。道格讨厌那些租借哈雷摩托车的基佬，他自己有两辆已备案的摩托车，都是用现金买下的，一辆是运动者车系，还有一辆是软尾车系。那辆软尾也一样被他剥得精光，只剩两侧的牛皮挂包，在他去三河的一个地方时会用到它们。在那里，有一块溪水流经的土地完全属于他。这是道格过往的生活里另一个让人心生羡意的地方。那里有着壮美的高山旷野，美妙的鳟鱼垂钓活动，舒爽的新鲜空气和一个乡村小木屋，他在那里注射冰毒，和他从洛杉矶南部带来的女人上床。

三河把他带到入一个迷人的幻境：他看到了屁股，看到了张开的大腿，那是一个女人脱掉衣服之后身体的样子，她的屁股在他的乡村住所那张松软的床垫上舒展。他看到了廉价的木镶板，还看到了一个毛茸茸的阴部，湿漉漉的，看上去很放松。他用手指拨开阴唇，再用另一只手给自己做好准备。这次的想象起作用了。他看不到女人的脸，但他不需要，也不想看到任何一张脸。他只看到了张开的大腿，听到了旧床架在自己转换姿势时发出的吱吱声，感受着像是夏日里蒸馏室的热度。这招真的奏效了。

他所有的性生活都涌入眼前。剩下的画面就是不停循环着的那些时刻。

屁股、推入、木镶板，床发出吱吱声。一双手爬上他的背后（他是个男人，好吗？是背部，不是屁股）。他抓住她的屁股，一把攥在手里。她的屁股在他身下的那个乡村床垫上摊开的样子，帮助他进入状态。他的兴致已高，床像疯了一样吱吱叫唤；他快要到结束的时刻了，那个嘈杂的床架听起来像是正在被斧头一下一下地劈开。

但让他窝在里面喘着粗气的这张床并没有响。这张床是混凝土的。他在这间像蒸馏室一般灼热的囚室里躺着，试图留住那个夏日里在种满红杉的乡下的蒸馏室里待着的感觉。

太热了，在这种温度里，他的哈雷摩托车甚至不需要阻气门，单是发动机在汽液转换的时候空转就够了。

在同样炎热的下午，他会去三河的摩托车酒吧，让随便哪个女人留在小屋里对着没收来的毒品和卫星电视，而他则坐在吧台旁边喝生啤酒。

人们对百威啤酒冷眼相对，转而去喝那些没人听说过的鬼牌子。但百威啤酒才是啤酒之王——它好喝。

他的室友在公共区域拨弄着他那把黄色的大吉他。听起来像齐柏林飞艇乐队[1]的歌，但只要是白人的手在原声吉他上弹奏出布鲁斯的效果，哪一首不像他们的歌呢？虽说是一个和自己

1 齐柏林飞艇乐队（Led Zeppelin）是1968年在英国伦敦成立的一支摇滚乐队。

女儿上床的混蛋，但这个室友算是个不错的音乐家。其他人都在放风场里。道格平时不去放风场。如果你想听原因的话，我可以告诉你：监狱的放风场不是警察能待的地方，即便是敏感需求场院也不行——除非是“粉扑垒球比赛日”，道格会冒险前去观看。

道格正在喂他的宠物蜥蜴时，他的室友回来了。最近他发现，静电粘片——从沃肯霍斯特供货目录订购——可以作为网格，用来覆盖装蜥蜴的纸板饲养箱顶部。这个饲养箱是由耐克鞋盒制成的。道格只穿白色运动鞋，洗得像在医院里消过毒那样干净，每天他都要用“64号囚室”牌洗涤剂刷上好几遍，而且他有好几双这样的鞋，多亏局里各色人等为了封住他的嘴，给了他不少钱。他给蜥蜴喂的是从罐子里插种的枝条上摘下来的小片叶子。只要囚室干净整洁，不散发任何奇怪的臭味，他就能享受一点养殖动植物的乐趣。他看着蜥蜴，而蜥蜴盯着他那只向它递送叶子的大手，然后它——

不知什么东西让他瞬间失去了意识。

他倒在地上，但马上清醒过来。嚯，是他室友。他在道格的后脑勺上砸了一下。道格搞不清楚他是用什么砸的，总之是个大家伙。

道格感到窒息，现在，他被一个自制绞刑具扼住喉咙。

还有其他类型的绞刑具吗？

即使在关键时刻，大脑也会走神。人们总说这个词，“自制绞刑具”。道格伸手去摸——它很结实，材料是——

他无法呼吸了！

是牙线吗？或者吉他弦？

他像动物一样对生存充满渴望，急切地嘟哝着什么。道格试着——

他没有办法——

18

在洛杉矶，我感觉自己终于摆脱了库尔特·肯尼迪。尽管有几次，我猛然看到某个与他有着同样令人反感的身体特征的男人时，都不由得愣怔了好一会儿。他们和他一样，小腿紧实、皮肤泛红、头顶光秃、头骨凹陷。还有一次，我误以为自己听到了他那粗哑的嗓音。但洛杉矶对我来说是一个“全新的星球”，这里的日落是奶昔色的，一月的温度就能穿凉鞋。四处是身形庞大的极乐鸟，超市里摆着一排排油光水亮的热带农产品。我开始放松身心，从旧金山那种令人窒息的熟悉感中解脱出来。

事实上，我和杰克逊搬到洛杉矶，不仅是为了远离库尔特·肯尼迪，也是为了找吉米·达林。他在瓦伦西亚谋得一份教职，去那里我就能和他在一起。他从一个那时正在日本的古怪老画家手里租得一片牧场。牧场上的大部分建筑都在一次森林大火中烧毁了，所以这位老画家曾住在一辆清风牌[1]拖车里。为了保持凉爽，他在上面搭了一个爬满藤蔓的木架子。杰克逊很喜欢那里，因为那种生活就像露营一样。在离拖车不远的地方，有一间奶绿色的安迪冈普牌移动厕所，厕所门永远是大开的。我会上那儿去，和吉米一起躺在树荫下的吊床上，啃着沿土地边界生长的紫色仙人果。已过育龄的阿拉伯母马在一大片湿漉漉的牧场上吃草，我们让杰克逊给它们喂苹果和野草。我们会在那里过夜，但第二天早上，我总是第一时间离开，然后长途驱车回到我借住的地方，回到我所谓的“现实世界”。我不想和吉米住在一起。他不是那种让你想搬去同居、一起生活的人。他做他的事，我做我的事，每隔几天我们会见一次面，一同找点乐子，一切都很轻快。我们围着牧场散步。他还会和杰克逊一起削木头，挠那只大腹便便的山羊的脖子——它是老画家的好伙伴。隔壁被烧毁的屋外有个废弃的游泳池，每到下雨的时候，它总被青蛙占领。青蛙的叫声让杰克逊很开心。我让杰克逊躺在拖车里的一块垫子上，哄他睡觉。在这之后，我会和吉米·达林躲在篷布下的野餐桌旁喝龙舌兰酒，然后在拖车里仅有的一张床上醉醺醺而又心满意足地做爱。床和拖车都太小了，本身就不是为了容纳两个人而设计的。

吉米说，曾经住在这里的那位画家当时正在逃避各种女

1 清风牌（Airstream）是一个美国的旅行拖车品牌，其造型独特，通常像一辆圆形的抛光铝制马车。

人的控制。这个移动厕所传达的信息就是，女人不应该在这里过得太舒服。床倒是一张双人床。我和杰克逊只会在周末去那里。杰克逊在上幼儿园，所以周中去是不现实的。这样的安排对我来说还不错，但有时，当我把杰克逊放上车后座，驱车前往洛杉矶市中心时，我会感觉自己正陷入一种过于轻快而庞大的孤独之中。吉米就不同了，他可能只是走入老画家的工作室，开始修建和制作，因为他是一个修建者和制造者，很少有破坏和毁灭的欲望。我开车经过伯班克那座丑陋的发电厂，看到蒸汽从反应堆口滚滚涌出时，我心里想，我不愿意承认但又必须正视的事实是，吉米·达林心无挂碍，在这个世界上拥有一席之地，算是个人物。而我对自己的感受则全然相反。

这种感觉似乎并不是我能修正或改进的。单是把我和吉米放在一起做比较，就会让我陷入一种消极的宽慰。但如果和一个比我境况更糟的人约会，我不会感到安慰。就在我搬到洛杉矶之后，我遇到了一个来自旧金山的家伙，他是一个吉他手，和我认识的一个女孩在约会，他加入了一个大家都认为很酷的乐队。他给我讲了十五个恐怖故事，主题包括他海洛因毒瘾复发，他的室友吸毒过量——他的兄弟也一样。还有一个叫“面条”的女孩曾试图将他室友的死归罪于他，正是他错误地提供了毒品。他最后是如何振作起来的，还有他逃离了旧金山是多么高兴，我们应该一起出去玩，等等。我认识他之后，不记得是什么时候，他在手臂上文了一个文身，是几张怪物的脸。它们看起来像能避开负能量的石像鬼，然而真正散发负能量的人正是他自己，我想尽快摆脱他。

我转租的公寓靠近回声公园湖，就在市中心一条弯曲的街道上，街道两边是摇摇欲坠的维多利亚式建筑。那是我在旧金山认识的一个女孩的房子，她是一个脱衣舞娘，离家去了阿拉斯加，在绅士俱乐部工作。很多女孩会去阿拉斯加赚钱，但她们从来不会带很多钱回家。在俱乐部是能赚很多钱，但生活十分单调乏味，所以每个人都在酗酒，而酒水很贵，那里所有的东西都很贵。女孩们从那里回来，空有一身阿拉斯加的经历和体验，却没有剩下一分钱。这个女孩之所以有一间不错的公寓，是因为她在圣费尔南多山谷的俱乐部里赚了很多钱。这些俱乐部都小有名气，而且，我发现，它们的名气经得起推敲。我之所以会发现这一点，是因为在经历了艰难的起步阶段之后，好莱坞的俱乐部会变成游客们的避难所，进场的都是些呆头呆脑的情侣，只知道傻愣愣地盯着看，根本不打算花钱请人跳支大腿舞。没有什么比忍受同龄人的嘲笑更糟糕的了。只与了解规则并遵守规则的客户打交道总是更好些。那些来找乐子的人，假想着这里有浑身水钻并且穿淡黄色细高跟鞋的女孩，而且相信她们真的很享受让中年男人把脸埋进自己的胸部。如果有人认为女孩选择水钻和细高跟鞋是因为她们得穿这些，而不是因为她们假装真有这种类型的女孩存在，那么这样的人

就是我们想要的顾客。一旦我找到合适的工作地点，我就会大捞一笔。但就具体数字而言，请记住，每一位接受小费的服务人员，无论是酒保、服务员还是脱衣舞娘，都会夸大自己的收入。这似乎是人类的天性。人们不会直接撒谎。假如有一天，他们度过了有史以来最好的一天，在某次当班时赚到了最多的钱，那么他们告诉你这是他们的平均水平。每个人都这样做。所以，我可以告诉你们我在硅谷的某个星期五晚上赚了多少钱，说得就像这是一次很普通的轮班，但我提到的却是我自己有史以来挣得最多的一个星期五，并不是普通的一天。我刚来时，大多是午餐时间的排班，拿不到多少钱。男人们之所以光顾，只是为了敞开肚皮吃一顿中餐自助，而不是来寻欢作乐。我坐在剧场的后排，百无聊赖，尽量不去闻酸甜的猪肉味道，耳朵里在听大卫·李·罗斯说，你所要做的就是跳起来。“为了拍这段视频，他自己设计了服装。”另一个脱衣舞娘对我说这句话不下六次，这似乎是她手头上掌握或了解的唯一事实。

杰克逊的学校离我租下的公寓只有一个街区，所以我早晨可以走路送他去。我的新邻居是个大家庭，家里的四个孩子都和杰克逊在同一所学校上学。我工作的时候，他们会接走杰克逊并帮我照看他。很快，他就从杰克逊变成了“圭罗[1]”，他们都这么喊他。大家庭里的祖母来自墨西哥，她会把家里所有的衣服都熨烫一遍，袜子和内衣也不放过。他们很有爱心，可能

---

1 圭罗（Güero），西班牙语。

不太清楚我是做什么的，但在孩子面前不需要评判什么，也不需要明白什么。

我没有看到任何厄运临头的迹象。至少我远离了库尔特·肯尼迪，而且杰克逊似乎过得很快乐。

不过，我亲眼见到了厄运。它就在我身边。但当时，我以为别人的坏运气能让我再次确认自己过得还不错。

就以那个水管工为例。把房子租给我的女孩有个熟识的水管工，他经常过来。他来自危地马拉，非常友好。但是有点太友好了，给我定了不少计划。如果你的水管工为你制定很多社交计划，你会觉得不错吗？好像只是因为他和那个女孩曾经关系不错，所以他也对我也有同样的期待。我想开始新的生活，但这个水管工不停地给我打电话，跟我说他想找一个星期六带我去家得宝[1]，这样我就可以挑选自己心仪的水槽。但这应该找房东来花钱安装，所以我跟他说我不在乎，随便带一个过来就好，我只是一个租客而已，维克托（水管工的名字），这没什么大不了的。好像是出于对我和我真正想要的东西的考虑（无论什么时候有人那样做，你都要小心），维克托说，不，不，我们一起去。我带你去，真的，没问题。

1 家得宝（Home Depot），是美国的一家家居建材用品零售商。

然而这对我来说是个问题，因为我不想和维克托一起过周六。他在约定的那天出现了，穿着一件有亮片图案的衬衫，古龙香水的味道浓烈刺鼻。他身上喷了太多的古龙香水，好像是掉入了某个香水泉的源头。我把杰克逊送到马丁内斯一家，那位老祖母——杰克逊已经开始用西班牙语“Abuela”叫她祖母了——看着维克托，点了点头，好像明白了一切。

维克托和我一起去买水槽。对我来说，这纯属浪费时间，因为我不想待在他的面包车里。我不想受制于他的快乐，况且他的快乐似乎毫无来由，只是覆盖在虚空之上的一层浅薄的欢娱。我想念杰克逊，我想念吉米。我想要一种我从未有过的生活。但我也不准备承认这一点。我想摆脱维克托，这样我就可以在门廊上喝啤酒，听冰激凌车响着怪诞又愚蠢的叮当声，杰克逊和邻居的孩子们都在排队等着，他们等来的怕是Ⅱ型糖尿病吧？在洛杉矶当一个陌生人挺好的。然而在洛杉矶，一个陌生人和另一个穿着花哨衬衫的陌生人在待一起却糟糕透顶。如果这位维克托过得很不错，那他干吗要浪费一个周六，盲目地无视一个对他毫无兴趣的女人对他表示不欢迎的直率暗示呢？我感到绝望，但和维克托的绝望不是同一种类型。

把水槽运到我的公寓之后，他说想带我去日落大道的一家墨西哥餐馆喝燃烧的玛格丽特鸡尾酒。我告诉他说那些酒让我头疼，因为他们用丁烷来制造燃烧效果，虽然这说法不一定是真的。他又说，那我们可以喝白葡萄酒，觉得我是那种上等的白葡萄酒爱好者。我是个善良的人，所以我撒了个谎，说我必须上班，尽管我实际上整个周末都不用工作；我本打算坐在这个去了阿拉斯加的女孩的床边，手托着下巴，一边听着冰激凌车的声音，一边花大把的时间思考。我想要大脑空空地坐下，之后可能满脑子都是有关如何才能像成年人一样生活的想法。我忙着思考这些东西，因为这对我很重要。没有人打扰我，没有人看着我，没有人骚扰我，没有人打电话给我，没有人跟踪我，也没有人偷偷靠近我。讨厌的肯尼迪已经让我过了好几个月那样的生活，现在我自由了，不想让这个维克托再让我的生活蒙上阴影。

听完我必须上班的谎言，维克托还想在我下班后带我去跳萨尔萨舞。我拒绝了，经过几番提议和推脱，我终于摆脱了他。

一个星期后，维克托给我打了个电话，说："罗米，你没事吧？"

"我很好。"我说。我有没有出事跟他有什么关系么？

"我做了个噩梦，梦里有你。"

每当有人梦到你时，这个梦告诉你的是和他们自己有关的事，跟你并不相干。这是他们自己的私人幻想生活，他们通过宣布自己梦见了谁而把它泄露出去。但是维克托很迷信，因为做了这个梦，他觉得他应该为我担心。

打完那个电话后不久，维克托就死于一场车祸，当时他开的正是那辆载我去家得宝买水槽的面包车。

他的确做了一个噩梦，但梦的主角搞错了人。

维克托死后不久，有个邻居康拉德因为吸毒过量也死了，他还很年轻。我知道康拉德是个瘾君子，他有时会当维克托的助手来帮他干活，但那对维克托来说可以说是在做慈善了。每天，康拉德的姐姐都会来到我们这条街上，站在我家对面那幢破烂的房子前面。康拉德和他那幽灵般的母亲就住在里面。每天早晨，这位姐姐都会大声叫喊着弟弟的名字，左邻右舍全都听得一清二楚。

康拉德的母亲克莱门丝在我刚搬进来的时候敲过我的门，告诉我不要订比萨。我看着她，她说："送外卖的小伙子拿的那些黑胶盒子，你知道吧？就是那种比萨加热盒？它们会带来厄运。一旦看到那些比萨加热盒，你就离灾祸不远了。"

向我发出关于比萨盒的警告后，她开始谈论J. 埃德加·胡佛[1]和吉米·亨德里克斯[2]，以及其他所有从这个社区路过并且与她家有联系的"知名人士"。她对这些与自己有着千丝万缕关系的重量级人物含糊其词，言语间充满不祥的预感。知道了，夫人。我找了个借口，走回屋里。我很少见到她，也很少见到康拉德，但我每天都听到康拉德的姐姐叫他的名字。她每天都站在人行道上大呼小叫。后来有一天，她终于不再这样做了，

1 J. 埃德加·胡佛（J. Edgar Hoover，1895—1972），美国联邦调查局第一任局长。

2 吉米·亨德里克斯（Jimi Hendrix，1942—1970），美国吉他手、歌手、作曲人。

据说是因为康拉德在前一天晚上去世了。再也没有人呼喊康拉德的名字。当我看到一个送外卖的男孩从车里出来，手里拿着一个巨大的黑色比萨加热盒的时候，我着实感到浑身一激灵。但我并没有料到的是，整条街都被诅咒了。

康拉德和维克托相继去世后不久，一天，我待在家里，什么也没做一直忙到下午三点，就到时间去接杰克逊了。这时，我听到邻居在不停地尖叫，好像在喊谁的名字。过了一会儿我才意识到他大喊的词是我的名字。我出门，想看看他想干什么。他站在人行道上，手上缠着一条毛巾，毛巾已经湿透了，满地是血。

"你得送我去医院。"他说。

我刚搬来的时候，这家邻居试着对我友好以待，但我却和他们保持着一定的距离。他们的外表让人很难直视，剃光的眉毛，蜡黄的皮肤，染黑的头发，涂黑的指甲，还开着一辆老式的黑色灵车。维克多在他们家做过一些通水管的工作，他说他们在厨房里放了一个婴儿棺材，用来装罐头食品。他们刚刚买下了一栋四层楼，为了提高租金，正在有计划地驱赶租户。他们是哥特式的恶房东。有两个房客已经搬走了，但第三间房子里的一家人却没有搬走。那家房客无处可去。那家人的丈夫患有糖尿病，刚刚截肢。他拄着拐杖，却坚持要自己开车去医院，于是他的腿感染了病毒，因此不得不在更高的地方继续截肢，就在膝盖的位置。他的妻子就打扫房子为生，患有哮喘，由于雇主强迫她使用有毒的清洁产品而失去了嗅觉。他们是来自墨西哥的非法移民，很穷，有三个孩子。我之所以知道这一切，是因为就在那个哥特邻居用沾满血迹的毛巾捂住手尖叫我名字的前几天，他正设法驱逐的那个女人问我能不能和我说说话。我让她进了屋。她坐在我的沙发上哭了起来，给我讲了她的家庭和他们的处境。她说房东因为她和她的丈夫酗酒而打算驱逐他们。“我们是基督复临安息日会的信徒，”女人说，“我们不喝酒。”我为这个女人感到非常难过，于是我查到了一个租户权益组织，帮她预约了和一个时间与维权人士谈话。她走的时候向我道了谢，但我并没有感觉好受一点。她丈夫缺了一条腿，她不得不住在这些房东的楼下，她说过，他们晚上会发出一些一听就不够虔诚的声音。

哥特房东之所以会喊我的名字，是因为他在街上看到了我的车。他需要帮助，而他知道我在家。他被自己的台锯锯掉了三根手指，其中包括一根拇指。断指被他装在了一个垃圾袋里。我开车送他去好莱坞的凯泽医院，那里是医疗保健领域的“汉堡王”，我一路按着喇叭，穿过日落大道的一个又一个十字路口，而那个家伙在我车座上不停地淌血，实在让我心疼，因为那是一辆不错的车——我的黑斑羚。我一直和他待在急诊室里，直到他女朋友下班赶到那里。他们脱掉他的上衣，并往他的静脉注射了止痛药。我被迫看到了他的文身，一个和他的胸脯一样大的上下颠倒的十字架。

“我文这个图案是为了气我弟弟，”他说，嗓音因为止痛药而变得低沉，“他是个牧师。”

你确实把他气坏了，我心想，但没说出口。

维克托死了，康拉德也死了。那个哥特房东的手只剩了半只，已经被截肢，而他的房客前景惨淡，马上要被逐出住处，流落街头。

虽然我的邻居和他的台锯之间发生的事更像是因果报应，但厄运确实将我团团包围。但也许最糟糕的预兆是遇到那个老兵，他身着一袭黑衣，活像一只鹩哥。他就像一个人形的影子，拦在我的前路中央。

我把车开到一家汽车商店去给散热器更换连杆。我去的那家汽车商店在格伦代尔郊外，乘公共汽车回家很方便。我要坐的公共汽车是92路。这个男人向我走来的时候，我正在等车。他脖子上文着竖写的越南语，头上戴着黑色的毡帽，身上套着黑色的衣服，脚穿一双黑鞋子，没穿袜子，鼻梁上架着一副小小的太阳镜，有一种病态的时髦感。“我是战俘。”他对我说，并向我展示了他那自己用墨水文身的手，上面写着：POW（战俘）。

世界上存在两个时间平面：一个是等待公交车的时间平面，另一个是公交车最终出现在视野中的时间平面。而我进入了那个错误的时间平面，和一个疯子困在一起。一辆辆汽车加速开上山，绵软的热量和废气冲击着我裸露的双腿。

“他们把我的龟头割了下来。”战俘说。

“别跟我讲这个。”

“我很抱歉。”他说，“嘿，你能给我点什么吗？”

我递给他一美元，因为公共汽车仍然没有要来的迹象，而我十分想让他离开。他拿过一美元，打开钱包，但是在把钞票放进去之前，他把钱包转了个方向，这样我就看不到里面还有没有别的钞票了。这种事一向如此。如果疯子真的会露馅的话，也是在最后一刻。

公共汽车来了。我坐在后排座位上。我童年的幽灵就住在公共汽车的后座。他伸着下巴对我说，嘿，你过得怎样？“战俘”坐在前排的残疾人座位上，开启了一番新的对话，骚扰另一个人。他在格伦代尔后面更远的阿科下了车，那里是海洛因交易场所。我伸长脖子望着窗外，看他是不是在买毒品。但是谁给了我这个该死的权利去注意他到底做了什么，去了哪里？仅凭一美元就能买下一个人？怎么可能。

在大胡子吉米恶作剧式的帮助下，库尔特·肯尼迪一路骑着摩托车来到了洛杉矶。他把摩托车停在两辆汽车之间，在我的门廊里等我。他藏在一丛茂密的九重葛后面，这样，我从街上根本看不见他。

那是一个星期天，早晨我起床的时候气温是32摄氏度。

杰克逊跟着我和吉米·达林一起去了海滩。我之前从来没有去过威尼斯海滨大道，也许带我去那里也是吉米·达林自己想出来的恶作剧。

我们漫步前行，路上看到一些表演吞剑的人，几家文身店，还有穿孔沙龙。桌上摆着菠萝熏香、蓝莓熏香和香瓜油，还有杧果味和草莓味的水烟。伴随着震天响的旷克[1]和老派嘻哈音乐声，嬉皮士们肆无忌惮地舞动着，摇晃着齐腰的胡须和串珠。无家可归的老年人睡在一摊摊尿渍之中。滑板少年们赤裸着上身，把自己涂得黝黑，汗流浃背地在人群和一摊摊不雅的呕吐物中穿梭。人们推推搡搡。有孩子在哭泣。

“这太糟糕了。”我说。

吉米·达林搂着我说，他喜欢把这里看作加州最好的地方。我们走路去了滑板公园，因为杰克逊想看少年们在混凝土池子里滑滑板。当我们到达那里时，两个滑板手之间起了争执。一个人用木板砸了另一个人的头。不知从哪儿冒出来许多人，突然之间，就变成一群人赤膊上阵，开始打架。

吉米抱起杰克逊就跑。我跟在他们身后。后来我们找到了自己的车，坐了进去。我惊魂未定，耳边仿佛还回荡着滑板砸在头骨上的那声脆响。吉米安抚着我，让我平静下来。我们带杰克逊去了一家远离海滩的酒吧，吃了汉堡，看了一场道奇队的比赛。比赛结束后，当我们道别时，我感觉我有了一个可以

1　旷克（Crunk），美国南部的一种嘻哈与电子结合的舞曲风格派对。

依靠的人。我们摇下吉米的卡车窗户亲吻，然后我开车离去，跟他说了再见。

我开回了家。杰克逊在后座睡得很沉。我把车停在街上的时间大概是晚上九点。我知道当时是晚上九点，因为后来，每一分钟我都解释了无数遍。

我爬上楼梯，肩上扛着我那瘫软如泥的小男孩。

在我的门廊的那把椅子上，库尔特·肯尼迪稳坐如钟。就是他，凹陷又光秃的脑袋，方形的雀斑，双下巴，沙哑的声线，纠缠不休，他就这样出现在这里。

搬家之后，我几个月来好不容易第一次感觉自己摆脱了他，重获自由。然而这一天回到家，我竟然发现他在等我。

看来我也没有逃脱厄运。

19

坎迪·潘纳用戈登·豪泽带给她的纱线做了婴儿毯。这些毯子由一名监区警官负责收集并放在收发室。每当戈登经过办公室的时候，他都会看到它们被装入一个巨大的落叶袋[1]里，隐约能看到他挑选的纱线露出的颜色——鲜艳而悲伤。一天，他向收发室的警官问起这些毛毯的情况。这位军官是个有烫伤疤的金发女人，扎着一根紧绷绷的马尾辫。她哼了一声。“这些吗？没人想要。我总是忘记告诉搬运工把它们扔到垃圾堆。”

这位警官还负责家庭探视，在她的监督下，犯人可以在监狱版的公寓里与血亲待上三十六小时。

血亲。这个词听起来很暴力，也许是戈登自己失去了合理判断，一切都被他周围的人和事扭曲了。

看着他们说再见会不会很难过？在自己感受之前，戈登向

1 落叶袋（leaf bag），园丁常用于收集落叶的一种大袋子。

收发室的警官抛出过这个问题。路过家庭探视监区时，他曾目睹年幼的孩子抱着母亲哭得撕心裂肺。还有人在家庭探视监区外的人行道上画了一个用来玩跳房子的淡紫色格子图。

“你会逐渐麻木，”警官说，她皱着眉头，似乎在展示——这就是麻木，“尤其是当你知道这是身为人母的女人们自己的过错时。”

要是把婴儿毯扔进垃圾箱，反倒是好事。而事实上，一名监区警察把它们重新分发给了当初制作它们的死刑犯。当戈登再次回到那里时，坎迪·潘纳已经把她的两条婴儿毛毯缝成了一件大坎肩，那是一种用柔软的、透明的蓝色和黄色纱线织成的斗篷状的坎肩。她把它高高举起，说：“希望你穿上能合身吧。”

“曾经编织”是“编织”的过去式[1]。没有人想要坎迪·潘纳“曾经编织”的东西，甚至戈登也不想要，他把坎肩放进一个纸袋里，塞在汽车后备厢深处，试图忘掉这件事。

一天晚上，他在巴雷西喝威士忌，脑子里想的全是在伯克利时与西蒙娜在一起的旧时光。最近，她打过电话给他，留了言，想知道他是不是已经把冰箱插头插上了。这是他们约会时

1 编织（knit）一词的过去和现在式拼写相同。

她开的一个玩笑，意思是说他是个半成品，还没有准备好，但最终会走向有着插电冰箱的生活。这是把他缺乏居家本能与他拒绝她等同起来的一种说法，这使他比她所想的更加内疚，因为这种说法并不完全正确。让他有所保留的是西蒙娜本人，而不是他对单身生活的眷恋。他没有回电话，为什么不打回去呢？现在他又醉又孤单，想不通到底是因为什么。年轻酒保的假胸紧紧地挤压着衬衫的扣子，她笑容灿烂，不停地问那些聚在一起但各喝各的人是否还需要什么，来这里的都是男人。“大家伙儿不需要再点啥别的东西吗？”她问话的口气就好像这里是阿巴拉契亚，而不是中央谷地。

在她头顶上方的电视里，正在播放一段手持摄像机拍摄的什叶派民兵占领城市的视频，戴着白色面罩的男人和男孩骑着摩托车从镜头前疾驰而过，身后是大肆燃烧的残垣断壁。有人叫酒保转台播放一场小型棒球赛。戈登一回家就会阅览有关民兵的新闻。这是一场私人战争，而战争双方是每个人和自己的电脑。戈登可能选择了一种更简朴的生活，拒绝使用拨号上网，但是之前的租户已经安装了网线。房东说他是个幸运儿，因为山上有许多地方都无法获取网络服务。

我要给西蒙娜寄一张明信片，他想。要用拐弯抹角的语气，不能让她知道，在他想象的场景中，他希望自己能让她像山上的那只美洲狮一样叫出声来。想象中的西蒙娜来到他在树林里的小屋，看到肮脏的地板上摞着一堆又一堆的书，看到厨房的流理台上放着威士忌酒瓶。这个女人在这里目睹他孤苦的生活，鉴赏他对山谷美景后天培养出的品位——对不懂的人来说，这片山谷并不美丽，不过是一片有机械作业痕迹且平淡无奇的蛮荒之地，笼罩着奇怪的柠檬黄光晕，空气中飘浮着厚厚的地表尘土，还有农场设备和炼油厂散发的其他污染物。这是一个人造的人间地狱，但又是一座真实的山谷，两边都是绵延的山脉。这是按比例缩小的农业产业化模型。很难想象它在被耕种之前是什么样子，更难想象人们用传统的方式耕种它的样子。机器以同步的频率猛烈地摇动着杏树。每一次机械震动之后，都会有果实掉到地上。其他机器把没有脱壳的杏仁扫到犁沟里，还有一些自动装置则会把杏仁通过溜槽吸进漏斗里。每年都有一次这样的场景——九月的收获，一切都发生得非常快。大部分时候，偌大的杏树园里空无一人，一片寂静。

他付了账，走到隔壁的加油站。加油站是镇上主要的酒水销售点，门口排着长队，男人和男孩们在刺眼的灯光下眯着眼睛等着买麦芽酒和“疯狗”啤酒。戈登从冰柜里取出一小瓶“巴黎水”[1]，准备在上山的路上喝，碳酸可以帮助他在开车时保持警觉。他把瓶子放在柜台上的时候，排在他后面的那个孩子盯着戈登拿出的饮料。“那是什么？”他问道。那只绿色的梨形玻璃瓶突然显得清新而富有异国情调。戈登明白这孩子把它误认为是酒精饮料了。“呃，这是一种法国的白水。”

“法国的白水。”孩子发出啧啧的声音，“我还以为是新出

---

1 巴黎水（Perrier），产自法国南部的一种纯天然气泡矿泉水。

的一种酒。”

“加油站不卖明信片。去‘美元树’看看。”收银员建议。有关斯坦维尔的明信片他一张都没找到。显然，这不是一个让人想要纪念的地方，如果他想和西蒙娜联系，他只能像正常人一样给她发一封电子邮件。

那年圣诞节，他休了一周的假，开车到伯克利，去亚历克斯的沙发上过夜。

“你的独居生活过得怎么样？”亚历克斯问道。

戈登没有联系西蒙娜。他和亚历克斯开始了怀旧之旅：二手书店，公寓楼里的爱尔兰自助餐厅，电报大街上那些满是漂亮女人的咖啡馆，她们努力让自己看起来怡然自得。在他们上大学的时候，沙塔克大街的烧烤店和隔壁的布鲁斯俱乐部可能需要立个牌子，标明那是“世界上烟味最浓的酒馆”，但现在酒吧里没有人吸烟了，那是违法的。亚历克斯和戈登讨论了战争。他俩都痴迷同样的网站，在“知情评论”上看分析文章，在“战争伤亡”上看阵亡人数。他们为同样的事情感到好笑，为同样的事情感到令人发指。这一切都可以说令人发指，但也夹杂着一些好笑的部分。比如布什谈论被中央情报局任命为伊拉克总理的“马利基先生”的方式——“我在试着帮助那个人！”布什在一次失败的新闻发布会上绝望地说道。

试着帮助那个人！亚历克斯一直重复这句话。

圣诞节刚过，伊拉克新政府就绞死了萨达姆·侯赛因。戈登和亚历克斯在网上看到了这条新闻。

“他很有尊严，”亚历克斯说，“他死的时候受到了诘问，但我觉得他算是抗辩到底了。”

戈登一个人过桥去了旧金山，在市中心的一家越南餐馆吃饭，他的学生罗米·霍尔曾跟他提过这家餐馆，但她并没有向他推荐这家，只是把它列为让她想念的地方。她说，厨师有个有趣的习惯。用完烹饪钳之后，他会敲两下，然后用它拽一拽自己的上衣。因此，他的罩衫上被拽过的位置有一块很大的油渍。而他的父亲坐在楼上，一边抽烟一边切肉，厕所也在楼上。戈登去吃饭的时候，那个厨师还在那里。他把烹饪钳敲了两下，拉了上衣。而他的父亲在楼上，不停地抽烟，切着一大堆肉。

新年那天，他和亚历克斯去奥克兰参加了一个派对，和通常的情况一样，不过就是一群人挤在厨房里，互相询问一些毫无意义的问题，比如你是做什么的？你来自哪里？女人们对戈登格外关注，据亚历克斯说，她们已经和派对上的其他单身汉搭上了关系，只是想知道戈登到底出了什么毛病。她们中的一些人以前是从英语、修辞学或比较文学专业转到精神分析学的研究生。不只是研究，而是已经挂牌营业了。亚历克斯说，戈登被贴上了“男性歇斯底里征”的标签，主要的意思就是，那个轻率地给他下论断的女人想和他上床，结果却发现他太狡猾，太像个小男孩，不适合真正的恋爱关系。

戈登被问了好几次他的工作，当他犹豫地说出口时，厨房里的女人们像蝗虫一样扑过来。

“真的吗？在一所监狱里啊。那一定很不容易。”

“说到狱警，我无法直视那些人。他们甚至不会穿自己的衣服。像是警察，但还不如。真是糟透了。”

女人们对那些当狱警的人渣议论纷纷。他没有勇气，也许是没有意志力，去问这些女人是否认识任何一位真正的狱警。他凭什么要替狱警说话？他自己也恨他们。但如果一个人走出了自己的幻想去客观地看一看，会发现监狱的警卫也都是些可怜人，他们别无选择。其中就有一个人刚刚在萨利纳斯山谷的一座警戒塔上被炸掉了脑袋。他本可以告诉他们这些，在派对上纠正这些女人，和她们争论。但这不是明摆着的吗？甚至连自己的衣服都不能穿。这种互动让他回到了在研究生院才能感受到焦虑的状态，在那里，他的同龄人可以用同样的方式随意地评判他们其实毫不了解的人。

作为家族中第一个，也是唯一一个接受了所谓“高等教育”的人，戈登很容易过度敏感。他在研究生院遇到过一些人，他们急切地想表明自己是工人阶级出身，他们的父母中可能有一位教育程度较低，或者家里曾经“很穷”，但接受过大学教育。无论如何，如果有人大声说出自己的真实出身，戈登通常会认为这证明他们实际上不是工人阶级。如果他们是戈登这样的背景，就会知道应该隐藏自己的身份，就像戈登所做的那样，因为他的“先驱地位”本身就证明了他多难摆脱自己的出身。

聚会上来了一些他认识的人，是系里的一些朋友，现在已经是博士后，谈论着即将到来的工作面试、学术著作合同的细节，好像这些都是有趣的话题。女人们用手在空其中比划着双引号，研究生常干这种事，目的是为了让他们和自己选择的词语保持距离，这些书生气十足的女人的表现让他感到别扭，然而放在以前，他会觉得挺可爱的。戈登不想和这些人谈论他的生活。他只是喝着酒，暂时缓解这种让他感觉格格不入的气氛。

他和亚历克斯在宿醉后醒来。

至少在和亚历克斯在一起的时候，戈登还能跟他讲讲斯坦维尔的生活。他一直在介绍他的学生的情况，给亚历克斯造成的印象是：罗米·霍尔是他帮助的学生之一，或者说他试图帮助的学生之一，和其他学生没什么区别。但他自己心里清楚，情况并非如此。

亚历克斯开始询问他与囚犯的关系。亚历克斯问到了诺曼·梅勒和杰克·亨利·阿博特，说他想知道梅勒是否对他的"小宠物计划"杰克·亨利·阿博特出狱后发生的事情负责。

"他才不是什么'宠物计划'。"戈登说。

"好好好，"亚历克斯说，"他不是，他是一个人，但是诺曼·梅勒明白吗？"

戈登第一天回到监狱上班，监狱长就因为大雾而把监狱

封锁了。可那根本不是真正的雾，只是由于监狱周围的杏仁地被喷洒上了一层农作物除尘剂产生的薄雾。封锁监狱意味着每个人都被关在囚室里不得外出。工作交接所停工，课堂停课，活动暂停。戈登和监狱机构里的其他人一样，虽然什么都没做，但也并不会被扣工资。不过这他感到一丝遗憾，因为这样就不能见到她了，也没办法告诉她他去了第六大街的那家越南餐馆。

他回到家，一股冲动驱使着他行动起来，给她之前留的号码打了个电话。杰克逊·霍尔是这个孩子的名字，写在一张粉红色的纸上。我只是问问。她甚至不需要知道我打了这个电话。接电话的人告诉他该打给另一个号码。新号码打通后，被搁置了很长时间，然后转到了某个人的语音信箱。几天后，有人给他回了电话并留了言，但那时戈登正在上班。第二天早上，他回拨了这个号码，转接到一个语音信箱，又留了一次言。这种情况持续了几个星期，因为戈登总是不在家，他在山谷里工作，住处却在山腰上。

最后，旧金山家庭和儿童服务中心的一名工作人员接了电话，总算让他可以和一个人类交谈了，也正是这次谈话让他终于了解到，不参与其中才是正确的选择。

20

几年前，几个混蛋在斯坦普尔山道对面建了一座度假屋，那是一群迷恋摩托车和雪地车的疯子。夏天和冬天的大多数周末，他们都会在我的小屋附近的道路上嗡嗡地上下飞驰。去年夏天，他们闹得更狠了，有时会把周末拉长到三天。这简直让人无法忍受。我的心脏变得不好了。任何情绪上的压力，尤其是愤怒，都会使心跳不规律。之所以会这样，是因为持续的循环噪声让我被自己的怒火窒息，心怦怦狂跳。不过，在离家这么近的地方犯罪是有风险的，但我觉得要是不抓住这些家伙，我会被活活气死。于是，在秋天的一个晚上，我偷溜到他们家，偷走了他们的电锯，埋在沼泽里。

几周后，我闯进了他们的房子，彻底把里面砸得粉碎。那真是个奢侈的地方。他们还在那里装了一个活动板房。我也闯进去看了，发现里面停着一辆银色的摩托车。我用斧子把它砸烂了。还有四辆雪地车停在外面，我把它们的引擎都敲坏了。

大约一个星期后，警察来到这里，问我有没有看到有人在任何房屋周围鬼混，还问我对摩托车有没有什么意见。有那么一个瞬间，他们猜中了真相。但也许他们并没有真的怀疑我。否则，他们的提问也不会如此敷衍了事。

在回答警察的问话时，我镇定自若。我对自己的表现十分满意。

21

一个男人永远都不希望自己醒来时面对的是这样的场景：戴着手铐躺在病床上。但这就是道格醒来时的状态——他被铐在床上。一名医生走了进来。不是监狱医务人员的助手，而是真正的医生。他甚至套着一件白色的外衣。医生俯下身来。

“你醒了，”他说，“能听到我说话吗？”

道格点了点头。

“你知道你是怎么到这儿来的吗？”

道格摇摇头。他对此一无所知。

“好吧，没关系。让我们问一些基本的问题。知道现在是哪一年吗？”

“是……”

道格不知道现在是哪一年，但是他灵光一现，突然知道自己该如何回答这个愚蠢的问题。

“现在是去年的下一年。”

医生皱了皱眉头："知道你在哪里吗？"

道格看了看四周。什么也没有，只有一辆金属推车，上面放着一些纸杯，里面装着药丸。一名武装警卫坐在椅子上。房间没有窗户，墙上什么也没挂。他低头看着自己的身体，发现自己穿着一件衣服，充其量只算半件衣服，手上插着一根针，贴着胶带。一根管子从他的手背一直往上延伸，连接到一个金属架子，上面挂着一个袋子，里面有半袋透明的液体。一个人走了进来，看样子像是个护士。这人盯着袋子看了看，以一种近乎鲁莽的力道捏了捏它，然后走出了房间。道格的手腕上挂着手铐，被锁在床的金属栏杆上。他的脚踝也被铐住了。他不知道自己身在何处，只知道自己的头骨好像被混凝土溢洪道一分为二。冰冷的液体从溢洪道中飞溅而出，把他的大脑推开，变成两半。

"想起你在哪了吗？"医生又问。

"想起来了。我就在地心正上方。"

嘿，至少这个答案没毛病。

医生哈哈一笑。"好吧，有趣的家伙，能告诉我你叫什么名字吗？"

"可以的，"道格说，"我知道我叫什么名字。我知道的！"

"恭喜你这该死的家伙。"坐在椅子上的警卫大声地说。

"我的名字是理查德·L. 理查兹。看到这个了吗？"道格瞥了一眼自己的前臂，上面刺着一个硕大的美元标记，下面写着：滚开，老子有钱。这只是一句玩笑话。尽管大家都叫他道格，但他的真名叫里奇[1]，里奇·理查兹。他在好莱坞一家文身店的墙上发现了这句话，顾客可以从这些文身设计中自行选择。道格没有失忆。他知道自己是谁。去你妈的，我是里奇。不知怎么搞的，他只记得头部被痛打了，却不记得到底怎么回事。

他腰上缠着镣铐，实际上是一种击晕镣铐。如果他想从中挣脱，会狠狠地遭到电击。

“我犯了什么事？”他问医生，“我杀人了吗？”

门口的武装警卫笑出声来，并且久久停不下来。“我杀人了吗？”他故意捏着嗓子模仿说。

“你受了创伤性脑损伤，”医生解释说，“差点就死了。你已经昏迷了八个星期，我们一直在等着你的伤口消肿。”

“这个混蛋一直坐在那儿守着我吗？”

“可不止。”那个混蛋说。

医生向道格解释说他正待在洛代的一家医院里。

“妈的，我恨死洛代了。”但是他之前来过洛代吗？他不太确定。

创伤性脑损伤，他们不停地对他说着这个词。医生给了他一本小册子，名为《教你所爱的人认识你的创伤性脑损伤》。

1 在英语里，“里奇”（Rich）是理查德的昵称，和“有钱的”（rich）是同一个单词。

这是医院对外发放的宣传资料，除非迫不得已，这家医院是不给犯人治病的。道格没有“所爱的人”，但他还是读了这本书。他会变得嗜睡，他想象中的爱人应该对他给予充分理解。他可能会经历性格转变，要么更温和，要么更暴躁，要么变得不爱动粗，要么变得更容易大打出手，要么突然天赋异禀，要么突然大脑迟钝，行动迟缓。对于有这类症状的患者，爱他们的人应该对这些变化保持耐心，积极面对康复中的患者产生的困惑和敏感心情，还有他们不时袭来的眩晕、反常的想法和无常的情绪。

躺在那张床上，等着护士进来挤压并且更换输液袋的那些日子里，道格确实冒出了许多奇怪的想法。大部分和乡村音乐明星有关，这些明星就像旋转木马，在他的脑海里回旋。无论男女都很时髦，穿着华丽的服装，在舞台和电视上表演了成千上万次。他们看起来像是一群家族老友，但他不知道是哪个家族，也不知道是谁的家族。他心里涌起了一种重聚的感觉，许多人聚集在舞台上，等待集合成一个全明星阵容。脸上有酒窝的多莉·帕顿，罗伊·阿卡夫，雷·皮洛，“切罗基牛仔”雷·普赖斯，史琪特·戴维斯，费林·哈斯基[1]，所有人还一起合唱了《林中野花》。

画面切换成了“玛莎”牌面粉的广告，演唱者是弗拉特和斯克鲁格斯。

医生说脑损伤会导致这种情况，它让你清楚地看到一段记

1　以上提到的人名都是著名的乡村音乐歌手。

忆，或者听到一段音乐，或者就像道格这种，两者都有。

道格的养父维克是个虐待狂，他很喜欢看《大奥普里秀》[1]，经常在电视上追着看。波特·瓦戈纳是他养父的最爱。波特·瓦戈纳穿着斜纹燕尾的牛仔夹克，展示着他煎锅大小的牛仔皮带扣。他的额头很高，脸是椭圆形的，像一辆有篷马车的帆布开口。那松弛的皱纹深到可以给火腿切片，裤子太贴身，根本不需要系皮带，皮带扣就更没必要了。像波特·瓦戈纳这样的花花公子不光参与了合法的竞技表演，而且竟成了赢家，这很不现实，但这就是文化的一部分。

时间一分一秒地过去了，道格的思想在漫无目的地漂流，白天和黑夜对他来说没什么区别，不过是迷迷糊糊地清醒过来，看到自己被换上一个新的输液袋，和门边的警卫愉快地作对，最后再昏昏沉沉地睡过去。

有一天，他们给他穿上囚服，把他送回新福尔瑟姆，但不是他以前住的楼。道格不得不被送去特护疗养中心，因为他每天要睡二十小时，平衡能力也出了问题，他在尝试走路时摔了个跟头。

他知道那是哪一年，也知道自己身在何处。他不记得自己

1 《大奥普里秀》(*Grand Ole Opry*)，是美国田纳西州纳什维尔市每周举行一次的乡村音乐会。

为什么讨厌洛代，但也许这并不重要。滚吧，我是里奇。一些信息或多或少地回到了记忆中，但他觉得自己变了，或者说被改变了。不仅仅是因为通过一侧的耳朵——或者其他途径——灌满了乡村音乐，旧日的声音和图像充斥了他的大脑。变化最明显的是他整个人的性情。就像有人入侵了他的大脑——不是进入到头骨里的某种生物黏液中，而是影响了真实的他，影响了他的记忆和感觉，改变了存储的图像。就好像有人在他昏迷的时候溜了进去，乱搞一气，篡改里面的东西。他感觉自己和以往不同了，是一种良好的感觉。虽然头痛使他变得虚弱，当他想说一些话的时候也总是说不出来，但他觉得一切都会好起来的。这很奇怪，因为任何事情都并不会变好。他正在服无期徒刑，不得假释。他曾经是个警察，而现在这个严守的秘密已经泄露了。每个人都知道，要不然他的狱友也不会想要杀他。前方的大门已向道格开启，他的未来糟糕透顶。他将被转移到一个全面保护性监禁的监狱。到了那里，如果他的身份再次被揭穿，如果人们发现了他的背景，就再也没有别的地方可以转移了。道格很可能会死得很惨。然而，他现在做每件事情都要花上一小时，不慌不忙。他感到内心有一种前所未有的平静，对他来说是一种全新的感觉。也许他的锋芒已经被磨钝了，就像他虚构的那位"所爱之人"准备的小册子上警告的那样。

"我感觉很好，我感觉太他妈好了。"他对着自己这间小囚室里空荡荡的墙壁说。

"他们给你吃了什么药，亲爱的？"隔壁囚室里传来一个声音，“我想要一些。他们给我的只有盐酸曲马朵[1]。”

“我什么药也没吃，”道格说，“我只是单纯地感觉很好，因为我脑子被砸坏了。你怎么啦？”

“我被人上了，警察就在边上看着。但没人帮我。”

这位邻居嗓音尖尖的。道格喜欢这声音。他偷听了护士的话，知道邻居是个“粉扑”，是个变了性的“她”。她的名字叫塞雷妮蒂，道格想了解关于她的一切。[2]

“你是白人还是黑人？”他隔着墙喊道。

“我是五颜六色的，亲爱的。”

但是，当他们带着塞雷妮蒂去洗澡时，他透过囚室门上那扇薄薄的窗户看到了她。她是个黑人，身材纤细，瘦骨嶙峋，长着一张天使般的脸庞。真他妈是个天使。他全看到了。这小妞长得很漂亮，但这只可怜的小东西手臂吊着绷带，腿也打了石膏。他们用轮椅把她推到大厅里。当她回头看她的护士时，她微笑的样子让道格感觉很惊艳。她的笑容很有女人味，带有一种魔力，让整个世界都仿佛为之倾倒。

每次听到她的囚室门被打开，他都想看她一眼。

1　一种镇痛药。

2　同科南，此处塞雷妮蒂的自我认知为女性，且原文使用“她”（she），译文相应用“她”来指代。——编者注

“嘿，五颜六色，”一天早上他这样说，“我觉得你很漂亮。”

“你不是我的菜，亲爱的。”

“你怎么知道？”

“因为我看见你了。你的头上缝了那么多线，看起来像个垒球。”

道格哈哈大笑。“我也看见你了。他们真把你伤得不轻，是不是？”

他们把她打得不省人事，她跟他讲这件事时哭了出来。

后来，当道格回想塞雷妮蒂告诉他的话时，他知道自己现在还没有完全改变。他知道自己仍然是过去那个道格，因为一想到塞雷妮蒂身上所发生的一切，他心中就会蹿起怒火。他想干掉那两个伤害过她的人，把子弹射进他们的脑袋里，再把他们的尸体放进后备厢，然后把他们扔到洛杉矶和拉斯维加斯之间的沙漠里。

他越来越喜欢隔壁那个嗓音，也喜欢隔壁那个女孩。他过去常常侮辱那些“粉扑”，是为什么呢？她们都是女人，却住在男子监狱里。他很享受欣赏她们的乳房，但却不把她们当人来看待。塞雷妮蒂和一个真正的女人几乎没有区别；她没有“鸟”，“下面”什么也没有。他那样说的时候被她笑话了，但在一个女人面前，他不想说得太直白。她做过变性手术，但那是一场在监狱囚室里实施的手术，主刀人是她自己。在充满勇气和绝望的时刻，她对自己做了这个手术，差点死于失血过多。后来，她渐渐恢复。他们把她安置在普通囚犯中。她被她所在监区的两个男人袭击、强奸和殴打。监狱管理者想把她永远关在禁闭室里。

“他们说没法保证我的安全。即使他们把我关进告密者监狱，我也可能不会安全。”

她当时正在提交申诉，希望被归类为女性，然后送进女子监狱。她的律师告诉她，在州立监狱里还有另一个犯人做过这种事。这是塞雷妮蒂的梦想。

“我希望你梦想成真。”道格隔着墙对她说。

再过不久，道格本人就要被送去告密者监狱了，但他没有告诉塞雷妮蒂这件事，也没有说过任何自己的事情。有什么可说的呢？说我是个杀过人的腐败警察？他的胆子可能没有以前那么大了，可能比以前更虚弱、更心软，但他并不愚蠢。

在特护疗养中心里的几个月里，当他没有和塞雷妮蒂隔着墙喊来喊去的时候，他一直在听着自己脑中断断续续播放的乡村音乐。他的大脑里有一个可以按下播放键的手指。他听到了“琼斯爷爷”的歌，布格·比斯利的歌，“负鼠猎人”的歌，“喝水果罐头的人”的歌，“防水纸佃农”的歌，“菜豆”和他的“弦乐队”的歌[1]。菜豆是一名歌手，他的裤腰带系在大腿处，低得

1　以上都是乡村乐歌手或乐队的名字。

不能再低，连在衬衫上，这样整套服装就不至于垮掉。那个时候，也就是 20 世纪 60 年代，这样的打扮很好笑。至少他的养父维克觉得这很有意思，想让道格和他一起笑。不然维克只会让道格去帮他拿烟灰缸。莱豆个子很高，但他的裤子却很短，因为腰带系在大腿上，看起来比一个高个子男人实际的腿要短得多。莱豆并没有嘲笑黑人青年穿低腰裤的意思。这身打扮比他们要超前许多。如果你想告诉莱豆，他这种裤腰带系在大腿的穿法是黑帮风格的，也是监狱风格的，可别想了，根本就没办法解释。《大奥普里秀》的喜剧节目是为白人准备的，乡村音乐也是为白人演唱的，即便演唱者是查利·普赖德[1]也改变不了这个事实。莱豆的低腰裤是对这个事实一种怪异而偶然的回响。乡巴佬乐队为乡巴佬面粉唱着歌，而乡巴佬本身就是面粉的品牌。“得州小雏菊”罗兹和“金色西部牛仔”一起演唱了这首广告歌曲。她的皮肤不是很好，有一双黑色的眼眸，带着一种粗糙又俗艳的吸引力。不算漂亮，但是很性感。

汉克·威廉姆斯一副营养不良的样子，脊柱是弯曲的。当“海法官[2]”给了明妮·珀尔一个走红机会的时候，她还只是个打扫房间的女佣，但已是个二十八岁的老姑娘了。汉克·斯诺曾是个船舱服务生。马蒂·罗宾斯在帐篷里长大，以捕捉野马为生。波特·瓦戈纳只读到了小学三年级。多莉·帕顿有十几

---

1 查利·普赖德（Charley Pride，1938— ），美国乡村音乐黑人男歌手。

2 海法官（George Dewey Hay，1895—1968），又名 Judge Hay，美国广播名人，创立了《大奥普里秀》。

个兄弟姐妹，她那个时代没有自来水。乡村音乐是一种像家一样自在的音乐。不是像莱豆一样穿着低腰裤的人的那种“家”的感觉，也不是他们所说的“老铁”那种开玩笑的感觉，那只是兄弟或朋友的另一种说法。

“得州鲁比”是在一场拖车火灾中被烧死的。拖车起火对很多人来说都十分危险，这些人曾在道格的管辖范围内。而且，道格逮捕的往往也是这些人。20 世纪 80 年代初，道格曾在韦斯特莱克一辆拖车着火的现场出警。那个地方被当地居民肆意破坏，变得脏乱不堪。墨西哥人把啤酒和蛤蜊还有番茄汁混在一起，点上迷信仪式需要的蜡烛，然后就昏睡过去。被遗忘的蜡烛之中有一支翻倒了。消防队员扑灭了大火之后，道格叹了一句：“破烂棚子。”拖车被烧得只剩下一具烧焦的外壳，吱吱作响，冒着热气。道格曾经认为这些人把自己烧得无家可归是件很好笑的事。妈的，我真是个混蛋。

他告诉塞雷妮蒂他是个坏人。他和另一个坏人狼狈为奸，一起杀死了一个人。他向塞雷妮蒂讲了所有的故事，包括贝蒂和她丈夫，以及谋杀她丈夫的杀手。塞雷妮蒂说如果那家伙是个杀手，也许他们做了件好事。也许道格不是一个绝对的坏人。塞雷妮蒂嘴上抹了蜜，她擅长把黑的说成白的，可能这就是道格如此喜欢她的一部分原因。

“我无缘无故地杀了一个孩子。”他说，转而开始讲述一个最糟糕的事实，发生在比佛利街那家当铺外的一幕，“我把他的脑袋崩了。”

“我也杀过人。”塞雷妮蒂说，这让道格既惊讶又生气。在他自己忏悔的重要时刻，却发现他俩都是混蛋。突然，道格很想跟她好好比一比，就像在玩撒尿比赛，坚持说他自己更坏一些。但后来他想起塞雷妮蒂是位女士，不能参加这种比赛。于是他试图把注意力集中在她所说的话。

“我表哥肖恩出了个愚蠢的主意，让我跟他一起从一幢房子里偷点东西。”她说，“本来应该没人在里面的。他们都是有工作的人，那时应该在工作才对，但他们偏偏在家。肖恩的计划被打乱了，于是他把他们绑了起来，但那个男人挣脱了绳子逃掉了。我们手上只有那个女人，她疯狂地尖叫着。肖恩命令我朝她开枪。我照他说的做了。如果有什么办法能让那个女人起死回生，我愿意付出任何代价。”

塞雷妮蒂最终如愿以偿，被重新归类，州政府把她确认为女性。在那之后，一切都进展得很快。他们不得不把她从监狱里弄出来，因为突然之间，事情就变成了一个女人被他们关在一个男人的特护病房。

道格隔着墙感受到她满心的兴奋和紧张。他向她祝贺，并祝她好运。

“我很害怕，”她对他说，“如果女人们不接受我怎么办？”

道格把“海法官”对明妮·珀尔说过的话告诉了她，当时她刚出道，稚嫩的样子仿佛是田纳西州的小山丘，毕竟要登上《大奥普里秀》的一流舞台，在这么多人面前演出，她心里不免忐忑不安。

“你得走出去，然后好好地爱他们，亲爱的。”“海法官”对明妮·珀尔说，而道格也对塞雷妮蒂重复了这句话。

“去吧，好好地爱她们，然后她们也会爱你的。”

六周后，道格的辅导师告诉他，他已经康复，可以去“高地沙漠”[1]一所告密者监狱的敏感需求区的医疗院场待着了。

“我他妈的迫不及待地想去那里了。”道格说，言语间丝毫不带讽刺的意味。

1 高地沙漠（High Desert），加州南部莫哈维沙漠的别称。

22

一天，有个人来探视我。你无法提前知道是谁。他们会叫你的名字，然后送你去探监室。我在斯坦维尔待了三年半，从来没有人看望过我。我甚至连一封邮件都没有收到过。我给旧金山的几个朋友写过信，但他们都没有回信。当你进入监狱并从社会上消失时，人们很快就会与你渐行渐远。

我想不出谁会来跑一趟。

当我被脱光搜身时，我看到了那个人，是约翰逊的律师。

“我并没有什么消息要告诉你。”他用这句话来回应我充满希望的惊讶表情。

“我来是想看看你过得怎么样。我退休了，而退休的真相在于，你的大脑并不会退休，它一直没有停止思考。我还要从这里出发去科克伦看望一个被判了五次无期徒刑的男人，还有另一个被判了无期徒刑不得假释的男人。你看起来很健康。”

“并没有，”我说，“我只是被晒黑了。”我在没有遮阴的放风场里待了很长时间，胳膊和腿都变成了烤蛋糕似的棕色，就像一个没有撒糖霜的甜甜圈。

“泪珠”也在探监室里，和一个老男人坐在一起。那个男人满头大汗，看上去得有九十五岁。我以前不知道原来这么老的人也会流汗。“泪珠”有一米八二，身材强壮，带着点阳刚之气，一脸不悦，但又很美。她的头发向后梳得很紧，脸就像一把武器，冷若冰霜。老男人驼着背，头已经全秃了，一直捂着胸口。很明显，他是“泪珠”通过写信招来的一个跑腿人。另一张桌子旁坐的是芭顿·桑切斯，也和一个老男人坐在一起。那个男人从自动售货机里给她买了一堆杂七杂八的食物：微波汉堡和炸薯条，冰激凌三明治，还有两种能量饮料。她微笑着看着他，而他则用目光抚弄着她的乳房。

“泪珠”和芭顿，还有我周围的其他女人，她们都在培养自己的“基斯”：这里和“火星俱乐部”没有什么不同，只是在这里，她们打扮得花枝招展并用自己的屁股换来的是包装好的垃圾食品。或者像“泪珠”一样，换来的是一包海洛因。

我和她们一样，也需要一个跑腿人。我现在也在笔友网站建了一个自己的页面。但用这种方法得来的成果没什么实际价值，没有给我带来内心的平静，也帮不了杰克逊。它只带来了一种动物式的存在感，以及我可以邮购古龙水，有两种选择，“禁忌”或“沙与砂”。

“有办法联系我儿子吗？”

“那不在我的工作范围之内。如果我能帮你，我会的，但我不能。”

“我必须离开这个地方。”

我看着那个老男人悄悄地把一个包裹递塞给“泪珠”，然后“泪珠”灵巧地把它塞进自己的囚裤里。

“你得帮帮我。”

律师打开公文包，拿出一沓文件。

“我正在处理之前的记录，我想你可能想要你的文件。这是你的案件材料：证词、笔记、证人采访和一些其他发现。”

我看着那沓纸，它们记录着曾经发生的一切，发生在我身上的一切，我失去了控制。为了不让自己哭出来，我对他大叫。我说我一直在做研究，我很确定他给的辩护是无效的。

“哦，天哪，”他说，“那真是让你白费了不少力气。”

“为什么？因为这样会让你很难堪？”

“因为你做的那些都不管用。还有些案子更令人百思不得其解，有的律师完全心不在焉，但被告仍然能得到陪审团的支持。有个律师在盘问他的当事人时睡着了，还有一个律师自己也是重罪犯，只是在以社区服务的身份处理谋杀案，但他之前并没有出庭辩护律师的经验。你认为那些人的辩护也是‘无效’的吗？最高法院却并不这么认为。当时的情况对你不利。我们的做法没问题，而我对你深表同情。”

“要是我那时能请个律师就好了。”

他摇摇头。“罗米，的确有人雇了私人律师，却雇不起好的律师，我的意思是那种收费很高的律师。哦，天哪，这么说是不是有点伤人。但你应该想想私人律师都是什么样的。那些应付酒后驾车的人，突然被雇来处理一个死刑案件。这应该算是非法的。选择公设辩护律师比那样要好得多。”

很难想象还有什么会比现在更糟，我一边对他这么说，一边任凭泪水顺着我的脖子往下流。我想向这个人发泄一通，然而他毕竟是唯一来看望我的人。

“泪珠”的探视人瘫倒在桌子上，警察亭里的警察冲了过来，那个老男人似乎心脏病发作了。警报声响了起来，几个医务人员冲进房间。

“探视结束，”对讲机发出嗡嗡的说话声，“探视结束。马上返回你们的监区。”

豪泽已经很明显地表现出他很喜欢我。班上每个人都知道。这件事变成了一个笑柄，尤其是当我浑身沾满木工作坊的灰尘，汗流浃背地走进拖车教室时，科南会哼起《新娘来了》。

我告诉萨米，我给豪泽留了一个电话号码请他帮忙拨打，她兴奋地分析起豪泽对我的迷恋，甚至有点用力过猛，她猜测或许豪泽会收养杰克逊。萨米活脱脱是个历史学家，记录着每一个在监狱里面曾面对逆境的人的事迹，并能举出所有例子来证明曾有工作人员，甚至狱警插手帮助并抚养被监禁的女人的孩子。她滔滔不绝地说着，本意是好的，但并没有让我得到安慰。我不认为她的解读是正确的，也不认为她说的任何例子与此事相关。我不知道如何向她解释：豪泽是一个正常的、受过良好大学教育的男孩，是那种会把瓶子和罐子从垃圾中分拣出来的人。他不会收养我的孩子。他会娶一个像他一样懂得资源回收的好女孩，然后他们会有孩子，他们自己的孩子。

我虽然嘴上不承认，但事实上已经开始巴望着上他的高中同等学力课了。我决心要为了杰克逊在他身上花点心思，但让我花心思还有一个次要的、不那么痴心妄想的原因——他知道我熟知的那些地方。当我和他说话时，我变成了一个从某个地方来的人。就好像我可以在那附近闲逛，游览我在田德隆的那间公寓，看看里面的墨菲床[1]，看看我那张贴的明黄色富美家塑料贴面的桌子，再看看上方贴着史蒂夫·麦奎因[2]在《布利特》[3]中的电影海报。如果你来自旧金山，你会很爱看《布利特》，并为它是在那里拍摄的而感到自豪。再加上还有个背景信息，史蒂夫·麦奎因曾是个不良少年，后来成了明星，但他依然保持很酷的做派，自己完成特技开车镜头。我曾跟吉米·达林打趣说，跟史蒂夫·麦奎因比起来，他算不上一个真正的男人。吉米对此并不生气，他告诉我说，不生气是因为他并不渴求自己

1 墨菲床（Murphy bed），中文又称为壁床、隐形床、翻板床，是一种装在墙上的床，平时外观如同衣柜，睡觉时再将柜门翻下。

2 史蒂夫·麦奎因（Steve McQueen，1930—1980），20世纪六七十年代著名的好莱坞硬汉派男影星。

3 《布利特》（Bullite），又名《浑身是胆》或《警网铁金刚》，上映于1968年，是著名商业片导演彼得·叶茨（Peter Yates）执导的一部好莱坞警匪片。

成为那样一个男人。

就在这条街的另一端，离我在田德隆的公寓不远的拐角处，有一家名为“蓝灯”的社区酒吧[1]，有几次下班后我和几个“火星俱乐部”的女孩一起去过那里。酒保是个可爱的老太太，穿着高领毛衣，领子上别着一枚闪闪发亮的胸针，见到我和我的朋友们时总是很高兴。她会请我们喝酒，我们则会给她不菲的小费作为回报。午夜时分，那个法国厨子——不是主厨，而是厨子——就会出现在人们面前。他酗酒成性，身上总穿一件印有市中心一家酒店名字的肮脏工作服。这个厨子来自布列塔尼大区，他抽的外国香烟散发出难闻的臭味。他一遍又一遍地讲着同样的笑话，但那根本不是一个得体的笑话：他看着我们这些从“火星俱乐部”过来的女孩大声喊道：“我是拉拉！”一边说，还一边捶着自己的胸脯以示强调。

一天晚上，酒吧刚关门，外面就有女人打了起来。是在那片区域工作的妓女，互相把对方按在地上厮打。旁边公寓里的人像对待猫一样，把成桶的水泼在打架的女人身上，让她们闭嘴。女人们浑身湿透，发型全毁了，被撕破的衣服皱皱巴巴的，仅剩一半布料挂在身上，但她们还在继续扭打。每个人都在嘲笑那两个打架的女人，但我没笑。她们浑身湿漉漉地挣扎着，在人行道上打滚，奋力伤害对方。那一幕一直萦绕在我的

1　社区酒吧（dive bar），通常指名气不大的廉价小酒吧，也可以指当地居民聚在一起喝酒和社交的社区酒吧。

回忆中，虽然我真的不知道为什么。

我们都在等待下午的点名——你必须坐在你的床铺上直到点名结束。这时，劳拉·利普向我们的房间所有人宣布，她有一个惊喜给我们，但不是一个让人高兴的惊喜。她躺在她的床铺上，向我们露齿一笑，为马上可以报告一个坏消息而沾沾自喜。

“快说，疯子。”“泪珠”说。

“我知道你们都喜欢给人起绰号，但我不许别人喊我‘疯子’。”

“泪珠”抓住劳拉的头发猛地一扯：“赶紧说，然后闭嘴。”

劳拉的头发被“泪珠”狠狠撕扯，她疼得大叫起来。

“这所监狱里有个男人！有个男人，他们想把他关到C院场来！”

这场“运动”愈演愈烈，最令人们愤怒的是，那个名叫塞雷妮蒂·史密斯的囚犯杀死过一个女人，后来自己给自己动手术，这才变成了一个女人。一种歇斯底里的情绪在酝酿：有一个危险的人物马上要被安插到我们中间来，我们只能自求多福了。我们可能必须和他合住一个房间，在他面前脱衣服，在他身边洗澡，而他是个十足的恶棍。

由于劳拉泄密，他们推迟了塞雷妮蒂·史密斯的入狱时间，希望大家的怒气能慢慢平息。

大家形成了不同的派系。比如科南，由于每天都要忍受“小姐”和“夫人”这样带有侮辱性质的称呼的折磨，要做一连串心理分析和评估，还要没完没了地填写那些等上好几年才能得到批准的文件，唯有如此才能实现穿男士平角裤而不是大妈内裤，这么简单的愿望，他和C院场里其他一些男人婆——也就是我们这里的“男人”们——组成了一个团体，集体做出决定，认为支持史密斯女士——科南是这么尊称她的——并对她表示欢迎是十分重要的。因为警察对任何不遵守狭隘性别规范的人都表现得十分混蛋，而科南他们讨厌警察的做法，所以需要团结一致。对我来说，马上有可能与一个曾经是男人，然后切断自己的老二，割掉自己的蛋变成女人的人共处一室，我并不是那么激动。但随着气氛变得越来越紧张，我听说还有人计划偷袭这个人，把她毒打一顿。我眼前浮现出一张“女人”的脸，我在吉里大道的“蓝灯”社区酒吧认识了“她”。她坐在酒吧里，打扮得像个秘书，戴着一顶顺滑的红褐色假发，身材娇小，非常有女人味。长得很漂亮，但又有些古怪。她的声音沙哑，就像得了慢性喉炎。我猜从生理上来说，她是一个男人，但却比女人还有女人味，而她也因此而变得脆弱。她独自坐在酒吧里，用针管一样细的吸管啜饮金汤力[1]。她噘着涂成粉红色的嘴唇，等待着男人来接近她。我记得她带着一个男人离开了，等她回来时，虽然她的眼睛已经用化妆品掩饰，但我还是看到乌青的眼圈。那个“蓝灯”社区酒吧的女人，那个涂着粉红色口红，带着红褐色假发，在酒吧里摆着惯有的孤独姿势的女人，她还活着吗？可能已经不在人世了吧。塞雷蒂娜·史密斯的确曾经是个男人，但这并不意味着她不脆弱。

他们对史密斯女士实行了保护性监禁。当他们押送她的时候，就好像在押送一个死囚区的人，双倍警力护航，还有狙击手从警戒塔上瞄准她。女人们张狂地骂着脏话。她快要被尿罐子的味道熏死了。

“反史密斯斗争”是一场仇恨运动，充斥着《圣经》里的段落和关于道德和基督教价值观的主张。劳拉·利普用职员办公室的复印机制作传单，还给州长、监狱长、国会议员等写信。她母亲则在监狱外发起运动。劳拉撩着她那亮闪闪的发丝，愤怒地宣称将会有一个杀手住在我们中间。

---

1 金汤力（gin and tonic），加奎宁水的杜松子酒，一种常见的酒精饮料，饮用时加冰和一片柠檬或酸橙。

我开始辅导芭顿做豪泽布置的家庭作业，从中得到的快乐比我想象的还要多。这是一个大姐姐会做的事情，萨米是我的大姐姐，而我是芭顿的大姐姐，科南有点像父亲的角色。我们组成了一个家庭。这并不能给人带来安慰，但却是件好事，虽然芭顿是个讨厌鬼——她总是生气，随时准备跟人打起来。但是，当“泪珠”吃掉芭顿的宠物兔子时，我看到了芭顿不一样的一面。

当我们其他人都在参加各种项目的时候，“泪珠”用她的热得快把兔子放进锅里煮了。等到我们下午回来接受点名时，房间里弥漫着浓浓的肉香。

“这是什么东西的味？”科南问。

“布伦瑞克炖肉。”“泪珠”说。

然后，科南接着说：“连调料都没撒，我的意思是，什么味都没有，”说得好像在没撒调味料的情况下吃了兔子才是真正违反规定的事，“不管怎么说吧，真正的布伦瑞克炖肉主料是松鼠，不是兔子。”

芭顿捧着她给兔子缝制的小衣服爬进她的铺位。整整一天，她都保持这个姿势没动过。

“你生病了吗？”一个监区狱警冲她喊道。

芭顿脸把埋在枕头里，没有答话。

“如果你既没有生病，又不去参加被分配的项目，那我要把你的名字记下来了，桑切斯。”

芭顿抓着小衣服的样子让我想起杰克逊睡觉时抱着他的毛绒小鸭子的情景。他从小就和小鸭子一起睡觉。他会紧紧抱着小鸭子，一整晚都不松手。我最后一次看到那只小鸭子是在我被捕的那天晚上。杰克逊哭喊着，身边围着一圈警察。他抱着他的小鸭子，嘴里尖叫着：“妈妈！妈妈！”

“你可以再养一只兔子，”我告诉芭顿，“你很擅长和它们相处。”

最终，她照做了，驯养了一只新的兔子，并给它穿上同样的衣服，起了同样的名字。

芭顿只跟我聊过一次她自己的孩子。她跟我讲了当时都发生了什么。他们把她从监狱带到医院，关在一间有武装警卫的房间里。那个男人甚至跟着她一起去了卫生间，在戴着手铐、腰链和脚镣的情况下，她在里面尝试清洗自己，冲掉双腿内侧的血和胞衣，穿上他们扔给她的产后内裤和超大号护垫。

“他们他妈的全程都派人盯着我。”

我想象着一个警察站在刚出生的婴儿旁边，他已经被当成半个罪人，警察严密地看管着他，以确保他不会有突然的动作。

芭顿在生孩子的过程中身体被撕裂得很厉害，医生给她缝完针之后，她几乎走不动路。“他就像只啄木鸟，”她说，“戴着一块头巾，上面印满了美国国旗。不是一面旗子，而是许多旗子，大小不一。在他给我缝针的时候，我能看到的就是他头上的图案。这些该死的旗帜。我说，我缝了多少针？他说，尽量别想这事。”

一名护士给了芭顿一个可挤压的瓶子，让她把瓶子里面装的东西喷在缝线上，这样她的伤口就会很好地愈合。芭顿被铐在床上，但好心的护士把女婴抱到她身边。芭顿有四十八小时的时间去找人来带走她。芭顿不确定在她所认识的人里，谁不光有一辆可以开动的车，还愿意跑到斯坦维尔来把她的孩子领走。她看着婴儿在医院的婴儿床里呼吸，端详着它那完美的小脸蛋，闭合的紫色眼睑，小小的嘴巴。因疲惫而体力不支的芭顿睡着了。醒来时，她的孩子不见了。警卫喊她穿好衣服。于是，她穿上了囚服。他们说，她不能带着那个用来给缝针伤口喷药的可挤压小瓶子，然后把她推进了一辆面包车的笼子里。在坚硬的塑料座椅上，她的血流得到处都是，被撕裂的阴部让她痛不欲生，在回监狱的整个路途中，她不得不只用半边屁股坐着。

杰克逊问过我他的小鸭子是从哪里来的。“是你爸爸送给你的。”我说。他带着爱意和惊奇看着他的小鸭子，亲了亲它。

他爸爸没给他送过任何东西。那只鸭子其实是“火星俱乐部”的那个小孩阿贾克斯在机场礼品店替我偷的，当时他刚从威斯康星州探亲回来。我会把它带给我儿子的，我说。他看起来很困惑，好像他忘了我有一个儿子，但是我和阿贾克斯保持着一定的距离，他和杰克逊从来没有见过面。

我告诉豪泽我看了《耶稣之子》，并问他为什么选这本书。我很偏执地以为他觉得我和故事里的人物一样，是个一无是处的瘾君子。

他说他把那本书送给我看是因为它很棒，那是他最喜欢的书之一。

我对豪泽说，里面有一个故事，说有两个男人在一座房子里剥铜线，其中一个男人看到另一个男人的妻子飘浮在空中，他以为自己进入了另一个男人的梦中，这在我看来是完全说得通的。我说我认识偷铜线的人。他们中的一些人就像书中描述的一样，是贪图快钱的瘾君子，但也有一些人把这当成了一种职业。

豪泽不断地在给我买书，我看完后，会把书传给萨米，萨米也把它们全看了。萨米和我都跳过了七年级。我们谁都不是优等生，所以这是个奇怪的巧合。我和墨西哥女孩一起上学，我们有着共同的态度和特定的打扮：黑色斜纹棉布裤、中国布鞋、用点燃的火柴加热过的美宝莲眼线笔，这样我就可以和萨米一起通过回忆往事来打发时间。周末的时候，我有时会去她的住宿监区看她收集的照片。当我们一起被关在禁闭室的时候她给我讲了很多故事，现在我终于可以看到所有故事的配图了。有一些照片是她年轻时拍的，还有些其他人的照片，多年以来她的那些朋友们。也有她在一所南方的女子监狱——加州女子监狱——服刑时的照片，萨米把那里叫作“加州超棒监狱”。“那是在‘大规模监禁制度’[1]执行之前。”她说，仿佛“大规模监禁制度”是某种天灾，或者像“9·11”这样的人祸，历史进程被它前后一分为二。在大规模监禁制度之前。

“加州超棒监狱”有一个游泳池，有州政府发放的泳衣，但你必须把内衣穿在里面，因为它们是公用的。之前，我陶醉于她讲的那些监狱细节，直到她讲到这一点，我敢肯定，卫生条件一定很糟糕。但据萨米说，有人在鱼缸里养金鱼。他们没有巨大的警戒塔，也没有数英里长的电围栏。大家过的不是混凝土墙里的生活。房间里有木架子和木橱柜。他们有绿色的草坪。在小卖部里可以买到很多化妆品，有一款叫作“紫色火焰”的口红是所有人的最爱。她说，监狱旁边有一座高尔夫球场，不知是谁的男朋友，把一台击球机拖到球场上，把装满海洛因和珠宝的球击打进监狱的主院场。当我情绪低落的时候，萨米就会给我讲一些关于“加州超棒监狱”的事，那里是一片失落的天堂。

萨米收集的所有照片都是在监狱里拍的。其中一个故事的

---

1 大规模监禁制度（Mass incarceration），美国政府20世纪末配合缉毒战争实行的监禁制度，比以往更严酷，致使监狱人口成倍上升，其中，女性囚犯是增长最快的群体。——编者注

主人公叫“瞌睡虫”，是一个可怜又美丽的女孩，她被判了无期徒刑，终生不得假释。萨米说：“这是瞌睡虫唯一一张自己的照片。”当萨米被释放，出去和基斯相会时，瞌睡虫把它送给了萨米。这个名叫瞌睡虫的女孩孑然一身。她把自己的照片给了萨米，因为她想确保有一个自由的人能够记住她，还能时不时地想起她。我从没见过瞌睡虫。在我到这里之前，她已被转移到了北边。但我知道为什么瞌睡虫把那张照片给了萨米，我知道她想从萨米那里得到什么。萨米身上有一种东西，不仅来自且停留在那个世界——旧的世界，自由的世界。可怜的瞌睡虫可能想过，如果她能活在萨米的心里，那么她就能活下去。这让我感到很压抑，甚至想趁萨米不注意的时候把那张照片撕掉。

这里没什么是值得庆祝的，但有时我们会开派对。科南特别喜欢在我们房间里筹划这些事。他让每个人把精神类药物存下来。你需要做的就是从餐厅买花生酱，或者，如果你像我一样没钱在餐厅买东西，那么你可以分享科南的花生酱。他们叫你去吃药之前，你往上颚涂一点。等你像一匹马一样张开嘴，让他们看到你乖乖地吞下了药之后，你就没事了，但其实药丸粘在花生酱里，没有咽下去。戴假牙的人会把药丸藏在假牙下面。还有些人则很擅长把它藏在脸颊内侧。510 监区各间囚室的人都设法搞来了药丸。在夜间点名之后，科南拿出秘密藏药。他用洗发水瓶底把它们捣碎，做成“潘趣酒”[1]，就是把药丸溶解在装有冰茶的容器里。这是一种“短岛冰茶”。当分针进入那个愚蠢的红色楔形区域时，就到了监狱解锁时间，萨米会偷偷溜到我们监区，进入我们的囚室。

科南一边调酒一边说：“我有点焦躁。”

当我一口咽下自己的那杯酒时，我也感觉不是很舒服。萨米没喝她那一杯，她说她正在戒酒。对我来说，我可以一边戒酒，一边喝潘趣酒，我们并不是在方方面面都一样。那是一个周日的晚上，科南用收音机播放阿特·拉博[2]的《点歌送祝福》节目，所有人每周最爱的节目。

“这首歌来自鹈鹕湾[3]的蒂尼，献给露露，也就是‘蓝眼睛博妮塔’。蒂尼想告诉露露，他爱你胜过一切，他的心永远属于你。他一直在你身边，永远不会离开。”

科南说：“那是因为那个混蛋在坐牢。”

一首老歌响起。歌手的颤音和低沉的嗓音撞击着耳膜，使我产生了一种我并不想拥有的渴望的感觉。我又喝了一杯潘趣酒。

下一个解锁时间到来时，人们涌进房间。劳拉·利普把枕

---

1 潘趣酒（punch），用果汁、糖和水制成的饮料，一般含酒精。

2 阿特·拉博（Art Laboe，1925— ），美国先锋音乐节目主持人、词曲作家、唱片制作人和电台老板，创造了“怀旧而经典”（Oldies but Goodies）这个概念。

3 鹈鹕湾（Pelican Bay），应指鹈鹕湾州立监狱（Pelican Bay State Prison），位于加利福尼亚州克雷森特城。

头蒙在头上，试图无视我们。科南给我们播放起了电臀舞曲，芭顿则在我们面前跳起舞来。

后来我也跳了舞，但我对此记不太清楚了。只记得科南后来告诉我："有时候当你看到一个尤物，就会很想得到她。"

科南很强壮，肌肉发达——他起这个名字是有原因的[1]——还总让我开怀大笑。但那天晚上，当我躺在他的铺位上时，我止住了笑声，他那柔软的舌头开始发起攻势。天哪，我一直在小声惊呼。他没有像往常那样进行滑稽的反驳，而是把舌头伸向更深的地方。我们正在往下进行的时候，突然传来一声惊天巨响。那声音把科南吓了一跳，他猛地站起来，头磕在上铺，当场破了皮。是加西亚警官，他在我们监区值夜班，正在用警棍敲打窗户。

气氛被破坏了，科南和我中断了这场意料之外的床铺活动。我帮他包扎流血的伤口，随后又喝了一些潘趣酒。所有人都挤进了浴室，狱察无法从观察窗看清那里面。

也许因为芭顿年纪小，个头也小，她待在了人群最外围。她开始谈论上帝，说放风场的警戒塔里住着上帝。有人问："是哪座塔，一号塔还是二号塔？"她说："他比我们站得高，望得远，他能看到我们。"

科南说："那才不是上帝。那是林特勒警官，另一个'爱发先生'，他在那儿要么打瞌睡，要么打飞机。蹲守着蠢货们。"

1　科南（Conan），起源于爱尔兰的男性常用名，有猎犬和狼的意思。——编者注

科南用牛仔式的鼻音模仿着：“这位女士，往后退，女士。别逼我把你的名字记下来，这位女士。”

芭顿哭了起来。“但他们控制着整片天空。这就是我们现在的世界。如果上帝不在塔里，那他在哪里？在哪里？”

劳拉·利普走进浴室。我们停止讲话，盯着她看。她看起来像个驱魔人。她偷了我们的潘趣酒，此刻已经酩酊大醉。

“我来自苹果谷。”她说。

“我们知道！”所有人都纷纷喊道。萨米站起来把劳拉推出浴室。

“但我却从来不知道。我没有好好听，也听不见。我一直不明白那是什么意思。属于苹果的山谷。它和诱惑有关系。对吧？罪恶。知道吗？有毒的水果。哦，这感觉真好，”她说，“有地方可以发泄你的愤怒，可以像受过伤害一样惩罚别人。这是事实，像我这样的女人都知道这一点。那些用衣架或者皮带打自己孩子的人，那些抓着婴儿摇晃的人，都是一样的。之所以这样做是因为感觉很好。他们不会说出来。他们不会告诉你是怎么回事。他们没有勇气。我告诉你。魔鬼进入了我们的身体，而我们做这些事是为了让自己感觉舒服。我希望当时有人阻止我，但没人这么做。上帝啊，他按住了亚伯拉罕的手，干涉了他。但我需要他的时候他在哪里？他当时不在那里。没有人帮过我。没有人。”她像瞎子一样踉跄着，双膝下跪，两手撑地抽泣着。

一

那晚我擅自睡在了科南的铺位上。一切都变得如此诡异，我需要一个精神正常的人做伴。

我梦见我在《价格猜猜猜》[1]节目里赢了大奖。当我的名字被念出来时，场下响起了一阵震耳欲聋的掌声、欢呼声和口哨声。我在录音室观众的欢呼声中阔步走向舞台，就在这时，我醒了。

科南已经起床了，正在用湿厕纸擦拭昨晚受伤流血的位置。我帮他把绷带拨正。

“我的头疼得厉害，”他说，“耳边一直有‘突突突’的声音，吵得我睡不着，就像有人在试着发动一辆已经熄火的汽车。”

“我梦到我在《价格猜猜猜》赢了大奖。”

“奖品是……一辆新车！那个节目有个问题，赢了汽车但不送车模。你得不到车模本人，能带走的只有那辆车。”

那天，我们在工作时都因为前一天的药片酒而有宿醉反应。“我觉得自己像布拉古拉[2]。”科南说，“最后一幕，太阳照在他身上，他身上的衣服冒出一层层油腻的烟，就像那样。”

---

1 《价格猜猜猜》(*The Price Is Right*)，美国哥伦比亚广播公司(CBS)的一档电视游戏节目，首播于 1972 年 9 月 4 日，主持人是德鲁・凯里(Drew Carey)，挑战者通过竞猜物品价格来赢得现金和奖品。

2 布拉古拉(Blacula)，是 1972 年上映的一部电影《吸血黑王子》(*Blacula*)的主人公。

在木工作坊的午餐休息时间，科南给了我做一个名为“我其实不喜欢滑雪小妞[1]”的演讲。我喜欢科南，但不是那种喜欢。在我们的家庭角色扮演游戏里，那样相当于乱伦了。我们只是朋友。

加西亚警官从工坊门口路过。科南喊道：“喂！”他指了指自己缠着绷带的脑袋，怒视着加西亚。

我在排队通过工作交接所的时候遇到了豪泽。

“我有个消息要告诉你。”他说。

他已经查出了杰克逊的案件经理是谁。我向他连声道谢，而他却说向他道谢不太合适。

“可你已经为我付出了额外的精力。”我说。

“你的家长权利被终止了，我不知道你是否清楚这一点？”

“被终止的意思是？”

“他们告诉我，这样做是为了让孩子能够快速被领养。这样孩子就可以融入新的家庭。我甚至本来不应该被告知这件事，但那位女士网开一面，帮我查了这个案子。她唯一能告诉我的是，由于你的刑期太长，因此你的权利被终止了，孩子也被纳入了政府的管理体系。”

“我才是被纳入政府管理体系的人。杰克逊只是个小男孩，他不归任何一个体系管理。”

---

1 滑雪小妞（Snow bunny），俚语，指初学滑雪技术不佳的白人女性，或为了赶时髦而和黑人男性约会的白人女性，文中指后一种意思。——编者注

“他们告诉我他受州政府监护，我想这意味着他在寄养中心。”

“那是哪儿，你知道吗？我可以给他写信吗？”

“我想你还没弄明白。”他说，“我之前也没明白，直到有人向我解释我才终于弄懂。要想在儿童福利机构里摸清楚你的孩子在哪里，这和尝试搜寻一个陌生人的信息没什么区别。更可惜的是，结合他的情况，由于所有针对未成年人的层层叠叠的隐私条款，这个陌生人甚至没有留下任何可访问的记录。”

“但我是他的妈妈，他们不能告诉我说我不准当他的妈妈了。他需要一个真正的母亲，为什么他们要这么做？”

我注意到了自己的语气和脸上的表情，意识到自己正朝这个传达消息的人撒气，仿佛他带给我这样的消息是他犯的错，但我无法控制自己，也无法不让空气中充满我造成的紧张气氛。

那晚，监狱被封锁了，所以我不能和萨米说话。我被困在房间里。我去找了科南，回到他身边，无助地哭泣着，因为我无法保护我的孩子，这让我仿佛回到了在县立看守所待的第一个晚上，陷入了同样飘忽不定的虚幻感之中。我的确做了一件无可挽回的事情，但是杰克逊什么也没做，他是无辜的。现在他却被抛弃了，被流放到一个没有爱的世界，无依无靠。

等我冷静下来之后，科南给我讲了一个故事。

“我弟弟和我小时候住在外婆家。她家在桑兰德，那里有许多马场。她有一个院子。在那里过的几乎就是乡村生活。我们很爱她，也喜欢和她一起生活。有一天，我妈妈来了，从我外婆身边接走了我和弟弟。她说我们要搬去和她一起住。但我们几乎不认识妈妈。她根本就没有抚养过我们。我外婆和我妈妈吵了一架，我妈妈就在我们面前殴打我们的外婆，在外婆自己的厨房里狠狠地殴打她。我们什么也做不了，只能哇哇大哭。我们害怕极了。那时我七岁，我弟弟五岁。

“我们不得不搬去贝尔加登斯，和妈妈以及她的男朋友一起生活。她的男朋友是个十足的杂种，他对我弟弟处处刁难。我不知道为什么，也许因为他是个男孩。我十一岁时，他开始找我的碴儿，不过方式不同。那个混蛋强奸了我，而且不止一次。后来这变成了一种好像是家常便饭的事。所以在我十二岁，我弟弟十岁那一年，我们离家出走了。我们一致决定去外婆所住的桑兰德找她。我们已经好几年没见过她了，因为她和妈妈没有通信。我记得那所房子，知道它的确切位置，下了林荫大道往那边走就到了。我们上了一辆公共汽车，花了很长时间才赶到那里，因为我们总是上错公共汽车。最后我们终于快到了。我们往她的住处走去。一路上，弟弟非常兴奋，不停地在说着外婆的事，试着回忆她做的好吃的，回想她那有趣而又老掉牙的说话方式，还说起她当时就在椅子上睡觉——我们从没见过她上床睡觉，就像她一直在守夜，照看着我们，从不让自己有机会休息。从来都只睡在椅子上的女人，等着看我们有什么需要。

“我们到了她家，我很肯定就是那个地方，但外婆已经不住在那里了。那所房子里的人告诉我们，他们是在她死后才搬进来的。她死了，我们却完全不知情。就这样，我们流落在桑兰德，身无分文，失去了外婆的庇护，无家可归。那天晚上我们就睡在公园里。第二天，我们开始搭便车。最后，我们到了圣巴巴拉，睡在海滩上，翻垃圾箱找吃的填饱肚子。我们偷偷溜上那里的美铁[1]，一旦有列车员经过，我们就躲进卫生间，但后来有人敲门，所以我们冒险走出去，找座位坐了下来。我弟弟开始有不舒服的症状。他在火车上拉稀、呕吐。他病了，控制不了自己，而我们是逃票上来的。列车员来了，说，你俩不能再留在火车上了。于是火车在下一站停靠的时候，我们被赶了下来。他烧得厉害，躺在火车站台上，我们不知道自己在哪里，甚至不知道在哪个城镇，我们都害怕把警察牵扯进来。因为他们会打电话给我们的母亲，然后我们就必须回到她身边，继续应付那个和她住在一起的混蛋。

“一个男人主动提出帮助我们。他答应不报警，带我们去找了救世军组织[2]。我们遇到了那里的人，他们把我弟弟放在床

1 美铁（Amtrak），由美国国家铁路客运公司（The National Railroad Passenger Corporation）运营，路线遍布美国46个州、哥伦比亚特区以及加拿大的3个省。

2 救世军组织（The Salvation Army），基督教慈善组织，成立于1865年，以街头布道和慈善活动、社会服务著称。

上，铺好了床单，也准备好了其他东西。他们悉心照顾弟弟，说他得了痢疾，再晚送来可能就死了。他们让他好好休息，帮他养好了身体。他们给我俩换上了干净的衣服，还煮了意大利面和肉丸子给我吃。

“外面的世界还是有好人的，”科南说，“真正的好人。”

3

23

道格十几岁时，理查德·尼克松总统在《大奥普里秀》上表演了节目。道格和他的养父维克一起在电视上看了这段。那是 1974 年的春天，尼克松已经名誉扫地，这件事让一直忠心耿耿的卑鄙老维克愤怒不已。

尼克松总统在纳什维尔崭新的大剧院登台，向奥利兰主题公园的人们致意。

当人群安静下来时，尼克松总统说乡村音乐是美国精神的核心。传统音乐赞美的是简单的价值观，对家庭的爱、对上帝的爱和对国家的爱。尼克松说，乡村音乐充满爱国主义和基督教义。

“它的源头在这里，它属于我们。”尼克松总统对奥利兰主题公园的观众说。电视机前的观众也在听着，其中不乏平头大耳的美国男孩，和十七岁的道格一样，伺偻、好色又颓废。

“这不是我们从其他人或其他国家那里学来的东西，也不是我们从别人那里借用或继承的东西。乡村音乐是你能找到的最地道的美国精神。在美国需要自己的品格的时候，它反映了对我们的品格至关重要的价值观。乡村音乐来自美国的内心，它正是美国的内心。愿上帝保佑《大奥普里秀》，”尼克松说，“也愿上帝……保佑……美国！”

奥利兰主题公园的人群变得疯狂起来。

尼克松坐在钢琴前，用一种难看的姿势敲奏出一首《上帝保佑美国》，他的手像机械杠杆一样上下拍打。弹完之后，罗伊·阿卡夫出现了，一枚溜溜球从他的手掌间弹射出去。

剧院观众里的大耳朵男孩，还有那些躺在家里的破地毯上观看的男孩，全都昂首翘盼，看着罗伊·阿卡夫娴熟优雅地摆弄着溜溜球。

一支来自密西西比的乐队开始演奏。一位胸部厚如水桶的男中音歌手唱了一首歌，描绘了一名造纸木材搬运工用链锯拆毁路边的一家啤酒店。

他为什么要这样做？歌里解释了原因。那个造纸木材搬运工之所以这么做，是因为酒保叫他乡巴佬，不给他倒冰啤酒。于是他毁掉了那家店。

接下来，为了取悦热爱健康乡村音乐的尼克松总统，塔米·怀内特演唱了《离异》。

罗伊·阿卡夫带来了《公路上的残骸》。

查利·卢万演唱了《撒旦是真的》。

维尔玛·李和斯托尼·库珀表演了《街头流浪汉》。

波特·瓦戈纳选择了《橡胶房》这首歌来娱乐大众。

洛蕾塔·林恩引吭高歌一曲《别醉醺醺地回家》。

“让我们默哀片刻，缅怀我们挚爱的兄弟，弹班卓琴的大卫·‘菜豆’·阿克曼。”琼斯爷爷对观众说，“今晚‘菜豆’本应该出现在这里。他是我最好的朋友，是我的邻居，也是我狩猎时的伙伴。最重要的是，他是奥普里大家庭的一员。你们很多人都已经知道了，四个月前，他和他的爱妻埃斯特尔被迪克森路的两个小混混杀害。让我们记住这个单纯的男人，他穿着长衫、短裤，热爱老派的山地音乐。”

房间里一片寂静，尼克松的脸变成了冰冷的塑料，这让他看上去就像一个专业的送葬者，仿佛他的到来就是为了让这里的气氛显得庄严肃穆。

当明妮·珀尔大表姐闪亮登场时，气氛重新热烈起来。她告诉大家，为了这个特殊的场合，特勤部对她进行了全面搜身，在那之后，她又排起了队让他们再查一次。她讲了几个关于近亲生育和乱伦的笑话，然后唱了一首关于嫉妒的歌，歌中唱道，她养了一只斗牛犬，作用是在她的爱人睡觉时看着他。

德尔·里夫斯唱了几首歌，主题是一个卡车司机梦想着如何与高速公路广告牌上那些几乎全裸的女孩欢度时光。

波特·瓦戈纳表演了《第一任琼斯夫人》。这首歌里的男主角琼斯先生杀死了他的第一任妻子，并警告第二任妻子，如果她离开他，她将和第一个妻子有同样的下场。

有人唱了一首歌，讲的是一个烈酒走私犯如何逃脱警察追捕的故事。

而另一首歌里，一个男人谋杀并埋葬了他的妻子，但他仍然能听到她唠叨一整夜。

奥利兰主题公园的观众被逗得哄堂大笑。

尼克松坐在舞台左边，他是这个极其伟大的国家的总统，他过于修长的手臂像拖拉机的稳定杆一样紧紧扣住椅子两侧。

24

梭罗在他的文章中盛赞了野生苹果的神奇之处，他承认，只有在户外品尝它们才会觉得好吃。梭罗说，即使是漫步者，也不会容忍被称为“漫步者”的苹果[1]出现在餐桌上。在一次美好的秋游中，它们的苦味得到了最好的诠释。戈登·豪泽平时一有机就会去散步，沿着伐木小径，穿过联邦土地上的牧场，一走就是好几英里。他找到过动物的头骨、猎枪的弹壳，还发现了一个破败的旧瓶子填埋场，其中一些瓶子甚至完好无损。他在自己的小屋上方的一条牛径上发现了一个胡蜂窝。它倒在路上，看起来就像一只碎掉一半的头盔。戈登把它拿进了屋，把这个硕大而神秘，有几分干瘪，并且被从中间扯开的东西放在桌子上。

他经常在外面待到天黑，观望黄昏慢慢过渡到黑夜。他喜

1 “漫步者”苹果（saunterer's apple），梭罗在《远行》中曾多次提到的苹果。

欢从头到尾凝视整个过程。当最后一丝光亮消失时，他听到猫头鹰发出刺耳的声音。那是大角猫头鹰，有时则是仓鸮。五月的一个傍晚，戈登发现地上有一只猫头鹰，扑扇着羽毛，浑身发抖。它的脑袋和公猫的脑袋一样大，毛茸茸的。它发出咔嗒咔嗒的声音，试图用它那尖锐的爪子迈步躲开戈登。它的眼睛和人类很相似，瞳孔很圆，和人一样，眼睑也和人类很像。它眨巴着眼睛盯着他看。他猜测猫头鹰受伤了，如果他不做点什么，它就会被捕食者吃掉。他回家打了个电话。戈登打了不少电话，而这就是他现在的个人生活，不停地在电话里和官僚机构打交道。一位县级护林员告诉他，这可能是一只年轻的猫头鹰，它从巢里掉了下来，每年这个时候常常发生这种事。她说，它们会起身，抖掉幼鸟的细嫩羽毛，飞向天空。戈登回去的时候它不见了。在某一个黄昏，他在树林间看见了它。可能是其他的猫头鹰，但如果把它想成是那只刚会飞的雏鸟，也没什么坏处。

散步之后，该解决晚餐了。他会打开一罐汤，这就是他独居生活的常备食物。然后他会上网。他在网络上养成了一个坏习惯，已经毫无知觉地迅速深陷其中——他开始“运行”她们的姓名，那些女人们管这个行为叫“运行”。“运行”一个人的姓名的意思是在外面使用谷歌搜索这个人，或者打听和这个人有关的消息。

囚犯之所以请他帮忙“运行”姓名，并不是希望他去回顾那些令人悲伤的档案细节，或者扫视谁都能看到的被拍毁的入案照片。这一点在佛罗里达州和加利福尼亚州尤为严重，因为在那里负责上传的人是县立机构办事员。那些拍毁的例子大部分都来自这两个州。所有画面都是一样的：光线暗涩的监禁胶片风，主角们被人从自己的生活中拽出来，被逮捕、编号、收监、曝光，留给镜头的是狂野的眼神和蓬乱的发型。

如果一个案件受到媒体的关注，或者是审判记录或案件总结已在网上公布，那么那些与犯罪行为如影随形的痛苦创伤和贫穷困苦的细节就很容易被查到。但监狱里的女人在请人“运行”姓名时也并不想知道或追问这些。她们想要了解的是她们的室友、监区同伴、工作搭档、祷告小组成员、朋友、性伴侣或敌人，想知道那个人是否伤害了一个孩子，或者是否作为污点证人指控过同案犯。这两种人是需要被重点查证的对象——杀婴者和告密者。

戈登的搜索更为宽泛。他不知道自己在搜索什么。他希望在获得事实的过程中能够建立某种平衡，但也意识到，有关事实和平衡的说辞是他对自己撒下的谎言，他探寻的其实是与他毫不相干的肮脏细节。

根据她们自己的社会准则，你不应该问她们犯了什么罪。闭口不提是常识。但是，人们对这个问题讳莫如深，导致连私下里的猜测都成为禁区，就好像你不应该对那些决定人们生活的事实感到好奇。他想起了尼采说过的一番关于真理的言论：每个人都有权得到他所能承受的一切。也许戈登不是在寻找真理，而是在探寻自己容忍范围的极限。有一些姓名是他不愿在键盘敲出的，他忍着没去搜索罗米·霍尔的名字，只顾把注意力转移到其他人身上。

他搜索的第一个人是桑切斯，弗洛拉·马丁娜·桑切斯，大家都叫她芭顿。她的案子在网上到处都能查到。桑切斯和另外两名少年在南加州大学校园附近袭击了一名中国留学生。这位受害者是医学预科的在读生，家中独子。根据桑切斯提供的供词，这名学生曾试图用空手道的招式袭击她。这三个孩子都在供词中承认，当他们用棒球棒击打受害者时，受害者是用外语哭喊的。那是一只绿色的铝制球棒，很值钱的牌子货。上面有两个男孩和桑切斯的指纹。桑切斯已经放弃了“米兰达权利”[1]。他们都放弃了这项权利，认罪伏法，被判终身监禁，不得假释。

他们不知道自己在做什么。戈登读到这里时，对此确信不疑。

在他们试图抢劫学生时，并不知道自己在做什么。而他们在杀死那个学生时，更是什么都不知道。第二天早上，他们被分头抓捕，被带去接受审问。他们想到什么就说什么，但都以自己的利益为先。没有父母和律师在场，他们面对凶杀案警探时根本不知道自己在做什么。

其中一个男孩说，他们之所以选择那个人作为受害者，是因为他们认为他很有钱，因为他是亚洲人。他们没想过要杀

1　米兰达权利（Miranda rights），即犯罪嫌疑人保持沉默的权利。

他，只想抢走他的背包。那个学生设法走回了家。他的室友听见他在她关闭的卧室门外发出呼哧的声音。她以为他只是感冒了，却不知道他发出呼哧声是因为他在咯血。

戈登信守着某种希波克拉底誓言[1]，不论是作为教师，还是作为一个人，都不对他人造成任何伤害。也许这种窥探是有害的，但不管怎样，他还是做了。

报纸文章中的所有细节形成了一幅肖像和一系列印象。然而，戈登见识了芭顿的另一面，那是一个看上去只有十二岁的迷途小女孩。有一次，戈登在课堂上夸赞桑切斯，她笑了，他看到了她青春活力的样子。多么楚楚动人而又光芒四射，他不得不把目光移向别处。

“暴力”这个词由于被过度使用而逐渐失去原有的威慑力，但它仍然具有力量，有其特殊含义，但却是多重的。赤裸裸的暴力行为是这样的：把一个人殴打至死。然而，暴力还有更抽象的形式，比如剥夺人们的工作，不让他们拥有安全的住房，也不给他们修建数量充足的学校。还有许多大规模的暴行，比如，成千上万的伊拉克平民在一年内去世，这场战争似是而非，充满谎言和劣行，一切似乎看不到尽头。然而，检察官说，真正的恶魔是芭顿·桑切斯这样的青少年。

在最原始的认知里，暴力是指身体的对抗，比如用拳头

1　希波克拉底誓（Hippocratic oth），古代西方医生在开业时都要宣读一份有关医务道德的誓言，这份医道规范的制定者就是希波克拉底。

揍，用棍棒打，或者用刀砍。这么干的人都进了监狱，得不到一丝怜悯。她们报名参加了戈登·豪泽的课程，或认真或懒散地做着阅读练习。

在这些让人头疼的真相的耳濡目染之下，他突然明白了为什么芭顿和她的朋友会杀害这个可怜的学生，从而毁掉自己的生活。

这个学生对他们来说不是一个具有实际意义的人，这就是根本原因。他们不会伤害一个他们认识的人。那个学生对他们来说十分陌生。他说着一口流利的中国话，而那是那些孩子们从来没有认真思考过的一门语言。

那个学生大声地发出呼哧的声音。他的室友在法庭上痛哭，在中文翻译的帮助下告诉大家，她以为他只是感冒了。

有一张照片戈登看了一遍又一遍，照片上是年幼的桑切斯和她的同案被告在受审的场景。他们萎靡不振地站着，摆出一副坏孩子的姿态，都戴着眼镜。他是桑切斯的老师，却从来没见她戴过眼镜。他们的公设辩护人可能坚持让他们订购了眼镜，因为在县立看守所里，获得一副处方眼镜是你能得到的为数不多的健康服务之一，也有可能是律师们去沃尔格林商店给他们买了一种各类人群通用的阅读眼镜。照片里，他们戴着眼镜，对自己的谋杀案审判感到无聊和心烦意乱，这让戈登对桑切斯有了一丝恨意。这副眼镜意在改变陪审团的看法，歪曲事实。但他对自己突然产生的仇恨感到厌恶，也许罪恶和纯真根本就不是一条轴线的两极，而是人们的生活出了问题。

读到她的案子，戈登觉得自己仿佛正试图步行横穿一条八车道的高速公路。他发现一篇文章引用了一名少年罪犯管理所的辅导师的证词，这让他对她为何成为受害者的问题有了自己的看法。这名顾问作证说，他无意中听到桑切斯谈论这起犯罪。桑切斯说：“我们什么也没拿到。”

那些夜晚糟糕至极。天一亮，他的情绪会变得稍微好一些。驱车沿着蜿蜒而下的道路驶向斯坦维尔时，戈登能看到山坡上的青草冒出了绿芽，马海毛般柔软的心形槲寄生团成块状，像巨型蜂窝一样簇拥在橡树的树枝上，他知道自己无法做出判断。我不能妄下判断，因为我不了解实情。

戈登在读本科和研究生的时候对有钱人家的孩子很熟悉。如果你家境富裕，你通常会掌握一种乐器，比如小提琴或钢琴。你会加入辩论队，会喜欢某种品牌的翻边牛仔裤，也许你还会和朋友一起坐在父亲的雷克萨斯里抽着香烟或者烟斗，并因此赶不上你的SAT[1]辅导课了。但很多孩子家里并不是这种情况，他们受到的对待也全然不同。如果你来自里士满、东奥克兰，或者像桑切斯一样来自南洛杉矶，那么你可能从出生就被训练成你所在街区或你的帮派的代言人，你努力做出表率，努

1 SAT（学术能力评估测试），用于申请本科。

力获取尊严，成为一个强硬的人。也许你有很多兄弟姐妹要照看，也许你认识的人里几乎没人能完成学业，也没人能获得一份稳定的工作。你的家人都被关进了监狱，整个社区的人都住在监狱里，每个人最终的归宿都是监狱，仿佛那是生活的一部分。所以，你出生时就已经注定要完蛋了。但是，和那些有钱的孩子一样，你也希望自己能在周六晚上开心玩耍。

所有孩子都在寻求积极的自我形象。每个孩子都想实现这种形象，但却只能通过不同的途经达成。

青少年指导中心的标语上写着“禁止穿吊带衫”。人们认为，家长们不知道最好别让孩子穿成那副鬼样子出现在法庭上。这条标语的意思可能是在说：你的贫穷恶臭不堪。

大部分时间里，戈登对谋杀的了解仅限于文学。拉斯柯尔尼科夫杀死了当铺老板娘。这是拉斯柯尔尼科夫做出的一个狂热的决定，他决意毁掉自己的生活，遁入梦境，一个不会破碎的梦境，而狂热会破碎。他和戈登一样，是一个可怜的研究生。有趣的是，陀思妥耶夫斯基小说中的一切归根结底都是为了卢布。这个词听起来就很沉重，带着黄铜的质感。对，是卢布。把它们放进袜子里，就像放进去一把挂锁一样，然后不停摇晃。

在《卡拉马佐夫兄弟》的结尾，阿廖沙让孩子们在赞美和歌颂他们挚爱但已逝世的朋友——也就是那个失踪的孩子的生命时，永远记住他们共同拥有的美好感觉。

永远记住这种感觉，阿廖沙说。他的意思是，把它作为一种解药。保留你一生中最健康纯洁的感情。你身心的一部分要永远保持纯洁，而那个部分的价值无可比拟。

桑切斯被关进监狱，至死都会待在那里。她告诉戈登从来没有人来探视过她。他认识的女人里，很少有人得到过探视。当他问起时，她们就找借口。没有人来看她们是一件令人尴尬的事。她们没有想到，这不是她们应该反思的问题，到监狱来一趟需要一辆耐用的汽车，需要占用休息时间，需要花掉汽油费、餐费、住宿费，还需要在探监室里昂贵的自动售货机里买东西，但这并不是她们的错。

他继续查找，搜索其他人的信息。

他知道，在某种程度上，他这样做是为了阻止他去寻找那个他最好奇、最不愿意背叛的人。

要查她的消息并不难，因为她的名字不太常见。

把她儿子的情况告诉她这件事使戈登感到内疚，要想从中解脱出来是很难的。他不喜欢这种感觉。好像他现在有权控制这个女人，因为她有所求。在课堂上，这种想法会消失无踪，因为她本人并不显得无助。他可以指望她与自己一问一答，这样他就能告诉自己，学生们听懂他的意思了，并没有被弄糊涂，也没有反对他。听到戈登讲的笑话，她会大笑，而且她说话的方式也证实了戈登对自己所做事情的价值的看法，因为她显然从阅读和讨论文学作品中获益匪浅。虽然这些都是事实，但实际上却是冠冕堂皇的谎言。他被她深深吸引，但她却是他无法触碰的禁区。他时常想起她，至少他的幻想并没有受到管教部门的监视。

“你有没有见过绿色的亮光，”下课后她问他，“就在海洋海滩下面？”

他告诉她，他没见过。她解释说，这是日落时的一种光学现象，夕阳西下时，从下沉的太阳顶部发出的光线变成了绿色。她说她之前也从来没见过。

“你确定这不是住在那儿的爱尔兰酒鬼编造的故事吗？”

她笑了。他们站在学校的拖车外面。那是六月的一个傍晚，太阳很晚才落山。金色的光芒穿透山谷的薄雾，从低处斜斜地照进她的眼睛，映入虹膜。

注视着一个正在盯着你看的人，这感觉就像吸入纯度最高的毒品一样炽烈。

“快走吧，霍尔！”一个狱警喊道，到了晚上点名的时间了，“别傻站着，现在就走！听见我说话了吗，走！”

他研究了日落时的绿色亮光。这种亮光的确存在。他搜到了一些网站，上面对光的物理学现象做了冗长的解释。他还是没有把她名字的三个词打出来，转而继续搜索其他人的信息。下一个是贝蒂·拉弗朗斯，也就是那个要求狱警给她的理发师预留停车位的囚犯。当戈登问她，她的男朋友过得怎么样时，贝蒂说："我把他勒死了。"他敢肯定她是在撒谎，但当她说出这句话时，他手臂上还是竖起了汗毛。他在监狱笔友网站上找到了她的页面。

"单身，随时准备交往，是个喜欢香槟、游艇、赌博、跑车的复古女孩，追求穷奢极欲。你是否负担得起我的花销？想知道的话，写信给我试试看。"

网站上有一份标准问题清单，是给用户展示用的，贝蒂·拉弗朗斯必须回答这些问题。

你是否介意转移到别处？（否）

你是否在服无期徒刑？（否）

但在页面底部还有这样一句：你是否待在死囚区？在这个问题下面，她不得不给选项"（是）"打了勾。

至于坎迪·潘纳，戈登了解到，她的母亲曾在阿纳海姆的迪士尼乐园工作，她自己曾在麦当劳打工。她的经理为辩方做证说，她从未给他找过任何麻烦。坎迪谋杀案的受害者是个小女孩。在法庭上，她的母亲听到死刑判决时曾欢呼雀跃。"大快人心！"她喊道。

然后戈登查到了另一段话，来自受害者的母亲，她说她很同情坎迪·潘纳的母亲，因为她知道失去孩子是什么滋味。

关于伦登：起初他什么也没搜到。他们把伦登唤作科南，或博比。他输入“博比·伦登”，找到了洛杉矶一家餐馆的 Yelp[1] 页面。排名前三的评论是同样的开场白：去你的，博比·伦登！

他记得他的名字叫罗贝塔，果然查到了。《一名伪装成男人的女人因持械行窃被判入男子监狱》，另外还有一篇报道标题是《州立看守所的蠢货们》。伦登并没有伪装，他是戈登见过的最不伪饰的人之一。伦登就是伦登。

伦登似乎已经服完因入室行窃而被判的刑期，两次被判入狱都是这个原因。第三次被判犯有欺诈罪。因为开了一张空头支票，伦登被判处无期徒刑。

众生百相。

他努力回想每一个人的名字，只是为了避免自己输入罗米·莱斯利·霍尔的名字。

为戈登画肖像的那位叫作杰罗尼莫·坎波斯。据说，杰罗尼莫·坎波斯把丈夫的躯干从内陆帝国[2]的某座桥上扔了下去。他们找到了躯干，后来又找到了头颅，头颅里有一颗子弹，是从一支登记在杰罗尼莫名下的枪里射出来的。杰罗尼莫没有不在场证明。她丈夫的血溅入她家的鱼缸里、她的车里，还有她

1 Yelp 是美国著名商户点评网站，创立于 2004 年，用户可以在 Yelp 网站中给各地餐馆、购物中心、酒店、旅游等领域的商户打分或提交评论。

2 内陆帝国（Inland Empire），指美国华盛顿州附近的发达地区，广及爱达荷州和蒙大拿州。

在丈夫失踪那天穿的衣服上。

杰罗尼莫参加了一个同伴辅导小组，向任何想学习人权法的囚犯授课。杰罗尼莫是监狱里的元老。她通过函授课程获得了副学士学位，并且有着完美的纪律纪录。杰罗尼莫曾八次申请假释，但每次都被拒绝了，尽管她提供了大量服刑材料，并得到了外部人士有组织的活动支持。网上有一个活动页面，目的是给杰罗尼莫的下一个假释辩护提供依据。签署请愿书的人写下了了他们这样做的理由。

杰罗尼莫已经完成了她的服刑时限。

她对社会不再有威胁。

请给杰罗尼莫自由。

她是家庭暴力的幸存者。

杰罗尼莫是一名老年原住民女同性恋者，被关押在斯坦维尔监狱对她来说不公平。

同性恋并不违法。

她的团体需要她。

她已经服刑完毕。

她对人没有威胁。

请给杰罗尼莫自由。

她确实已经服刑完毕。法庭判给她的刑期，她都待够了。戈登了解杰罗尼莫，她是个喜欢画画的老妇人。一切都是真实的，杰罗尼莫该回家了，她已经服完了他们给她判下的刑期。

戈登总是把假释委员会描绘成一排正襟危坐的菲莉丝·施

拉夫利[1]，她们眉头紧锁，梳着呆板的发型，穿着连裤袜，戴着像共和党候选人在政治辩论中佩戴的那种飘扬的美国国旗小徽章。每次杰罗尼莫走到假释委员会面前，她都会对他们说，她是无辜的。她的支持者表示，她已经完成了自己的刑期，不再构成威胁。而她在面对假释委员会的时候会说，我是无辜的。说这句话毫无意义，但戈登明白她为什么这么说。

杰罗尼莫需要一定空间来设法面对她所做的一切，然而监狱里并没有提供这样的空间。在监狱里，你必须坚强地度过每一天。如果你每天都想起自己犯下的那些可怕罪行，并回顾其中的细节，那么你可能会疯掉。虽然这样的反思足以向假释委员会证明你有真知灼见，他们想要的、需要的真知灼见，从而让他们放你回家。然而，保持清醒，才是在监狱存活的关键。为了保持清醒，你得塑造出一个可以信赖的自己。

如果她确实展示了自己的真知灼见，告诉了他们她杀了自己的丈夫那天到底是为了什么，又是如何做到的，也告诉他们自己在案件发生之后的感受——兴奋、内疚、否认、恐惧、厌恶；如果她向委员会诚实而又准确地展示出她在犯罪方面的知识，解释她犯下罪行的原因；如果她开诚布公地谈论案件对受害者的影响和对他人、社会的影响；如果她从恐惧的心态慢慢走出，那么，与此同时，这也会刺激假释委员会回想起所有他

1　菲莉丝·施拉夫利（Phyllis Schlafly，1924—2016），美国律师、保守派活动家、作家。

们想把她关进监狱的理由。你无法说服他们。毫无胜算。

让她回家吧。请给杰罗尼莫自由。

矛盾的是，杰罗尼莫面对假释委员会说“我是无辜的”。而她的支持者则在外面说，“她已经服完了刑期。不再是一个威胁”。这件事让戈登感到苦恼。

尽管如此。杰罗尼莫、桑切斯、坎迪，她们都是受到折磨的人，在受苦的过程中，她们让别人也受到了折磨。戈登不知道让她们受苦一辈子是否会真的让正义得以伸张。在旧伤上面添新伤。死去的人并不会像他曾听说的那样起死回生。

亚历克斯一直在给戈登打电话、发电子邮件，但戈登没有回复，因为他满脑子想的都是监狱里的女人，这不是一个有趣的话题。他似乎在进行某种自我放逐。

坐在巴雷西餐厅里，他内心感到绝望。他嫉妒酒吧里的其他人，嫉妒那些建筑工人和农民。他们让人觉得中央谷地似乎与监狱无关。对他们来说，中央谷地确实与监狱毫不相干。

“哦，得了吧，还有很多希望，”亚历克斯可能会在这种时候插话，玩着卡夫卡式的文字游戏，“希望永无止境，但没有一个属于你，戈登。”

钢琴旁多了一位新的驻唱歌手。她唱得很棒，或许只是在斯坦维尔的标准里算是好的。戈登一不小心喝多了，他走过去，把一张二十美元的钞票放进了白兰地酒杯里。这种酒杯是国际通行的给钢琴演奏家付小费用的容器。

“要不要听点而特别的歌？”她用欢乐而轻快的语气问道。

他想了想，一首歌名也答不上来。他给她小费全因这是他力所能及范畴的事。“不然唱你最喜欢的歌吧？就唱你自己待着的时候唱的那种没人能听见的歌。”

“那就来一首《夏日时光》吧。”她不带一丝停顿地说。

他走回座位，不知道让她为一个陌生人唱一首她私下唱的歌会不会有些唐突？有些人经常冒犯他人，仿佛这是他们日常生活中很自然的事情。他知道有这种人，但他不是，然而他还是纠结于这个问题。

当她开口唱时，他明白了，不管这是不是她的私人歌曲，她唱的歌并不是他想要的——她在表演。她的职业就是演唱者，她演唱了《夏日时光》这首歌，戈登被她那充满激情的平庸嗓音深深打动。

“我为你未婚夫的事情感到难过。”一天晚上，他在罗米·霍尔下课后逗留时对她说。他正在把复印件堆成毫无意义而又过于讲究的样子，以便给他们留出几分钟时间共处。再过一会儿，狱警就要来督促学生们通过工作交接所来转移位置了。

“发生了什么事？”他发现，当自己真的通过搜集信息以确认自己是否有竞争对手时，他作为一名指导教师的说话语气很容易受到影响。

“他不是我的未婚夫。他没死，只是开始了新生活。”

她说在她的监区里，有一些女人嫁给了她们通过邮件认识的男人。“吉米不是那种失败者，”她说，“他有自己的生活，我敢肯定他就在外面过着自己的生活。”

她嘲笑监狱里的人们对手工制品的狂热，但又说能用自己的双手把工作做得很好。她告诉他自己当时在做珠宝首饰，是为了解释她让戈登给她带来的东西是做什么用的。他并不完全相信她，但在某种意义上他是相信的，因为他不允许自己去猜测。他不再算计任何事情，因为他很快就要离开斯坦维尔了。他将回到学校，拿到社会工作硕士学位。在经济不景气的情况下，辞掉工作可能缺乏远见，但世界的运转并非时刻配合着人类的节奏。

有关大自然和囚禁的生活怎么样？亚历克斯在电子邮件中问道。

今天早上我看见一只游隼在吃麻雀窝里的雏鸟，他回答。骚动不小，内华达山脉上演了一出精彩戏剧。

哦，我敢打赌那些雏鸟一定很好吃，亚历克斯回信说。有一种小鸟，法国贵族会连皮带骨地整只吃掉。这是违法的，而且按照习俗，吃的时候要用一块布蒙住脸和头，效果类似于刽子手的兜帽。也许在无情地破坏自然时，我们缺少的是传统和优雅。你什么时候回来？

在他给了她想要的东西的第二天，戈登开车进城。他把车停在斯坦维尔的主街上，主街的特色是店面都有被肥皂水擦洗过的窗户。这条街的尽头有一座小天主教堂。那是一幢有着厚土坯墙的旧建筑物，门开着，里面看上去很凉爽。

山谷圣母[1]闻起来像一个老女人钱包的里衬。几十年来，圣母的荷包，一直在收集粉状化妆品残渣和霉菌孢子。尽管在戈登的思想里仁慈的概念来自教会，来自基督教的上帝，而非来自州政府，但戈登并没有宗教信仰。他在一排长凳的尽头坐了下来。过道的另一边是一间忏悔室。有罪之人一侧有个屏风，隔着它可以和牧师谈话。屏风是一块随机打孔的金属板，看起来像一个被子弹打得千疮百孔的路标。

风从教堂后面一扇单开门吹进来。某个地方传来纸张被掀起并翻动的声音，彰显着一丝存在感，但瞬间又变得悄无声息。可能是风吹起了纸页，除了戈登，没有人在场。他坐在长

1 山谷圣母（Lady of the Valley），一个由里士满天主教教区赞助的非营利性老年生活团体。

凳上，眼睛盯着通风口。

人的知识存在着真正的认识论上的局限，判断力也是如此。

如果说我有可能了解一个人，那么这个人只可能是我自己，而我也只能评价我自己。

这是梭罗最早提出的。

我从没幻想过有谁的罪恶会比我所犯下的罪行更大。我从来不知道，也永远不会知道，还有谁比我更坏。

为什么梭罗会被人叫作梭罗，而特德·卡钦斯基则会被称为特德？一个名字在戈登的脑海里是很正式的称呼，而另一个则是严格意义上的直呼其名。特德。

也许人们都对他人或自己气急败坏的样子感到更熟悉，也许这就是原因。

诺曼·梅勒并没有把剪线钳走私到监狱里，更没有把它送给杰克·亨利·阿博特。他只是写了几封信，施展了一些影响力。诺曼·梅勒吹嘘阿博特的获释是他的功劳，等到他的名字牵涉其中，变成一个不利因素时，他开始否认自己在其中扮演的角色，随后又忍不住再次吹嘘，说一切是为了艺术。为了

艺术，他甘愿再来一遍。那是在 1981 年，他们把可怜的阿博特送到曼哈顿下东区的一所过渡教习所。他身边全是吸毒者和干过肮脏勾当的人，于是他开始携带武器来保护自己。他对社会生活一无所知，把某件事错当成另一件事，以为自己正受到老套路的威胁，也就是监狱式的威胁。于是他掏出刀，深深地刺进了袭击者的心脏。在监狱里，一旦打起来，你没有太多的时间，所以你的行动必须占据先发优势，得预先安排好。那人当场就死在第一大道上。杰克·亨利·阿博特回到监狱，与名人、作家和诺里斯这样的漂亮女人共进晚餐的日子走到了头。谁他妈的会给他们的老婆取名诺里斯？他指的是他们的女儿。戈登知道，没人会给老婆起名字。

戈登小屋里的东西已经差不多打包完毕。两箱书、一些炊具、一个可以放在杯子上使用的美乐家牌咖啡用具，几袋装在垃圾袋里的衣服。他往炉子里放了一根木头，看着金蓝色的液体似的上升气流，确定它被点燃后，他在电脑里输入了她的名字。他给自己定了规矩，这是其中一条：只有现在才能查询。

罗米·莱斯莉·霍尔。

什么信息都没有。没有搜到任何条目。

“罗米·L. 霍尔”。“霍尔 监狱 斯坦维尔”。“旧金山 无期徒刑 霍尔”。

他不断搜索，到最后，那根木头被烧光了，它缓缓挪动着，余烬发出干巴巴的扑哧声。

“吉米 旧金山艺术学院”。同样什么都没有。他花了几小时挨个儿查看教员名单，发现电影系有个叫詹姆斯·达林的人。于是他用谷歌搜索了“詹姆斯·达林”。看到了电影节，也看到一些艺术家的声明，但他根本不确定这是不是那个人。

他听到山脚某处有只狗在叫。

那个地区的人们把大自然变成了自己的家，同时也充满敌意。他们养了看门狗，用来看家护院。有德国牧羊犬，也有杜宾犬。

那只狗叫个不停，他的叫声从山下传来，在山间回响。这吠叫声仿佛来自一辆凌晨三点开工的挖土机，它不停地挖啊挖，却什么也没挖到。

25

第二年夏天，我设置了一个陷阱，想要杀死一个人，但我不会说出陷阱的种类和地点，因为如果有人发现了这一页，陷阱可能会被人小心地移除。我还在鲁斯特比尔溪上方的分水岭上为骑摩托车的人绑了一根齐脖子高的铁丝，因为轰鸣的发动机破坏了我的徒步旅行。后来我发现有人把它绕在一棵树上，保证了安全。太遗憾了，我怀疑并没有人因此而受伤。

在南福克汉姆巴格溪的上游，我曾用自己那把步枪往一头牛的脑袋开了一枪，然后离开了那里。我是说牧场主养的牛，不是麋鹿。我也曾在黎明时分下山，用斧头砸坏了邻居的信箱，使它看上去就像被某辆车撞了一样。

第二年十一月，我踏上旅途，从蒙大拿州回到芝加哥地区，主要是为了一个目的：这样我就可以更放心地尝试谋杀一位科学家、商人，或类似身份的人。我还想杀死某个共产主义者。

我得强调，我的动机是对那些剥夺或威胁剥过要夺我自主权的人进行个人报复，我并不想假装自己具有任何哲学或道德上的正当理由。

26

萨米出狱的日子快到了。我们已经一起在监狱里待了快四年。那时正值十月，每天的天空都是同样的湛蓝，在它笼罩之下的我们也是一袭蓝装。有些人有刑满释放那一天。萨米即将出狱，这对她来说是件喜事。主院场里成千上万身穿蓝色衣服的女人则会留下来，一直留下来，我就是其中一员。

放风场后面的山也一直留了下来，但不是机械化混凝土监狱的这种“留下来”。我梦想着那里存在一片远古世界，有着一个失落的文明，那里的人们会给我一个希望。这个幼稚的梦想起源于我们在豪泽课堂上读过的一本书。群山会在冬日的午后呈现出棕紫色。人们聚在一间棚屋里，守着噼啪作响的火堆。他们接纳眼前这个陌生人，教她如何生活。在我的一些白日梦中，杰克逊已经和那些友好的陌生人一起在那里等着我了。他是愿意给我希望的人之一。他浑身脏兮兮的，体格强壮，是个勇敢前行的野孩子。他就在那里间棚屋里，和其他人一起等着我的到来，等着我康复，等着我使用那个地方的语言。他们不会帮你的。你必须自己搞定。

“等我离开这个地方之后，也许我可以试着为你做点儿什么。”萨米说。

我知道她说的是真心话，但萨米一直在监狱里进进出出，连自己也管不好。她是个对朋友忠诚的人，但她有自己的一堆麻烦要处理。

我给案件经理写了大概四十封信。他只回了一封，一个简短的说明，说我的权利已经被终止，并建议如果我试图对权利终止提出上诉，可以找家庭法庭的律师，但我应该明白，权利终止几乎从未被推翻过。

塞雷妮蒂·史密斯已被保护性监禁近一年。有些人已经结束抵抗，认为他们永远不会让她回到普通囚室。劳拉·利普一直坚持，那是她的激情所在。有些人认为劳拉·利普不是该组织的好领袖，因为她曾为了报复一个男人谋杀了自己的孩子——一个婴儿。两个年轻的女人，也是两个想要出名的新手，出手打了劳拉，剪光了她的头发。

劳拉在那之后一直保持低调。失去领袖劳拉之后，这场反对史密斯的运动反而愈演愈烈，她也参与其中。挪威人告发了女人之间手拉手的事，这在斯坦维尔是违法的。拥抱或者任何囚犯之间持续的身体接触都是如此。“一切都完了，”挪威人说，“我不想和离经叛道的人生活在一起。他们想把一个男人关在我们的监狱围栏里，还指望我们默默忍受。”那个挪威人谈起斯坦维尔时，仿佛她是个红脖子[1]，竭力拥护着家族价值观，是这所机构制定的标准的骄傲捍卫者，而不仅仅是一个可怜而愤怒的囚犯。“泪珠”也参与其中，可能是因为对“泪珠”来说，攻击和殴打他人是一种很好的发泄方式。“泪珠”和科南这两人从来都不对付，在这个问题上更是水火不容。“那是你的姐妹，你怎么会不愿意保护她呢？”科南问道，他指的是黑人姐妹。“泪珠”说她最烦的就是某些贫民窟的混蛋向她问长问短。他们在主院场的移动厕所里赤手空拳地打了一架，科南赢了。“泪珠”被赶出了我们的房间。

“有没有人成功翻越过电围栏？”我问萨米。我们走在跑道上，远离了监控室那些手握麦克风的狱警的监听范围。

“苏珊维尔监狱有两个人这么干过。”

“怎么做到的？”

“他们用一根木头把栅栏底部撬起来，然后从下面钻过去。

1　红脖子（Redneck），指一些思想顽固，受教育程度低的农民和乡村白种人士，含贬义。——编者注

我猜用的是扫帚把。那个来自萨利纳斯山谷的家伙往上爬，设法爬到了地面。就要成功穿过的时候，他们用枪打中了他，然后他就掉下来了。”

科南小跑着向我们靠近。“刚才我正在跑步，在浴室附近，我看到一个白色的人影，是个男人，两条手臂张开着。他穿着白色的衣服，裤脚鼓鼓的。我还以为是埃尔维斯·普雷斯利[1]呢，你知道的，从那个疯狂的年代来的埃尔维斯，那会儿他发了胖，并且总戴着愚蠢的太阳镜。但等我接近时，才发现是垃圾桶。”

科南的视力因为糖尿病变差了。入狱八个月后，他曾预约过一位医疗技师助手，也就是我们这里的医生，请那人看了病。

“嘿，埃尔维斯开的是什么车？”科南问我。

我没有嘲笑他把垃圾桶错当成猫王。每当他看到我情绪不佳时，总是会把话题转向汽车。

“一辆施图茨，”我说，无论是言语还是内心都毫无生气，“他开的是施图茨黑鹰。”

吉米·达林带着相机去了“雅园”[2]，他说那里没有什么可拍的，也没什么可看的。唯一可看的是房子周围墙上的涂鸦。

1 埃尔维斯·普雷斯利（Elvis Presley），美国歌手、演员，又名“猫王”。

2 雅园（Graceland），猫王故居。

“不是说建得光彩照人、震撼人心吗？”我问。

“是的，”他说，“的确是这样。”

“那他的汽车怎么样呢？”

他说，那辆车就像烤面包片上面的圣母玛利亚像[1]。当你试着给它拍照时，奇迹就消失了。他付了额外的费用去参观飞机，猫王的私人飞机。其中有一架里面有一张双人床。一条超宽的飞机安全带横放在床罩上。吉米·达林看着系着安全带的床和靠窗的那张唯一的办公椅，在这架飞机里体会到了猫王的精神。猫王在飞机上睡懒觉，深夜在天空中翱翔，如地狱般寂寞，在他最黑暗的时刻却无人陪伴在身边。在飞机上，吉米·达林感受到了猫王空虚的灵魂之风的造访。

豪泽也知道海洋海滩的机械博物馆。“看《苏茜跳康康舞》吧。”他这样说，作为去过的证据。有一个景点叫“暗箱”，在那里，一个大圆盘投射出海浪的泡沫。我们这群人眼中的凯利湾不是冲浪胜地，它只会让我们联想到喝酒，还有男孩子们。有一个巨大的标志，上面写着“乐园”，但周围并没有什么乐园。这块被太阳晒得发白的招牌旁边只有一座人造悬崖，据说

1　2004年，一块已有十年历史的烤面包片在拍卖网站上卖到了28000美元，据说这块三明治上面有圣母玛利亚的肖像。

是战争期间用来骗日本人的。

豪泽说欧文街有一家比萨店，他们会在橱窗后面旋转手中的面团。

他所说的一切让我身临其境。那些被抻开的面团软塌塌地落在戴着厨师帽的揉面工手上，他们用拳头让面团转动，整个面团沿着圆周盘旋变大，然后又被抛回到空中。一天早晨，我看见一个巨大的花圈挂在紧闭的门口，上面写着比萨的创始人去世了，是一位老先生。我从没见过这么大的花环。那时我八九岁，还没有给自己惹来麻烦。我把花和死亡联系在一起，那个巨大的花环让我以为二者是有关联的。

我从欧文街看到了闪闪发光的海面，在晴朗的日子里，它升起的样子就像有呼吸一样，宛如有生命的物体，出没在一条林荫大道的尽头。

我告诉豪泽，我儿子喜欢教堂。当我把杰克逊带进格雷斯大教堂时，他有一种天性，在别人心中神住的地方保持安静。因为我们不信教，所以那并不是他的神。他环顾四周，然后用一种愉快的语气低声对我说："妈妈，等我长大了，我想我可能希望自己成为一个国王。"

我告诉豪泽，他从不调皮捣蛋。但当我这么说的时候，我试着抑制住自己想要过多地谈论杰克逊的冲动。人们应该知道，有些孩子不光是个好孩子，甚至比大多数成年人都优秀。但我不想让豪泽被我吓退，怀疑我是在把孩子硬塞给他收养，虽然那正是我的计划。这是我能想到的唯一可行的办法，监狱里的人对自己的未来充满了愚蠢的幻想。我也深陷于自己的幻想。“你跟他之间有点感觉，”萨米说，“他们中的大多数人不与囚犯有任何瓜葛，那会让他们很累。我们尽管想办法利用那些人就好，但他不一样。”

豪泽有一种可贵的品质。他不是那种在工作之外似乎有很多事情要做的人，并不是因为他会和我们讨论过他的生活。他没有这么做。在斯坦维尔，其他员工把他当成是一个怪人。狱警们取笑他，当然主要是为了取笑我们。他们会说，去教那些贱人认字吧，豪泽老师，去教那些蠢牛算二加二等于几。他们认为他耗费生命所做的事情毫无意义，还不如像他们一样像通过安全监控器监视我们，或者在警戒塔里手淫。

豪泽不是个白痴，他也并不是基斯，但有时他表现得仿佛二者兼有之的样子。当我让他把钢丝钳带到图书馆时，我很确定他会这么做。我并没有打算使用它，我这么做是为了考验他。

坎迪·潘纳吹嘘豪泽是她的男朋友，他给她搞来了“一大把”编织用品。她想要什么就跟他说什么，坎迪对每一个从禁闭室回来并待在她的通风口另一端的人这么说。要不是坎迪待在死囚区，她一定会懂得，千万不要吹嘘那样的事，你应该把它埋在心里，慢慢培养这段感情。

杰克逊出生在十二月十八日，满十二岁那天是一个星期二。那天我醒来，端详着一张他七岁时的照片，那是我四年多前最后一次见到他之后拿到的。当时我母亲把他带到了县立看守所。我透过一面遍布划痕的有机玻璃与他们见了面。他那时已经长大很多了，我被捕时他才五岁。我不知道他现在是什么样子。

我把照片藏在胸罩里。整个下午上课的时间里，我都在思考我要对豪泽说些什么，要用什么话来迫使他帮助我处理杰克逊的事。我没有跟上课堂讨论，也一次都没有举手。我专注于寻找给他照片的时机。

当其他人鱼贯而出时，他从桌子上抬起头来。当时我就知道事情不妙，因为他见到我的表情并不高兴：这就是线索。

“今天是我儿子的生日。”

我把照片放下，让他看看杰克逊是一个多么漂亮的孩子。还从来没人说过杰克逊不漂亮。

他几乎没有朝照片看一眼。

“这就是他，”我坚持往下说，“你可以留着这张照片。”

那是杰克逊二年级时在班级里拍的照片。他跪在一根假木头上，背景是虚假的秋日美景。他微笑着，小脸像擦亮的苹果一样闪闪发光。

豪泽没有拿起照片，他说：“我不能拿。”

“我想把它送给你，我希望你留着它。”

“我知道你确实是这么想的，但这是不对的。你自己留着吧。”

难道他不想看看杰克逊长什么样吗？我向他发问，同时试图控制自己的语气，因为愤怒不会让我有任何好结果。我准备把事情摆出来，请求他的帮助。我正要说，他打断了我的话。

“对于你儿子的事，我真的很抱歉，但我不能介入。”

那是圣诞假期，我们在斯坦维尔过着毫无欢乐气氛的日子。

到了一月份，本来应该恢复上课时，我们被告知继续教育项目暂停了。豪泽辞职了，也可是能被解雇了。无论员工发生了什么，他们都不会告诉我们。谣言满天飞，但除了坎迪·潘纳，没人关心豪泽。有一次，“泪珠”正在禁闭室里伸懒腰，听到坎迪对着通风口大声喊叫，说豪泽是因为与她过于亲密而被打发走的。

我掉进了一条死胡同，只能孤军奋战，带着杰克逊的照片，虽然这是我手里最新的一张照片，但几乎已经过去了五年。我还留着豪泽给我带的那把剪线钳，那时候，他的一举一动还在我的预料之中。我有一根大木钉，是我在木工作坊里做的。我把它们都藏在一号塔楼后面的放风场里。我用手挖了个坑。我见过印第安女人们这么做，然后她们就这样把烟草藏在了主院场里。那时刚下过雨，正是人们埋东西的好时机。她们耐心地抠土，用指甲和手作为工具，不停挖掘。我在一号塔楼后面待了很长时间，直到成功把木钉和剪线钳埋入土里。没有人训斥我，也没有人看见我。也许萨米是对的，那是一个盲点。那只是在做梦。即便这个梦成了真，主题也只可能是死亡。我会像那些不小心靠近的兔子一样，被电围栏烤焦。

一只土狼被栅栏电死了，挂在那里，每个人都能看到。

我在洛杉矶转租的房子后面的小巷里，也生活着一群土狼。它们会在大白天沿着人行道小跑，经过我们的房屋。晚上，我和杰克逊能听到它们发出一连串的呜咽声。杰克逊会装出害怕的样子，假模假式地紧紧抓住我，因为如果你和妈妈一起待在屋里，那么装出一副害怕外面的野生动物的样子是很有趣的。我记得杰克逊告诉我土狼的鼻子比普通的狼长，这是它们的主要区别，关键在于脸的形状不一样。

我们被封锁了，因为狱警们为了把死去的土狼拉出来而不得不给栅栏断了电。安杰尔·玛丽·亚尼茨基的时代已经过去了，没人能逃出去。

萨米很快就被释放了。她计划在假释期间住到过渡教习所，参加一个严格的重返社会项目，在那里她可以接受就业培训。她现在很少到放风场里去，只是待在自己的房间里，远离人群。当某个人的出狱日期到来，她的仇人会试图把这个人拖入麻烦中，破坏她的出狱机会。

一个电视摄制组进入了监狱，拍摄芭顿和其他几个被判有罪的青少年。芭顿把所有时间都花在拍摄的准备工作上，仿佛那是一场选美比赛。“你得表现得很悲伤，”我告诉她，“让人感觉你年轻又无知。”但那是她的重要时刻，她想让自己看起来很美。为了在美容培训沙龙做头发，她缝衣服作为回报。她还从我们隔壁房间的一个女人那里偷了化妆品，那个孤僻的女人很害怕她。那个做头发的女人被她打了一巴掌，因为没有用正确的方法给她卷刘海。她变成一个朋克少女，我们想让她滚出去。

摄制组在周六和周日的探视时间里用了两个整天来拍摄。周日，我和其他没有探视者的底层女人一起待在放风场里，那里面大多数人都是这样。有些人会得到教会人士的探视，这些陌生人出于好心自愿与她们联系。我认识的一部分和他们见面的女人之所以这样做是为了有探视者，也是为了能在自动贩卖机里买零食吃。我坐在放风场里，取笑那些假扮成土著的人，这样他们就可以和真正的土著妇女一起参加汗蒸屋仪式[1]。谁是

1 汗蒸屋仪式北美印第安人的原住民文化中的一种仪式，印第安人的部落采用这类仪式一般是为了净化身体与心灵。他们会把烧热的石头放进密不透风的小屋，内部一片漆黑，屋内还会伴有鼓声与吟唱声。强烈的热力可催使人进入恍惚状态，达到一种冥想的境界，具有疗愈、安抚的功能。

真正的部落成员一眼就能看出，因为他们控制着烟草交易，并用部落资金在餐厅购物。

那个周日的晚上，芭顿喋喋不休地讲着和这部纪录片有关的事。所有人都将会知道她的故事。

“我甚至不应该待在这里。”她说。

“你凭什么认为自己与众不同？”我受够她了。

“我犯罪的时候只有十四岁。在那个年龄，人类的大脑还没有发育完全。”

也许这是真的，关于孩子大脑的说法。这里的一切都和人们的选择和决定有关，就好像人们在犯罪时真的在做出选择和决定一样。对一个十四岁的孩子来说，那不是在做选择。她此时此刻正被关在监狱里。而我自己像她那么年轻的时候，我无法想象一天过后，第二天会变成什么样。但芭顿把她自己和我们完全区别开来，这一点还是惹恼了我。

有一个名叫林迪·贝尔森的囚犯作为未成年人被判有罪，州长为她减刑。她在斯坦维尔很有名。一群志愿律师蜂拥而至，他们把她的案子塑造成一个人口贩卖的故事。她在汽车旅馆的房间里开枪打死了她的皮条客。在她十二岁时，他就开始把她培养成妓女。那是一个悲伤的故事，也许她确实应该被释放，但她的律师将她定义为彻头彻尾的无辜者，这对我们其他人来说是难以接受的。林迪·贝尔森是自由世界那些活动家所寻求的理想面孔，他们希望有一个模范囚犯，可以让他们为之战斗。她很漂亮，说话方式像个受过教育的人。最重要的是，她可以被描述为受害者，而不是犯罪者，而这一切都令人信服。监狱里的很多人都对林迪·贝尔森心怀怨恨，因为她的故事——她的律师讲述的那个故事——如果是真的，那我们其他人的故事又算什么呢？所以，当她出狱时，没几个人为她高兴。

他们把塞雷妮蒂·史密斯安置到普通囚犯中，关在B院场，但看守得很严格。她被关在一个常规监区里，与其他七名被紧密监管的囚犯在一起，但受到了限制，她无法进出她们的房间。最终，他们会解除她的禁闭，把她转移到一个常规囚室。科南和他的跨性别团体致力于保护塞雷妮蒂。他们甚至为此开了会，坚定地站在她这一边。其他人则着手制造武器来对付他们。科南和他的团队计划把塞雷妮蒂围起来，组成一支男性化的安全部队，以保护她的安全，不让她受到“泪珠”和其他任何对她有恶意的危险人物的伤害。

萨米说监狱暴乱是一件可怕的事情。在加州女子监狱有过一次这样的经历，北方人和南方人之间的战争。她说，那简直是一个绞肉现场。

为了防止放风场里发生有组织的暴力事件，警方没有透露何时解除塞雷妮蒂的禁闭。

这件事对我来说不是问题。我的生活回到正轨，豪泽离开后，我们的继续教育选项变成了在健身房聚会的康复小组，主题有：自尊、愤怒管理、过渡生活（只适用于已确定释放日期的女性）和人际关系。由于预算削减和其他变化，像我这样的四级囚犯再也不能去木工作坊工作了。我开始在食堂工作。在那里，当我在倾倒“莫蒂默分量”餐食的时候，警察会把手放在我身上。厨房主管佩戴着一个大纽扣，上面写着“想都别想”。别想用你的悲伤故事和需求来操纵我。很多员工都是这样的，那些自由的人不想帮助我们。他们只想通过走私违禁品来赚钱。

我收到伊娃的父亲寄来的一封信。我给他的地址写过大约十封信，试图找到伊娃，而这是我入狱五年后第一次收到他的回复。

“伊娃去年过世了。我过去一直在收集你的信件，打算把它们转交给她，但我找不到她。现在我想我应该让你知道，你可以不必再尝试联系她了。”

有时，我会想象豪泽会写信给我。也会想象他要求把他自己写入我的探视名单。既然他不在斯坦维尔工作，之前的交往规则就不再适用了。他会在自由的世界里，准备开始做一些新的事情。尽管我对他一点也不感兴趣，但我们还是会结婚，我可以通过婚姻探视看到杰克逊。豪泽很真诚，也很温和。他会成为一个好父亲。我没有办法和他取得联系并告诉他这件事，也不能告诉他我是个笑话，因为我曾以为我在利用和操纵他。

一天晚上，我做了两个关于水的梦。第一个梦里，我和豪泽待在一起。至少我认为那个人是豪泽，他在我心中占有一席之地，和我有关联，对我负有某种责任。我们遇到了一场暴风雨，眼看着河水上涨。它越过了混凝土堤岸。豪泽跳入水中游泳，但他没有意识到水流速度有多快，于是被冲到了下游。我不知道他是否有力气游过去抓住一根树枝或树根，或者抓住别的什么东西把自己拉出来。我去了一家商店，告诉店员我的朋友掉到水里了。她说："河水的流速已经达到每小时 91 英里。"我觉得豪泽已经死了，或者离死不远了。就在这时，我醒了。

再次入睡时，我做了另一个梦。我开着一辆旧车，离合器脚感粗涩，刹车不稳，油门迟钝，方向盘不灵活，但我对这辆车很熟悉，知道如何操纵它，让它做出反应。前面不知发生了什么事。我停在一旁，下了车。有一个男人扬言要自杀，有个年轻女人正在试图劝他，然后我们三个人开始一起沿着海堤散步。那是在海洋海滩。巨大的波浪上下起伏，水面好像是倾斜的，而不是水平的，很陡。那个男人开始向堤岸走去，年轻女人突然成了我自己。那个男人看着我，然而这个"我"并不是我自己，而是梦中一直回应他的那个人，他看着这个"我"，开始往水里走。我说，不，别这样。当我说这话的时候，我意识到他在引诱我下水，他正在用结束自己的生命作为暗示，引诱我结束自己的生命。我醒了，心里担心杰克逊是不是渴了，因为他的床边没有放水杯，但我马上意识到，自己身在 C 院场 510 监区 14 号囚室的下铺。

萨米被释放了。她说她很紧张，不想走。我能感觉到她表面的言语无法掩饰内心的兴奋之情。重返社会的项目是在贫民区进行的，她很担心。“一旦在理发店待久了，”她说，“那么你就一定会变得发型奇特。”

她把自己印有小猪图案的眼罩和其他一些东西送给我，答应会给我写信。我们拥抱着说了再见。

人们说，你自己的时间会像波浪一样冲刷着你。我的时间在不停拍打着我，我想不出任何办法来接受这种生活，一直活到最后。

我很低落，特别嗜睡。一个周日，我错过了早餐，也错第一次开锁时间。到了午餐时间，我到放风场去找科南。

劳拉·利普和她的放风场工作小组正在清扫尘土。那是一个阳光明媚的日子，放风场里挤满了人。大概有两千个女人正待在户外。

我推动旋转栅门，当它吱吱呀呀地打开时，每个人都像猫头鹰一样把头转过来。我不知道发生了什么事，但气氛十分紧张。

我走过篮球场，搜寻着科南的身影。球场正在进行一场比赛，一些女孩站在场边，端着餐厅的盘子进行野餐。

“她来了！”有人尖叫一声。

我以为那个尖叫的人指的是我，瞬间慌了。人们从放风场的四面八方跑向大门。场上的球员停止了比赛，球被抛进了篮筐，但没有人在下面接球，它兀自弹跳着穿过空旷的场地。每个人都朝着旋转栅门跑去。

塞雷妮蒂·史密斯穿过栅门，独自来到放风场。她昂首挺胸，骄傲地往前走。她是个美丽的黑人女子，手臂修长而优雅。

劳拉·利普和她的园丁帮手里拿着铲子和耙子朝她走过去。我听到一声尖叫，是那个挪威人，她正朝塞雷妮蒂跑去。科南、里博克和他们的同伴跑去攻击据挪威人和园丁帮的人。人们从四面八方涌过去。

第一个扑到塞雷妮蒂身上的是那个挪威人。挪威人抓住她，想把她拽倒在地。塞雷妮蒂奋起反击。科南把挪威人推倒，开始像猴子一样疯狂地踩她。科南身上一直以来的愤怒此时全都冒了出来，从他的靴底迸发。他用靴底不断攻击着挪威人的头和脸，挪威人的脑袋开始流血。

塞雷妮蒂跑了起来，以摆脱劳拉·利普和她的同伴。劳拉·利普用铲子的平面击中了塞雷妮蒂的后背，将她打倒。劳拉扑到塞雷妮蒂身上，开始抓她的脸。有些女人打起架来就是这样，她们无力改变，这是本能。塞雷妮蒂站起来，把劳拉推倒在一张三脚桌上，开始打她。警报响起，震耳欲聋的"嗡——嗡——"，意思是让每个人都趴下。

塞雷妮蒂用拳头猛揍劳拉时，其他园丁帮成员正在一旁拉她。有人把垃圾桶扔向她们。警报不断响起。每个人都参与了打斗。

"泪珠"抄起一把铲子，用它不停地敲打塞雷妮蒂，就像你为了除掉灰尘而敲打地毯一样，发出缓慢而沉重的砰砰声。她一下接一下地击打着，塞雷妮蒂尖叫起来。警报声在不停地嗡嗡作响。我脑中冒出一个想法，也许是狱警是故意让这件事发生的，他们想让塞雷妮蒂被打伤甚至打死。

没有人趴到地上，放风场里一片混乱。橙色的胡椒喷雾被喷向扭打在一起的囚犯们，而他们仍在挣扎打斗。为了自己的安全，狱警们撤退到监控室。有一种我从没听到过的声音响了起来，很像汽笛声。他们遇到了麻烦，根本无法控制局面。警报和警笛声不绝于耳。

我退到一号塔楼后面。楼里有一名狱警在执勤，但他把武器对准了暴徒，正向他们发射木制炮弹。

我在一号塔楼后面用手不停地挖土，终于找到了我要找的东西。

刀片刺网拉扯衣物的感觉就像有人它用手在往后拽着你，

仿佛在说：不要走，留下来。留下来吧，不要离开。如果我留在这个地方，那么在我找到一个快速的方法结束生命之前，我所经历的就是慢性死亡。

我被刀片割得够呛，但终于挖了一个足够大的洞，可以让我穿过内侧的栅栏。

我通过了第二道栅栏，也就是那道电围栏。警报正在鸣号，而我已经准备好冒死继续前行。我用自己在木工作坊里制作的木榫碰了碰栅栏。

没有被电。

我轻轻地推了推栅栏的底部，把它向上顶了顶，然后滑进了下方的泥土里。我屏住呼吸，准备接受被烤焦的命运。

然而，我抵达了另一边，站在了在外围卡车行驶的土路上。我已经触碰到了宇宙的边缘。

还有一道栅栏要穿过。我还能听到警报声、反复的命令声，还有炮弹的爆炸声。

我迅速地剪开栅栏，挖了一个洞，用那块木头把网向两边推开，以免在自己身上割更多的口子。

我已经来到了一片杏树林中，耳边还能听到远处的警报声。我在树下穿行奔跑，横穿一条马路，继续往前跑。

27

戈登·豪泽十二岁时，有一个名叫博·克劳福德的罪犯从马丁内斯市中心的老县立看守所越狱，整个社区一片哗然，大家感到既危险又刺激。一支军队在圣巴勃罗湾附近登陆，有埋伏监视的警员，也有装甲车、狙击手、警犬队，道路也被封锁起来，新闻报道令人激动，说博·克劳福德曾在皮诺尔、伯尼夏、瓦列霍、匹兹堡、安蒂奥克等地留下踪迹或被目击。整整十天，全县一直处于封锁状态，最后，他们终于抓住了博·克劳福德，他躲在科斯塔港外卡其尼兹海峡沿岸一间废弃棚屋里。

逃亡和度假完全不同，每一秒钟你都必须回头张望。人们说这比蹲监狱还糟糕，但是，正如戈登想象的那样，对博·克劳福德来说，一切都太迟了。他没有办法回到过去，只能被迫在夹缝中生存，在边缘地带游荡，躲藏在一个根本无处可藏的世界里。这个世界里，每个人都买了枪，包括戈登的父亲。每个人等着在他们的土地上找到那个逃犯。

两个孩子在克罗基特的 C&H 精炼厂的停车场附近看到了博·克劳福德。

罗德奥的弗利皮餐厅里，一名女服务员说，一天清晨，他来了，点了熏肉和鸡蛋。当她躲进厨房打电话报警时，他逃走了。

他成了全县人的娱乐对象，无论是社区的人，还是没有社区的独居者，每个人都既希望又害怕他的到来。他很有名，也会让人们出名。这些人中可能有人被他的越狱行为所感动。他是个通缉犯，也是一个危险的男人。

为什么要通缉他？越狱。还有一个罪名，持械抢劫。

在看守所洗衣房工作的韦娜·哈伯德曾与博·克劳福德交情深厚，并对他产生了好感。她开始梦想一种新的生活。这一切都是后来在报纸上曝光的，这一段是为了叙述看守所的安保是如何被突破的。韦娜和博曾讨论过去墨西哥的事，在前往墨西哥之前，他们会在韦娜家短暂停留，杀死她的丈夫迈克。随后他们会开着她的本田思域轿车去往边境线。他们有地图，带着她的积蓄，还有一把本属于迈克的猎枪，在杀死他之后带走。（本田思域里面能塞下一支猎枪吗？戈登有些怀疑。）

博天生聪慧，自控力无可挑剔，每天会做两百个俯卧撑。

他计划周全，一点一点在洗衣房储物柜的后墙上锯开了一个洞。与此同时，他的工作伙伴吃着韦娜带进监狱的炸鸡和通心粉沙拉，韦娜把这些东西拿来犒劳她的洗衣工人们。后来，人们对韦娜违规将食物送进洗衣房中这个行为给予了高度关注，认为这是她性格软弱、屈从于囚犯的狡诈诡计的表现。“我只是让他们吃掉我吃不完的东西，都是些准备扔掉的食物。”她在审讯中作证说。据在她的洗衣房工作的犯人说，她带来的食物足以养活二十个男人，包括派对专供的潜艇三明治和整片的好市多超市的烤宽面条。博的一个工作伙伴，被他称为“肥屁股”。他的真名是 J.D. 乔斯，他参与了这个计划，但是，和博不一样的是，他并不是一个高水平的逃犯。韦娜真正爱的是博，但 J.D. 以一种更直率的方式继续和她发展感情，这正好让博获得了他所需要的时间和空间，去研究他在洗衣房储物柜后面弄出的开口。J.D. 用洗衣房的工具在他的囚服裤子上缝了一个秘密的翻盖，这样当 J.D. 坐在韦娜身边时，韦娜就可以在她的监工桌子底下抚弄他。与此同时，博正顺着一根管子探寻一条逃跑路线，这根管子通向监狱地下，最终通向街上的一条雨水沟。

约定好的那一天是韦娜的休息日，她要去一个指定的街角与博和 J.D. 见面，开着本田思域，带着地图、猎枪和钱。J.D. 和博从储物柜里的开口离开了洗衣房，当时，代班主管正在吃午饭。他们穿过雨水沟，走到马丁内斯的一个街角，韦娜本来要去那里接他们。一辆车开了过去，不是思域。J.D. 一下子跳进别人院子里的灌木丛。博后来告诉警方，他对 J.D. 大喊，要他表现得他妈的正常点。要像个自由人的样子，而不是一个活脱脱的白痴逃犯。

思域轿车并没有赶来拯救他们，所以他们两个很快就成了逃犯，只能东躲西藏，没有地图，没有武器，没有计划，什么都没有。

在本应去接应他们，然后再开回她的住处杀死迈克的那一小时里，韦娜和迈克·哈伯德正躺在沙发上看电视里播放的电影。时间一分一秒地过去，电影还在继续播放。迈克几个月来第一次把注意力放在韦娜身上。他坐在沙发上，用手臂搂着她，他的手臂似乎在说："我知道你有一个关于墨西哥的计划，也知道你打算谋杀我，但一切没有那么糟糕，不是吗？"与博和 J.D. 见面的时间已经所剩无几。也许他们并没有真正顺利完成这次越狱，这正是她所希望发生的，但如果他们来找她怎么办？

她彻夜未眠，听到任何声音都会吓一跳。迈克像个白痴一样打鼾，不知道自己的生命危在旦夕。但是他是个单纯的人，这就是她当初爱上他的原因，也是她瞧不起他的原因，而现在，这又成了她重新喜欢上他的原因。她抱着他的脊背，为自己的救赎祈祷，为她和迈克祈祷，为生活中每一件她不曾懂得感激的小事祈祷。

J.D. 乔斯和博·克劳福德兵分两路。J.D. 闯入一所被遗弃的房子，因为吃了变质的食物，喝了变质的水而拉肚子，留下了线索。他几乎立刻就被抓住了，喝得烂醉如泥，浑身都是虫子咬伤的痕迹。他背着一个背包，里面装着一包吃了一半的奥利奥饼干和一把锤子。

博逃过了十天的追捕。他在圣巴勃罗湾附近的小工业城镇缔造了一个传说，在戈登·豪泽成长的地方也一样。当局随后关闭了马丁内斯市中心的监狱，建了一所新的、设施先进、插翅难飞的监狱。

在紧张的为期十天紧急盯梢令期间，一个女人给当地一家电台打了电话。她住在克罗基特郊外，亲眼看见博·克劳福德从树林里钻出来，就在铁轨路基附近。她说，她毫不畏惧地面对着他，试图抓住他的目光，让他明白。对于这个女人在电台讲话的声音，戈登记得很清楚。

我想让他明白。

这个女人到底想让他明白什么？多年以后，当戈登听到有关斯坦维尔和罗米·霍尔的消息后，再想到这一点，不禁感到纳闷。

她站在铁轨路基下面，想让他明白什么？而她自己又明白些什么？

博·克劳福德是个真实存在的人，一个在逃的人。她看见了他，她想让他看见她，她愿意冒这个险。他很危险，可能带着武器，而她毫不躲避地站在那里，态度坚决。她直视着他。如果他回头看她，便会明白，她知道他在这个世界上没有自由的权利。

他们会抓到你的。

这就是她想用自己的表情告诉他的信息。

28

亲近大自然能带给你的一部分收获是让感官变得敏锐。不是说你的听觉和视觉变得更灵敏，而是说你留心会发现更多东西。在城市生活中，你更倾向于关注内心。环境充满了不相关的景象和声音，你习惯于把它们从你的意识中屏蔽掉。而在森林里，你的意识会向外延展，开始关注你所处的环境。你会对周围发生的事情更加留意。你知道你耳朵里的声音是什么：这是鸟叫，那是马蝇的嗡嗡声，这是受惊的鹿逃跑的声音，那是松鼠掰下松果的砰砰声。如果你听到一种无法辨认的声音，它会立即吸引你的注意力，即便它可能非常微弱，几乎听不见。你会注意到地上那些不起眼的东西，比如可食用的植物，或是动物的足迹。如果有人类经过这里，即使只留下一个小脚印，你也可能会注意到它。

4

29

库尔特·肯尼迪醒来时发现了两个空的桃红葡萄酒酒瓶，并感到头痛欲裂。他知道人们不会再用“stewardess”这个词来称呼空姐了，但另一个单词却从来没有在他的脑海中占据过一席之地，不管怎么说，那婊子在他睡觉的时候拿走了他的酒。不是他放在双膝之间的背包里的桃红葡萄酒，而是他点的朗姆酒加可乐，空姐从他的托盘里取走它时，他还没有喝完。国际航班总是这样，酒是免费的，喝了就喝了，没人管你喝多少。他们不应该中途给你拿走。他按开了座位上方的帮助灯，打算坚持再要一杯，因为他还没有喝完她刚才拿走的那杯。空姐来了，告诉他，之所以拿走他的酒，是因为他当时睡着了。他说，这确实有助于他的睡眠，这也是他把它要回来的原因。

她弯下腰来，贴近他的耳朵。

“你我都知道这是个愚蠢的规定，但你确实不能把自己的酒瓶带上飞机。”

居然试图用“你我”的伎俩来讨好他，库尔特心想，我已经有安排了，等我从这只大鸟肚子里出去的时候，你可不能跟我走，老女人。

她大概四十岁。事实上，她是个漂亮娘们，而他也接受一个女人四十岁。库尔特本人五十四岁。想象一个和他同龄的女人会让他想吐，但很多事情都会突然让他想吐，他甚至会无缘无故地呕吐。他感觉不太好。他在坎昆待了一整夜，手背上盖了得有十个夜总会的戳。他不记得昨晚后半段的事了。他脑海中有一幅画面是自己钻进某个人的吉普车。开车的男人比他年长，甚至比他醉得还厉害。他还记得他开不出自己的停车位，不停地顶撞前面那辆汽车，然后又撞向后面那辆车，循环往复。到最后肯尼迪朝他大喊，让他停下来，然后便离开了那家伙的吉普车。但后来发生了什么呢？他没印象了。他只知道自己在诺富特酒店醒来，尿在了自己的衣服上。

至少他不会错过自己的航班。他还花时间洗了个澡，因为每个人都知道，洗澡可以洗去痛苦，让人在旅行时保持整洁。冒着甲烷气味的下水道令他作呕，于是他吐在了里面。那些人怎么什么都不会做，连给下水道通风这种活都干不好。

他在免税店买酒是因为他可以买，也是因为他想在飞机上喝点自己的东西。坐在那里等着他们送吃送喝会让他犯幽闭恐惧症，看着服务推车迟迟过不来，他会感觉自己的嘴比死亡谷[1]

1　死亡谷（Death Valley），位于美国加州的沙漠谷地。

还要干。他吃过药，已经感到口渴，所以不想再等了。他打算带上自己的酒水，坐上从坎昆到旧金山的长途航班。他买了两瓶酒，找来一个咖啡杯。还在登机口的时候，他就打开其中一个瓶子，开始倒酒，把背包像酒瓶一样倾斜。他在两个瓶子之间塞了一件 T 恤，防止它们叮当作响。

登机时，他没觉得自己喝多了，只是刚开始放松下来。他在坎昆一直处于紧张状态。他本来是在度假，但每分每秒都在不停地确认自己是否玩得开心。他不知道答案，这让他很焦虑，所以他要么又服下一片氯硝西泮躺卧在床，要么起床去酒吧，要么在沙滩上走来走去，但踩在沙子上让他感觉脚被烫得厉害。于是，他不得不面对一个事实——他不是一个喜欢沙滩的人，他只想回家，回到“火星俱乐部”，去见一见凡妮莎，让她把身体压在他的大腿上。在这个世界上，这是他认为唯一能让他感到平静的途径。每个人都应该获得内心的平静。他的意思是，忽略掉一个人是否应该得到任何东西这个大前提。他需要一种特定的东西让他感觉舒服一点，而凡妮莎就是其中之一。他需要悬挂厚厚的深色窗帘，因为他有睡眠障碍。他需要服用氯硝西泮，因为他有神经问题。他需要奥施康定，因为他有疼痛反应。他需要酒，因为他有酗酒的毛病。钱也是他需要的，因为他有生活上的问题。谁都需要钱，你没法说出谁不需要钱。他还需要这个女孩，因为他有关于女孩的问题。可能用“问题”这个词并不恰当。他有一个关注对象。这个对象的名字叫凡妮莎——这是她在舞台上的艺名，但对他来说，这就是她的本名，因为他就是通过这个名字来认识她的。凡妮莎用一些具体的、真实的东西把他头脑中所有模糊的想法都填满了。当他在她身边时，一切都十分美好。每个人都应该让自己感觉良好。尤其是他，因为他一向都很自我。

“当然，人人都可以带酒上飞机啊。”他对空姐说，空姐听了他的回答后嘴角不禁一皱。他指了指头顶的行李舱，里面装满其他乘客在免税店买的瓶装葡萄酒。

“很遗憾，你不能在飞机上喝。”

太晚了，他看着她心想。他把两个瓶子都喝干了，一瓶是在登机口喝的，另一瓶是刚起飞的时候解决的。

他强行让她再给他倒一杯酒，说还有一小时才到，而他的嘴已经干得不行了。

她的态度突然变得异常柔和。他知道空姐在骗他，她的确给他送来了一个杯子，里面只是纯可乐，并没有加入航空特供酒，但空姐却声称饮料里掺入了朗姆酒。

他旁边坐着一对情侣。他俩朝里坐，好像根本不想讲话，但他还是试了试。有时候和别人闲聊可以消磨时间。他跟他们讲了讲自己的船，然而他并没有船。但他依然说得头头是道，就好像他真有一艘一样。那一刻，他基本上成了有船人士，但他们没什么兴趣。于是他转向过道对面的孩子，开始向他描述他的船。有时候他会把大人当成小孩，称他们为“成年小孩”，但库尔特意识到，眼前这个小孩是个真正的小孩。

“你多大了？”他问道。

“十三岁。”

“棒极了。”库尔特用一种“干得好”或者“好样的”的语气说。孩子们喜欢受到别人鼓励。他之所以鼓励这个孩子，是因为他正值大好年华。十三岁是青春期的年龄，到了可以放飞自我的时候。他想给这个孩子看一张凡妮莎的照片，让他见识一下那些通晓如何在举手投足间更有女人味的女人，到底有多么迷人。这类女人不像这位空姐，可能也不像这架飞机上的大多数女人。如今，目之所及的女人们，表现得一点也不像女人。假如他有她的照片，一定要给孩子展示一下。有一个色情片女演员长得有点像她，但他也没有那个女演员的照片。

一个女人从过道走来，俯身对孩子说了些什么。孩子从座位上站了起来。一个男人走过来，坐在孩子刚才坐过位置。他们是一家人，刚换了座位。“很高兴认识你。”库尔特说。孩子回应他：“我也是。”

没人愿意跟他说话，或者更确切地说，没人愿意听他说话，所以他拿出了他的书。书名叫《怯鹰》，是一本有关越南的书，他已经尝试看了三年。之所以会有兴趣看这本书，是因为他很久以前就开始跟人们讲他曾经参加过战争，实际上，他从来没有打过仗。他曾经驻扎在德国。这本书是讲的是一个直升机飞行员的故事，库尔特还没看到一半，他花了很长时间来看这本书，而且这是一本用廉价纸张装订的二手书，他把书保存在一个密封塑料袋里。他在飞机上一边喝着讨厌的女乘务员送来的没加朗姆酒的可乐，一边读了几页。对他来说，阅读很困难，是一种接连不断的折磨。好不容易集中精力读完一整段，下一段又来了，连绵不绝。他看书的目的主要是为了装模作样地表现给飞机上的其他人看，虽然根本没人在看他或注意他。他把《怯鹰》放回了密封袋，无法打开机上娱乐设备的屏幕，所以干脆闭上眼睛，盘算着什么时候能回去看看凡妮莎。

那天晚上，当他抵达公寓门口，从出租车里出来时，雾气正沿着街道迅速蔓延。有时，这座城市很冷，是地球上任何其他地方都无法比拟的那种寒冷。他穿着短裤，就像鲍威尔街上排队等待铛铛车的游客一样。那些傻瓜从来都不关注旧金山的天气预报。他知道天很冷，但他不得不穿着短裤坐飞机，因为他唯一的一条长裤沾上了小便的气味。

第二天，他起床去了“火星俱乐部”。那是个周六，凡妮莎一般会在周六上班。

她没来。

他在坎昆待了整整一周，据大堂的收银员说，他不在的时候，她好像辞职离开了“火星俱乐部”。库尔特不认识收银员，他觉得那家伙也不知道他是谁，不知道他是一个在俱乐部花了很多钱的常客。他抬头看了看——收银台就在一个平台上，就像赌场里的筹码分发台一样——让收银员去找经理。这个收银台让所有走近的人都显得十分矮小，尽管不太现实，但收银员自己也很可能是个侏儒。经理走了出来，和库尔特握了手。库尔特是个常客，经理不会把他彻底打发走。但他所说的和收银员说的一样：我们的日程表上没有任何凡妮莎。“任何”凡妮莎。说得好像有各种各样的凡妮莎，其中没有任何一个人在周六当班，甚至哪天都不当班。

他去小丑巷吃了个汉堡，因为没有别的事可做。小丑巷位于北部海滩，就在肯尼迪以前经常去的地方的拐角处，当时他没什么见识，不知道“火星俱乐部”的存在，也不认识凡妮莎。

小丑巷附近有一个有私人包厢的舞台，女人们在舞台上搔首弄姿，假装爱抚自己，而男人们则在舞台边缘的私人包厢里，一边看着女人们表演，一边在自己的包厢里真刀真枪地爱抚自己。你可以选择双向玻璃或单向玻璃，如此一来，当你真刀真枪的时候，假模假式的女人们要么可以看到你，要么看不到你。如果你想要眼神交流，或者你是类似“暴露狂亨利”这样的人，那么你可以得到你想要的，只是得付出代价，就像生活中的所有商品一样。他很喜欢那个地方，因为他不知道还有没有别的更好的地方。等到他开始去马基特街那家“火星俱乐部”之后，他再也没有回到那些包厢。但他仍然会去小丑巷吃东西，因为那里有一家店的汉堡味道很不错，而且他可以把自己的宝马 K100 摩托车停在玻璃窗外，随时照看，以防从不知哪里钻出一个蠢蛋把它撞翻。巷子里有很多这样的人，他们像僵尸一样在人行道上横冲直撞。

周六晚上，他又回到“火星俱乐部”，希望她当班，但凡妮莎不在排班表上。

她会不会改了个艺名？有些女孩经常换名字。上一周都还是“樱桃”，或者“秘密”，下一周就变成了“危险”，或者“范思哲”“雷克萨斯”，以及诸如此类的愚蠢名字。凡妮莎是一个传统并且可信的女人的名字，很适合她，她之前从来没有换过名字，他也不认为她换了名字，因为他花门票钱进去看了，用了整整一小时搜寻整个俱乐部，也并没有发现她。不光是那天晚上或第二天或晚上，接下来的每一天都没有她的踪影。

库尔特第一次见到她时，他正和一个叫安琪莉可的暴脾气女人交往。当时，他和安琪莉可在“火星俱乐部”后面的一个隧道状的区域“跳舞”，他们管这叫跳舞，但其实你一直在对她们揩油。隧道里还有另外一对舞伴，一个商人和凡妮莎，她的身体被商人紧紧按在自己身上。她和那个家伙跳着舞，跳得还挺像那么回事。她贴在这个穿西装的男人身上，而她自己只穿着胸罩和内裤。安琪莉可大声说凡妮莎违反了规定，说她不知道凡妮莎是不是嗑了药，也不知道她嗑的是什么药，因为照理说不能在隧道里动真格的。你可以用屁股按摩男人的大腿，那没关系，但如果你的屁股挪到了他的正面的话，其他女孩就会跟着你有样学样了。

“没错，我现在嗨爆了。”凡妮莎一边说，一边在商人身上舞动，“我嗑的药名字叫作‘欢愉’，你应该找个时间试试。”她继续摩擦着商人的身体，而那个男人并没有注意到这两个女人之间的争论，他只是随着美丽的凡妮莎移动着身体，仿佛正和自己的妻子在金婚纪念日跳舞，也像电视中类似的场合，在聚光灯下跳舞，给“万艾可”打广告。

库尔特觉得很有趣。后来，凡妮莎在过道上从他身边走过，他跟她如是说。凡妮莎说，我不喜欢聊天，但如果你想跳大腿舞，二十美元可以买一首歌的时间。所以，他给了她一张“安德鲁·杰克逊”[1]——女孩们对这种纸币都是这个叫法。事情就是这样开始的，和他在“火星俱乐部”认识的女孩见面之初的套路差不多，但这个小妞不是为了钱才利用他的，他们之间有一些化学反应。

又是一轮舞台表演，有人做得不错，有人走个过场。轮到凡妮莎时，他比平时坐得离舞台更近了。当安琪莉可看到他一个人在那里，并试图过来陪他时，他让她滚开。

很明显，凡妮莎有一首自己的专属音乐。她的舞姿融入了歌曲，好像这首歌唱的就是她的故事。那个歌手的嗓音很怪，

1　二十美元券（1995、1996、2004）正面是美国第七任总统安德鲁·杰克逊（Andrew Jackson，1767—1845）的肖像，背面是白宫。

库尔特分不清是男声还是女声。说来也怪，这声音和这个小妞十分契合，虽然这个小妞是百分之百的女孩。“来我家吧，宝贝，我们聊聊爱情。”凡妮莎戴着镜面太阳镜，这给她的表演增添了几分喜剧色彩。她把腿抬起来，那是他见过的最漂亮的腿。“火星俱乐部”里有一些女孩的双腿苍白又松弛，就像两根毫无线条感的管子，让他不禁想起了玻璃注射器。凡妮莎的腿是真正的美腿，细长的锥形。这简直是在开玩笑，真的很滑稽，这个世界级的小妞竟然出现在“火星俱乐部”的舞台上。他被这一切深深迷住了，你不必怀疑这一点。她充满生命力，每个人都应该尝试像她那样，但是他们没有那么做，或者做不到，因为他们不像这个有着迷人双腿的性感小妞一样自由。她的屁股很可爱，胸脯也很可爱，盈盈可握。她使出了看家本领，下腰。这是他最喜欢的动作，当她弯腰的时候，从后面看，整个身体都悬在空中。她这么做只是为了他。她有些本事。这小妞真的很有本事。凡妮莎的特别之处就在于此，她不是个不得要领的白痴，她很会找重点，知道如何能让他兴奋起来，而且她此刻正在这么做。

舞台表演结束后，她坐在他的身上。

“知道我喜欢你哪一点吗？”这是一套设计好的说辞，目的只是让他自问自答，“我喜欢你的一切。”

他喜欢当说话更多的一方，和她在一起感觉很好，让他感到很舒服。他喜欢摸她。他的手摸遍了她的全身。

他给了她一张又一张二十美元，然后出去取更多的钱，再回来继续付给她。再去取钱，回来再给她——因为他真的，真的，真的很喜欢这个女孩。

他开始更频繁地去“火星俱乐部”。他只是个工薪阶层，有很多空闲时间。他像是着了魔，把所有的钱都花在了这个女孩身上。她只需坐在他的大腿上，转过身来看他一眼，他就会把钞票递过去。

他找了一份递送法律文书的工作，虽然报酬丰厚，但几乎要了他的命。在那之前，他曾在沃菲尔德电影院做保安，这家电影院也在马基特街，和“火星俱乐部”只隔一栋楼。天哪，你可别问他那里有没有故事。杰里·加西亚的乐队曾经办过八个晚上的演唱会，之后，杰里·加西亚又办了十个晚上的个唱。可怜的嬉皮士们会在宽阔的人行道上安营扎寨，组建他们那令人作呕的街头群落。他们一直在敲鼓，因为吸毒而变得疯疯癫癫。保安只好不断地清理他们的营地，维持秩序。他和沃菲尔德的一些保安人员至今仍然关系不错，当他开始去“火星俱乐部”时，他会把车停在电影院外面，让他们帮忙看管他的摩托车。

旧金山有些女人也骑摩托车，这让他感到很困扰。她们毕竟是女人，怎么能理解它的物理原理。如果你不懂原理，你就无法控制速度。他从没看到过凡妮莎骑摩托车，她离开“火星俱乐部”时穿着高跟鞋和短裙。不过，他可以让她坐在车后座，教她如何紧紧抓住他，当他倾斜身体的时候，要和他靠向同一个方向。很多女人甚至不知道怎么坐别人的车，当他转弯的时候，她们的身体会向错误的方向倾斜。抓住不放，就当你自己是摩托车的一部分，他试图解释，但她们没听懂。

他本应该待在家里，为之前遭遇的那场意外好好恢复身体，但待在家里让他感到无聊。他在波特雷罗山上的住宅区外撞了车，压坏了腿。他那辆宝马 K100 摩托车庞大而沉重的油箱一直压着他的膝盖，并从十字路口一路滑过。他做过四次手术，现在走路一瘸一拐的。他们称这场事故为意外事故，但对库尔特来说，这是谋杀未遂。住宅区的孩子们把机油倒在街道中间，这样他从那里经过时就会摔倒。那段时间，他一直尝试向住宅区的某个地址递送法律文书，只是在做他分内的工作，但试了好几次都没找到人。在他第六次来的时候，当他骑到十字路口并开始打滑时，他心里明白他们对他做了什么，但是没有办法找到在场的孩子并证明这一点。

他被困在家里，等待膝盖痊愈。医生告诉他有可能无法完全康复。于是，他在伍德赛德的那间公寓变成了一间没有尽头的等候室。他会走来走去，坐在沙发上，翻阅杂志，切换电视频道，盯着冰箱里面看老半天，观察街上来来往往的汽车，做十个康复练习，观看正努力平行泊车的汽车——发现几乎没有人知道如何正确地平行泊车。他会坐在床上，手里拿着《怯鹰》，翻来覆去地看同一个句子，等他意识到自己在这么做的时候，会把书放回密封塑胶袋，切换电视频道。最后再起床，骑车到“火星俱乐部”，然后一瘸一拐地进去看看凡妮莎是否在上班。

他认识许多那里的女孩，但他只喜欢凡妮莎。他告诉她自己是一名凶杀案调查员，这并不是十足的谎言，他想调查那些想要杀死他的孩子，他们在廉价住宅区附近的十字路口倒了一大摊机油。他已经学会了不告诉别人他是一个法律文书递送员，因为当他解释你如何递送那些文件，以及你被迫使用的策略时，听起来并不高尚。人们对待他就像对待一个卑鄙的讨债人。

他和凡妮莎谈论了他生活中所有让他紧张的事，但没有透露细节。他一直不停地说了又说。

他用手摸过她裸露的皮肤，说过一些话，表达了自己的感情，然后就爱上了她。他真的爱上了她。

30

我沿着一排杏树跑到尽头，穿过两排杏树，再沿着一排跑下去，又跨过两排，再往下跑，一直往下，往下，往下。我唯一的选择就是跑。不停地跑，然后找个地方躲起来，等待夜幕降临。

因为群山，我知道哪边是东。果园里的树是笔直排列的，当我跑到一排树的尽头时，遇到了一条公路。我看到一条条公路也是笔直的，我坐着大巴进入监狱时对它们的记忆也是如此。我横穿过一条公路，继续往前跑，再横穿一条公路，一直跑啊跑。如果他们已经开始追我了，那么，他们可能会因为我跑的路线弯弯曲曲而找不到我的确切位置。我一直在拐弯，但大方向一直向东，朝着大山奔去。

我发现了一条排水沟，其中一根管子有个开口，正好可以容纳我自己。我可以藏到里面，待到天黑。

躲进了排水沟之后，我看到自己在流血。我之前没有感觉到，也没发现裤子已经湿了。冷水似乎止住了血。我的大腿上有一道长长的伤口，是被刀片刺网划破的。

听了一段时间的水声之后，我能通过它听到并辨别其他声音：虫鸣，鸟啼，还有汽车在附近公路上呼啸而过的声音。我用手捧起灌溉渠里的水，喝了下去。

傍晚时分，我从管道里钻出来，穿着又湿又破的囚服快步向前走。我看不见群山，但知道它们的方向。这里一切的都是笔直的，我身在一块巨大的网格之中。这里空无一人，却被人类所造就。整个世界，至少这个叫作中央谷地的世界，从山脉到西边的地平线，整片区域都是一座巨大的监狱，果园和电力线取代了刀片刺网和炮塔。这是无人之地，也是一片人造之地。

网格线让我更清楚自己要去哪里。我可以在远离公路的同时避免迷路，一直沿着果园的小路往前走。

我走了一整夜，步伐时快时慢。

黎明到来之前，我走到一所房子，周围停着几辆破旧的汽车。厨房里漏出一道冰冷的水银灯光。院子里飘着番石榴的香味，中间拉着一条晾衣服的绳子，上面挂着洗好的衣物，我应该偷走那些衣服，但是厨房里亮着灯，实在太危险了。我听到里面发出一点声响，赶紧离开了。我在那条路上又经过了几间破旧的棚屋，全是黑的，外面没有任何衣物招摇，于是我也没有衣服可偷。接下来很长一段时间里，我一所房子都没有碰到，之后终于又出现了一座房子，门廊旁边的塑料椅子上晾着几件衣服。我冒着风险，偷偷溜到椅子旁，拿走了一条裤子和一件上衣。

黎明时分，我来到了一个小镇的边缘。这个小镇有一座公园，里面有一个垃圾桶，我把州立监狱的囚服藏进去，换上了别的装扮——一条又硬又粗糙的男士牛仔裤，再套上一件T恤。我练习了一下走路姿势，不再慌忙地往前跑，努力表现得像个合法公民，而不是违法的罪犯，就当自己是一个有权在路上行走的人。

这里不再有果园，不再有网格般的公路，道路弯弯曲曲，道旁有树木，还有露出地面的岩石和开阔的草地。我找到一片僻静的灌木丛，躺在下面开始睡觉。我迷迷糊糊地睡了一觉，醒来时已到黄昏。我很虚弱，但当夜幕降临时，我强迫自己起身开始走路。离开排水沟之后，我就再也没有喝过水，也没有吃过东西。

我听到一只动物在叫。自从离开监狱的放风场以来，我的心一直怦怦乱跳，因为恐惧而变得警觉，对警察、对他们可能抓住我的任何迹象都保持着高度警惕。现在，我也开始害怕黑暗。那只动物又尖叫起来。它的叫声很接近人的声音，但是那种野外的动物发出的贴近人声的叫声。

我走了很长时间才看见灯光。那是一个十字路口，矗立着一座加油站。一条通往山区的路蜿蜒向上。那会儿已经到了半夜，加油站正在营业中。

一辆小货车开了进来。司机下车去加油。一个男人，就他自己。我觉得这是个合适的时机。他就是那个我应该上前问话的人，我走了过去。

“什么事？”他说。这个胖乎乎的家伙穿着一件酸洗过的万宝路夹克。

“我需要搭个便车。”

“搭便车？好吧，也许可以。你结婚了吗？”

“没有。”

“你是不是有同伙躲在这附近，你们要打劫我还是怎样？”

我说：“就我一个人。”

“你去哪儿？”

“往山上走。”我朝群山点点头。

“多远？”

“到山顶。”

“糖松旅馆，你是在那儿工作还是怎么的？”

“是的。”

“好吧，等我把这车加满油，你可以搭个便车。”他用一种单调的声音说，仿佛总是有陌生女人在偏远的加油站向他乞求帮助，而他又一次答应了。

他从卡车座位上抓起一个装苏打水的容器。它的容量有一加仑，上面写着“解渴神器”。

他把暖气调到三十一摄氏度，一边喝着他那桶又大又笨重的饮料，一边喋喋不休地说着他要怎么进入自动售货机领域。我的伤口又裂开了，血流到了卡车座位上。我渴得头晕目眩，但如果我让他知道了这一点，知道我有多想喝他的水，他可能会猜到我身上发生了什么。

我看着他用一根和煤气罐喷嘴一样粗的吸管喝着水，竭力不让自己晕过去。

“你所要做的就是投资，补充货源，筹集资金。”从这一步开始，他会用自己赚取的利润买下一家特许经营店，“要想加盟一家唐恩都乐[1]，需要花四万五千美元，塔可钟[2]更贵。你要做的就是先买自动贩卖机，然后加盟唐恩都乐，从中提取资产净值，然后你就可以买下一家塔可钟。”

上山路上每到一个急转弯，我们都会向左或向右倾倒。他不停地喝着苏打水，打着嗝。

“我有很多计划，我想从事房地产，你知道他们怎么说吗？”

他在等我回答。

“不知道。”

---

1 唐恩都乐（Dunkin’ Donuts），美国一家专业生产甜甜圈提供现磨咖啡及其他烘焙产品的快餐连锁品牌。

2 塔可钟（Taco Bell），美国一家提供墨西哥食品的连锁餐饮品牌。

“如果你能抛起一盎司的重量，那么你就能抛起一座房子。这说法很酷，对吧？没人招你，并不意味着你找不到工作。你必须知道机会都长什么样。你有没有看过那些海报？那些网址不如改名叫‘一起来买丑房子 .com’。那些家伙在银行大捞一笔，把糟糕的形势变成了他们的优势，对吧？还有一句话是这么讲的：一个跳出条条框框思考的人，也会在条条框框之外停留。这道理挺深刻的。

“还有一句：告诉我你的朋友是谁，我就会让你知道你是谁。我从不结交失败者。我正在戒酒。嘿，我要去方便一下。”

他减慢车速，开向路旁的停车处，把车停在那里，但他没有走下车。当时马达正在运转，他转头盯着我。

“你喜欢参加派对吗？”

“不喜欢。”

“没事，你可以和我一起参加派对。”

“我不去。”

“可是你找我搭车图什么？”

“因为我的确需要搭便车。”

“那么，我们得实现双赢吧。”

“你带我到山上去，到那儿我们再看看会发生什么事。”

“那好吧，挺好，没问题。”他下了车，走到路边，拉开裤子拉链。他那个解渴神器里一加仑的水已经被喝掉了一半。

趁他在灌木丛中撒尿时，我溜进驾驶座，把他的卡车挂上挡，开了出去。

31

一天晚上，库尔特·肯尼迪跟着凡妮莎离开了“火星俱乐部”。他不是什么变态，他只是十分喜欢这个女孩，所以需要确保她安全到家。他看着她上了一辆卢克索出租车公司的车，于是，他骑着摩托车，跟在那辆卢克索出租车后面，来到泰勒街的一家公寓旅馆。它在田德隆区的高地边缘，位于诺布山脚下的田德诺布大楼，一个比他想象中更加脏乱差的建筑，但那是她住的地方。那天晚上，他看着她走了进去。接下来的一些夜晚也是如此，有许多这样的夜晚。

有几次，她去了某个卑鄙小人在北部海滩的一套公寓房，而没有回她自己的家。在库尔特看来，那个人很可能是个同性恋，而她没有经常去那里，所以事情没有那么严重。

他觉得照顾她是自己的工作，是一种责任。有几个早晨，他把车停在她的房子附近，就在奥法雷尔大街的街角，从那里可以清楚地看到入口处。有时，周日一整天都待在那里，因为

“火星俱乐部”那天不营业。如果她出来了，他就放下面罩，骑着摩托车兜圈子。如果她乘坐吉里大道的公共汽车，或者上了卢克索出租车，他就能跟在她后面。她为什么只坐卢克索的出租车？他担心司机是她的另一个男朋友，或者是想把手放进她裤子里的人，但他通过自己的调查工作证实，每次都是随机的、完全不同的司机。

如果她走路去某个地方，而不是坐出租车，他就会开始兜圈子，慢慢开，适应她的速度。有时她会带着一个小男孩从大楼里出来，小男孩握着她的手，多甜美啊，她就像个母亲。但是他很确定她不是那孩子的母亲，一点都不像，也许那孩子只是也住在这栋楼里。有一次，她和这个孩子，还有另一个带着两个孩子的女人在一起。库尔特敢打赌，这三个孩子都是另一个女人的，这样所有事情就都说得通了。令他烦恼的是，虽然他总是跟在她后面，确切地知道她某一天都做了什么，去了哪里，但凡妮莎生活的方方面面都与他毫无瓜葛。不过，只要他能看见她离开这座大楼，看到她要去哪里，知道她什么时候回来，他就没有完全失去线索。

待在那里，守住这条线索，跟踪她，把注意力集中在她身上，这就是他的所做和所想。

起初，她并不知情，那时一切都更简单，那是在他们刚认识的那段时间。但是，有一段时间她没有出现在“火星俱乐部”，所以他自然想和她谈谈。有那么糟吗？对他来说，这似乎是一件小事。他只是想打个招呼。他在“火星俱乐部”看不到她，所以他绕圈的范围离她家更近了一些。终于，在她家附近，她发现了他。她表现得很奇怪，好像他在她那破烂的街角市场买东西是违法的一样。商店是公共空间，当然谁都可以去买东西。

她在商店看到他之后火冒三丈，生气地走掉了。后来，她终于回到“火星俱乐部”上班了。他在“火星俱乐部”里向她吹口哨，发出嘘声，让她过来坐，但她不理他，沿着剧场的过道走下来，坐到其他男人身边。每天都是如此。她根本就不来陪他。他的钱突然失去了魔力。他不断地出现，不断地尝试。在舞台旁等着她上台跳舞。

天哪，他想她了，他真的很想念她。他试着告诉她，然而他所能做的就是不断尝试。他和安琪莉可坐在一起，付给她的是汗涔涔的一美元钞票，甚至连五美元的整钞都没有给。

他是通过翻垃圾找到凡妮莎的电话号码的，那是在大楼旁边的一个露天垃圾箱。它被安放在人行道上，基本上算是公共场所。他看见她把一个袋子扔进垃圾箱里，于是他把整袋东西都塞到摩托车里带回了家。他把垃圾分门别类，并感到自己这个行为目的明确而又快乐无比。里面有她丢弃的水电费单据，于是他现在也知道她的真名了，但是这个名字无法让他联想到她。他觉得当她说出“我是凡妮莎”的时候，这是她对他，或对某个人做出的承诺，这件事意义非凡。他一直在守护这个名字，这是一项协议，他不会让她像什么都没发生一样淡出他的生活。

电话费账单的最上面印着电话号码，他拨了过去，她接起电话，但他马上挂断了。他别无选择，如果他说“我是库尔特”，那她肯定会挂断电话。他之所以清楚这一点，是因为当她在“火星俱乐部”外面、在她的大楼外面、在她的大楼附近，或在她的商店里，或者在任何他能找到办法上演一场偶遇戏码的地方看到他时，她都不搭理他。所以当他给她打电话的时候，他只有一点点时间可以听到她的声音，然后他会在她挂电话之前挂断电话。他打过去，她接起电话，他随即挂断电话。又打过去，她接起电话，然后他再次挂断电话。

有时，在某个艰难的日子里，他的膝盖疼得要死，他有一种感觉，这个他所熟悉并居于其间的世界，就像某个天神揉皱了又扔进废纸篓的草稿纸，揉皱了，再扔进去，又没扔中。一切都糟透了，他无法控制自己不去打电话。他打了二三十次电话，直到最后，他猜她已经从壁脚板上那个小盒子里拔出了那个塑料做的小玩意儿，切断了电话线路，虽然他这边的听筒里一直响个不停，但在她的公寓里再也没有响起过电话铃声。这时，他别无选择，只好到她那里去，把车停在附近，等她出来。他在从事法律文书递送工作时学到一点是，如果你想找到某人，必须时刻保持警惕。这类事情他已经做过很多次了。人们骗不了库尔特，虽然他不再工作，但他仍然是一名专业人士。

当他计划前往坎昆时，他或多或少地对她做到了二十四小时的监视。那是他在遇到凡妮莎之前几个月订的廉价旅行套餐。他曾经很喜欢旅行，但遗憾的是他现在十分不愿意去了。但是，他转念一想，这样也好，自己能从对她的思念中得到片刻的休息。如果他推迟这次旅行，是拿不到退款的。他已经预付了旅费，所以不得不去。他并没有像他想象的那样真正得到休息，虽然已经尽量不去想她，但他在坎昆的每分每秒都在思念着她。

他回来后，因为她不在“火星俱乐部”，所以他不得不去她住的那栋大楼。

起初，他只是在外面等着。后来他走了进去。门口有个亭子，里面坐着一位老人，满头都是油腻的灰发，看上去有点发黄。

“五美元。”那人说。

“什么？”

“想上楼的话要交五块钱。”老人对库尔特喊道，好像在做什么声明。这完全是在骗钱，这栋楼住的全是毒品贩子，楼管也想从中分一杯羹。老人抢走了库尔特的五美元。他的手指甲很长，指甲尖看起来像是烧焦了，好像融化了的塑料。

人们待在二楼的楼梯间，没有别的词来形容这个景象：他们只是在兜圈子。每个人都行为诡秘，压低了声音在交谈，到处都有门开开关关。库尔特尽量装得很随意，说他在找一个朋友。

“白人女孩？是吧？你找的就是她吗？ 8 号房，伙计。”

“8 号房。”

两个男人在楼梯间争吵起来，一个女人从另一个房间里走出来，对其中一个男人大喊大叫。库尔特敲了敲 8 号房的门，那些人还在耳边大喊大叫。无人应答。

连续三天，他一直在大楼外面监视。据他所知，她没有进来也没有离开。

他去了所有常去的地方。其中有一家熟食店，他曾见她在“火星俱乐部”休息时去那里买三明治，还有她那廉价公寓大楼附近的街角市场。

有一天，他在泰勒街认出了他在楼梯间上见过的一个男人。那人靠在两辆车之间，正在买卖毒品，或者做其他什么事情，那个男人对库尔特说：“你要找的那个女孩搬走了。”

他走进大楼去和那个油腻腻的老门卫说话，解释说他在找这栋大楼的一个租客。

“租客随时都在搬进搬出，几乎每天都是这样。”

这个女孩在这里住了一段时间，库尔特解释说。她有一头棕色的头发，是个漂亮的女孩，有一双美腿，她身上的一切都很美好。你能明白我的意思吗？

老人摇了摇头，只是说没见过，对库尔特想问的每一个问题都表示拒绝。

“我是一名调查员。”库尔特拐弯抹角地说，想假装自己是一名警察。为了递送法律文书，他已经做过很多次这样的事，但这招没有起作用。

“把搜查令拿来吧，混蛋，然后你就可以看租客名单了。”

他的膝盖手术失败了，得重新做一次。他一直处在疼痛中，养成了早餐喝啤酒、睡六小时回笼觉的新习惯。当他能站起来走动的时候，他走到了“火星俱乐部”。他被迫拄上拐杖，一瘸一拐地走进去，但她不在那里。安琪莉可告诉他，她肯定没在那里工作了，但他怀疑安琪莉可只是假装自己有情报，这样她就可以从库尔特那里骗钱。

复活节突然就来了，毫无缘由。他去了“火星俱乐部”，在寻找复活节彩蛋的比赛中拔得头筹。

门童里有个大胡子男人，他说：“你在找凡妮莎，对吗？她给你留了个口信，说把她的地址给你。”

她搬到了洛杉矶，那家伙为什么把她的地址给他？凡妮莎竟然想让他得到她的新地址？他对此半信半疑。门童咧着嘴傻笑。库尔特不明白有什么好笑的。他不知道这家伙是在胡说，还是认真的，但他必须搞清楚。他回到家，收拾好几样东西，骑上摩托车，一路骑到洛杉矶，除了加油、买能量棒和红牛来送服药物之外，一刻都没有停过。

当他到达那个地址时，他的摩托车导流罩已经绿得像虫子的内脏了。他手套的指节也是如此。他感到无比疼痛，膝盖感觉就像一个由“一碰就碎灰泥”做成的东西，而且有人在用圆头锤不停地敲打它。走路时，那条腿发出嘎吱嘎吱的响声。在5号公路上，他一路不得不用那条腿来换挡。他根本就不应该骑车，不应该起床走动，甚至不应该走路。当他实在要走路时，不得不使用两根拐杖，每只手都拿着一根。

他找到她的房子，把车停了下来，费了好大劲才上了三节台阶。他敲了敲门，没有人回答。他早就能猜到这时没有人在家。这是一套带有玻璃门的复式公寓，他可以看到里面的情况，看上去空无一人。那是下午晚些时候，天气很热。边上有一个门廊，坐落在阴凉处，里面有一把椅子。他坐在椅子上，又吃了两片止痛药。他会在这里休息，等着她。他有的是时间，一点也不着急。

他被说话声惊醒。天已经黑了，他一直睡到晚上，然后他一时糊涂起来，忘了自己在哪儿。

楼梯上响起了脚步声。

过了这么长时间，她终于回来了，和那个孩子在一起。他很久以前就认定那个孩子不是她的，而是别人的。

“凡妮莎。”他喊道。

他的膝盖肿得厉害，如果他想站起来，就一定会跌倒。他需要拐杖的帮助，但两根拐杖都滑到了地上，离得很远。

门廊上一片漆黑。他看不清她，但从她的声音能听出来她很生气，她告诉他必须马上离开。

“凡妮莎，亲爱的。凡妮莎，我只是想和你谈谈。”他伸出手。他实在太思念她了。他非常想摸摸她，感受她皮肤的温度。她向后倾斜身体，急忙把门打开让孩子进去，然后又走了出来。

他只想和她谈谈，他只是需要和她谈谈，他又说了一遍。

“滚，”她说，“给我滚出去。”

他站不起来。他本是膝盖的部位现在只有一个被锤子砸碎的沙袋，无法支撑起自己身体的重量。

他伸手去拿他的拐杖，够向离他最近的那根。她走过去，像是要把拐杖递给他。但她却拿起另一样东西，看上去像一根撬棍。不管那是什么东西，当她举起那根棍子时，它在混凝土地面上发出了沉重的哐当声。天太黑了，很多东西他都看不清。

“我已经说过了，让你走开。离我远点儿。”

“嘿！”

她狠狠地朝他击打过去，接着又来了一棍。

他眼前出现了西洋棋盘那黑白相间的图案，一片昏花，耳朵里嗡嗡作响。他感到一阵剧痛，重重地摔在门廊的水泥地板上，而那根沉重的铁棒又朝他打过来。

“住手！”他尖叫道，“住手！”

5

32

周围没有城镇，卡车前灯映照出的只有茂密的树林。当到达一个十字路口时，我已经在山中很高的位置了。两扇上了锁的金属门把两个方向都死死封住。一个告示牌上写着：冬季不开放。如果我掉头开回山谷，警察可能已经封锁了道路。

我打开司机的饮料盖子，把剩余的水全部喝光，里面的冰块划得我的嗓子生疼。我把他的卡车停在路上，走进了树林。

山上的空气更冷一些。又冷又干，吸到肺里感觉有些稀薄。月亮出来了，半圆形的月亮发出的光芒足以让我看清我所走的路。我被树木团团包围，只听到松针和树枝在我脚下轻轻碎裂的声音。

天亮了，雾气已经消散。一股水汽潜伏在树枝之间，低低地贴着地面。我已经偏离了小路，跨过地上的圆木，沿着山脊侧着身子走，再向下走，穿过一片山坡，我在那里遇到了一棵树干大约有十棵，或者十二棵，或者二十棵普通小树那么粗的大树。它有一座小房子那么大，底部是长满树瘤的巨型树根，像一只狮爪，正大大地张开，抓住地面。树皮上粗大的红色垂直线条像丝绒一样包裹着树干，树枝周围雾气弥漫，从我头顶很高的地方一直往上，那高度已经到了树的上半部分。这棵树的大部分树皮都没有分出枝杈，在树的最上面，一个可能与天空齐平的地方，是一座由树枝组成的城市。我绕着树的根基走了一圈，另一边有一个开口。这棵大树里面是空心的。对面还有一棵巨树。它们一起在这里生长。

雾在慢慢散去，变得稀薄，我终于能看清其他巨树，一道亮光透了进来，森林显露出了白天才有的模样。现在我知道了这片森林的规模，知道遇到这样一棵树是完全有可能的，因为我在这山坡上还发现了其他的大树。之前我从它们身边走过，却没能注意到它们。它们一直用自己的庞大来伪装自己，比任何其他树都要粗很多倍，它们的秘密就这样展现在我眼前。

我走进树洞。里面很高，在我头顶上方够不着的地方有一个封闭的树顶，因为树长到那里自己合上了。内壁上流淌着黑色的树液，光亮而厚重。我摸了摸树液，以为会是黏糊糊的，然而它像玻璃一样光滑而凉爽。还有红色的汁液，也像玻璃一样光滑。有时红头发会被认为是金发。他们叫他圭罗，并告诉我这个词的意思是有着金头发的人，但杰克逊的头发其实是浅棕色的。

洞里的地上布满了小松果。这棵大树结出的果子却是如此娇小的。我需要水和食物，我的腿受了伤，也许还有点发烧，觉得很不舒服。他们一定是在追捕我。我把卡车停在岔路口，然后走了一整夜。我躺了下来，沉沉睡去。

我被一阵嗡嗡声吵醒。不远，离我很近。

我站起身，从树洞里走出来。嗡嗡声变得更大了，但这声音来自树干附近，好像是树本身发出了这种声音。太阳升起来了，阳光把树的顶部涂成了金色。那声音是蜜蜂发出来的。我看见它们像尘埃一样，在阳光里飘进飘出，而这片阳光已经洒满了高处的树枝。蜜蜂们就住在那里。它们的声音沿着树干向下传播，使得所有的东西都嗡嗡作响，甚至连地面都嗡嗡作响。

从树干里面听上去，蜜蜂的嗡嗡声就是树的嗡嗡声。

树是无声的，所以蜜蜂为它发声。它们的声音就是树的声音，是树让我听到这些声音。

我还听到了另一个声音，一种啪嗒声，是一窝鸟在地上匆匆跑过的声音。幼鸟像乒乓球一样，跟着大鸟，簇拥着翻越陡峭的堤岸。它们跑到灌木丛下，待在那里。

两棵树的树干周围都有烧焦的痕迹，里里外外都是，木头被烧得又黑又干，形成几何形状的裂纹。也许这些树曾被闪电击中，整片森林都在它们周围燃烧，最后它们活了下来，因为它们此刻还活着，因为它们可以做到。也许它们已经有一两千年的历史。

对那棵树来说，一切可能不会那么漫长，它的生活就是这样。人生之长，指的是人类生命的长度。除此之外，世界上还存在其他的生命尺度。这棵树高不见顶，我看不到那些婴儿手臂般的嫩枝，那些从高处开始生长的小树枝。它们已经到达了天空的高度，高到足以使这棵树伸展到另一个世界，或者这个世界的尽头。

未来是永恒的。不知道谁说过这句话，也不知道这句话是什么意思。这棵树像箭一样向上生长，一直生长到杰克逊长大成人的时候。他将来会有自己的孩子。他将来也会死去。

我听到一种新的声音。是钻孔的声音，又快又短。是他们已经追到这里了吗？他们在做什么？那个声音又出现了，钻孔的声音。原来是一只啄木鸟在做着自己那份孤独的工作。他们还没有来。

你要一直跑，直到找到一个安全的地方，那棵树就是我的安身之所。

夜晚的森林一片漆黑。我必须摸索着才能走到树外。在外面，我被星光照耀着。我听到一阵沙沙声，是刮风的声音。我听到那些小鸟在灌木丛中安顿下来，或者做着其他事情。

我看到了宽阔的银河，我不确定那是不是，只是猜我头顶上那条就是。我从来没见过银河，或者我曾经见过？我知道它们是什么，它们是较暗的星星中散布着的那些明亮的星星。天空中布满了星星，如果你住在城市里，你不会知道这副场景。如果你住在监狱里，由于灯光的缘故，你连一颗星星也看不到。在这里，我已经飞到半空了。在这里，所有人都不见了，整个世界为我打开。在这个地方，夜幕从下方向上升起，漆黑一片，空无一人。

森林中出现了交错的光束。

他们来了。

我听到头顶上有直升机的声音，探照灯抖动着从地面扫过。

孩子们常说，那是奶奶的衣橱，也是他们所谓的防风棚，用来躲避强光，它可以是体育场的楼梯下或公共汽车候车亭或者森丘社区那散发着尿臭味的防风棚，哪里都行。

所有关于后悔的言论向来都是如此。他们让你围绕着一件事构筑自己的生活，一件你做过的事，你必须让自己从无法挽回的事情中成长：他们想让你从无到有。他们让你讨厌他们，也讨厌你自己。他们让你觉得他们就是这个世界，而你却背叛了这个世界，也背叛了他们，但是真实的世界比那要大得多。

关于悔恨的谎言和关于生活的谎言都脱轨了。什么轨道不轨道的，生活本身就是轨道。它有自己的轨道，想去哪里就去哪里，完全自行其是。我之所以走到这里，是因为脚下的道路把我带到这里。

我希望杰克逊能看到这些树，我从没带他来过，我以前不知道这个地方。而它就在这里，现在也在这里。他在雷耶斯角看见过红杉。而这些是另一种树，更高大，更奇怪。人们知道这些树在这里吗？他可能会看到像这样的树，或者看到别的东西，就像这样，不为人知，也不为人所料。

外面的世界还是有好人的，真正的好人。

直升机飞得很低。一个声音回响着，像是从主院场的扩音器里传出来的。

“霍尔。你出界了，霍尔。”

生活自有轨道，我现在正站在曾经我在放风场幻想过的山上。我正在群山之中，但是当你走近的时候，没有什么东西能和你从远处看到的样子一致。

是的，我觉得自己很特别，那是因为我做了自己。除了杰克逊，没有其他值得考虑的。相信我。虽然他们叫他圭罗，但他的头发不是金色的。他们叫他圭罗，是因为他们爱他。他们不爱我，也不必爱我。没有必要这么做，他们爱他，我也爱他。

雾带来湿气，就像现在，已经进入我的体内。我没受它的影响，它甚至都没让我发抖。那种寒冷的感觉构成了我记忆里最深的一层，我从小在那里长大，那些没有绿化的街区就建在沙滩上。还有那糟糕的海洋，那片瓶子碎片组成的海洋，周围是波浪般起伏的混凝土墙。每一段楼梯上都张贴着告示，上面写着：这里发生过致命的溺水事件。我们曾踩着阶梯去参加篝火晚会，或者去喷漆，去打架。海滩上的“奶奶的衣橱”是任何一辆汽车，或者在汽车后面，或者取决于那里的风。那里的确发生过致命的溺水事件。

我们穿着衣服游泳，从来没有担心过溺水，我们的未来里没有死亡。没有人生活在未来。现在，现在，现在。生活永远都是这样，只念当下。

“霍尔，你被包围了。”

他们在和我说话，听起来像是放风场里的命令。

这一切都在告诉我，要为杰克逊不在这里而感到高兴。生活从不偏离轨道，因为它自己就是轨道，它想去哪里就去哪里。

有狗叫的声音。现在离我更近了

整片森林沐浴在灯光里，一切都像白天一样明亮。

“举起手来，”他们说，“慢慢地走出来，把手放在我们看得见的地方。”

如果杰克逊在这里，我无法保护他。他现在很安全，至少不用经历这一切。

我从树里爬了出来，不紧不慢地走进灯光里。我向他们跑去，向亮光跑去。

他正走在他的路上，正如我正走在我的路上一样。世界已经持续运转了很长很长时间。

我曾给予他生命。这是相当大的付出。它是“无”的反义词，“无”的反义词不是“某物”，而是“一切”。

致谢

我要感谢特雷莎·博布·马丁内斯，她在国际刑法领域颇有建树，熟谙专业知识，而且她奇迹般地了解其他无以计数的事情。

感谢马凯·康塞普西翁、哈基姆、特雷西·琼斯、伊丽莎白·洛扎诺、克里斯蒂·克林顿·菲利普斯和米歇尔·勒内·斯科特，感谢他们让我学到的一切。也要感谢阿耶莱特·瓦尔德曼，乔安娜·尼伯斯基，马亚·安德烈亚·冈萨雷斯，阿曼达·舍佩尔，加利福尼亚州奥克兰的“即刻正义”公益组织，还有保罗·萨顿和洛丽·萨顿。

感谢苏珊·戈洛姆为我提供了极大的支持，感谢娜恩·格雷厄姆给予我信任，同时也感谢她对这部小说提供了至关重要且精确无误的编辑指导。

感谢迈克尔·沙维特和安娜·弗莱彻的编辑工作，同样要感谢的还有唐·德利洛、乔舒亚·费里斯、露丝·威尔逊·吉尔摩、埃米丽·戈德曼、米奇·卡明、里米·库什纳、奈特·兰德斯曼、扎卡里·拉萨尔、本·勒纳、詹姆斯·利克瓦尔、辛西娅·米切尔、马里萨·西尔弗、达纳·斯皮奥塔。最需要感谢的是贾森·史密斯，感谢他为我提供了无限慷慨的知识援助。

感谢埃米丽以多种方式为我做了见证。

感谢苏珊·戈洛姆、凯蒂·莫纳汉、塔马·麦科洛姆、丹尼尔·勒德尔和斯克里布纳出版社的每一个人。

詹姆斯·本宁的“两个小木屋”项目和他的电影《斯坦普尔山道》直接激发了我对亨利·戴维·梭罗和特德·卡钦斯基的思考。感谢詹姆斯的友谊和帮助，感谢他在过去几年里愿意参与大量的对谈，也感谢他让我使用特德的日记。

在我写这本书的时候，古根海姆基金会、美国艺术文学院和奇维泰拉·拉涅里都提供了重要的支持。

图书在版编目（CIP）数据

火星俱乐部 / (美) 蕾切尔 · 库什纳著 ; 王思敏译.
-- 上海 : 上海文艺出版社, 2022
（企鹅当代文学）
ISBN 978-7-5321-7899-5
Ⅰ.①火… Ⅱ.①蕾… ②王… Ⅲ.①长篇小说－美国－现代 Ⅳ.①I712.45
中国版本图书馆CIP数据核字(2021)第184193号

著作权合同登记图字：09-2020-769 号

发 行 人：毕　胜
责任编辑：肖海鸥 邱宇同

书　　名：火星俱乐部
作　　者：[美] 蕾切尔 · 库什纳
译　　者：王思敏
出　　版：上海世纪出版集团　上海文艺出版社
地　　址：上海市闵行区号景路159弄A座2楼 201101
发　　行：上海文艺出版社发行中心
上海市闵行区号景路159弄A座2楼206室 201101 www.ewen.co
印　　刷：苏州市越洋印刷有限公司
开　　本：1194×889 1/32
印　　张：13
插　　页：2
字　　数：258,000
印　　次：2022年1月第1版 2022年1月第1次印刷
I S B N：978-7-5321-7899-5/I.6265
定　　价：65.00元
告 读 者：如发现本书有质量问题请与印刷厂质量科联系 T: 0512-68180628